STREICHLE DIE FLAMME

IHRE ELEMENTARDRACHEN

BUCH EINS

ELIZABETH BRIGGS

Umschlagentwurf von Open World Covers

www.elizabethbriggs.com

Deutsche Übersetzung: Sophia Barde

KAPITEL I

KIRA

Ich schlich durch den Wald auf der Suche nach meiner Beute, die Hand fest um meinen Bogen geschlungen. Der starke Regen hinterließ trotz der Kapuze einen Wasserschleier auf meinem Gesicht, den ich an meinem bereits durchnässten Ärmel abwischte. Der Sturm wurde immer stärker. Wenn ich nicht bald ein Reh oder etwas anderes fand, würde ich aufgeben und mit leeren Händen zurückkehren müssen. Das würde Roark nicht gefallen.

Ich machte mich auf den Weg zu einer meiner Fallen weiter vorn, schritt vorsichtig durch das hohe Gestrüpp und hielt die Augen nach Wild offen. Bei diesem Wetter bezweifelte ich, dass ich Glück haben würde. Alle Tiere im Wald hatten sich zweifellos zurückgezogen, als dieser plötzliche Sturm über uns hereinbrach. Das Einzige, was hier draußen noch übrig war, waren Elementarwesen und Schattengestalten - und ich hatte keine Lust, mich mit einem von beiden anzulegen.

Als ich vor ein paar Stunden loszog, war der Himmel klar

und hell gewesen. Erst in der letzten Stunde hatten sich die Gewitterwolken über mir zusammengebraut, wie aus dem Nichts oder vielleicht von den Göttern selbst herbeigerufen. Ich zitterte und dass nicht nur wegen der Kälte, die durch meine durchnässte Kleidung in meine Knochen drang.

Ich bückte mich, um die Falle zu überprüfen, die ich heute Morgen aufgestellt hatte und atmete erleichtert auf. Ein großes Kaninchen war darin gefangen worden. Heute Nacht würde ich zu essen bekommen. Heute Nacht würde Tash in Sicherheit sein.

Ich warf das Kaninchen in einen Sack und schwang ihn mir über die Schulter. Als ich mich umdrehte, war ich nicht mehr allein. Ich ließ den Sack fallen und spannte meinen Bogen, das Herz schlug mir bis zum Hals.

Eine alte Frau stand vor mir, ihr Körper war vom Alter gekrümmt, ihre Haut blass und faltig. Sie trug einen ausgefransten Umhang und krauses weißes Haar entwich ihrer tiefhängenden Kapuze. Ich hatte sie nicht hören können als sie sich näherte, da der Sturm alle Geräusche bis auf das Prasseln des Regens in den Bäumen übertönte.

„Kann ich Ihnen helfen?", rief ich ihr zu, während ich meinen Bogen senkte und meinen heruntergefallenen Sack aufhob.

„Vielleicht." Sie starrte mich an und runzelte die Stirn, dann sah sie sich verwirrt um.

„Sie müssen sich verlaufen haben. Ich kann Ihnen den Weg nach Stoneham, der nächstgelegenen Stadt, zeigen."

„Das ist sehr nett von Ihnen."

Ich bot ihr meinen Arm an, sie nahm ihn und lehnte sich an mich. Ihr Griff war fest, obwohl sie so zerbrechlich wirkte, dass ich befürchtete, eine starke Windböe könnte ihre Knochen zu Staub verwandeln. Ich fragte mich, wie sie überhaupt mitten in den Wald gekommen war. Sie sollte nicht allein unterwegs sein, schon gar nicht bei diesem Wetter.

„Wie ist Ihr Name?", fragte sie.

„Kira."

Während wir vorsichtig durch den Wald schritten, blickte sie in den dunklen Himmel und ließ den Regen über ihr Gesicht laufen. „Es zieht ein Sturm auf."

Ich tätschelte ihre faltige Hand, die auf meinem Arm ruhte. „Ich glaube, er ist schon da. Aber wenn wir uns beeilen, können wir ihm entkommen. Das Gasthaus ist gleich da vorne."

„Diesem Sturm kann man nicht entkommen." Sie drehte sich zu mir um und ihre Augen waren hart wie Stahl. „Sie nicht."

Ihre Worte jagten mir einen weiteren Schauer über den Rücken. „Ich bin mir nicht sicher, was Sie meinen."

Sie hielt meinem Blick noch ein paar Sekunden stand, dann winkte sie mit der Hand. „Nur das Geschwätz einer alten Frau. Mehr nicht."

Ich runzelte die Stirn, lief aber weiter durch das nasse Gebüsch. „Wir sind fast da."

„Ja, das sind wir", sagte sie.

Ein raschelndes Geräusch vor mir erregte meine Aufmerksamkeit. Ich ließ ihren Arm los und spannte meinen Bogen. „Bleiben Sie zurück. Ich werde mich vergewissern, dass der Weg frei ist."

Ich trat einen Schritt vor und spähte durch das Gebüsch vor uns, um nach dem leichtesten Wackeln eines Blattes oder dem Hauch eines Fells Ausschau zu halten. Aber da war nichts, außer dem unerbittlichen Regen.

Als ich mich umdrehte, war die Frau verschwunden.

„Hallo?", rief ich, drehte mich um und suchte die Gegend nach ihr ab. Der Sturm machte es schwer etwas zu sehen, aber es gab nirgendwo eine Spur von ihr. Sie war einfach ... verschwunden.

Ich ging den Weg zurück, den wir gekommen waren und rief nach der Frau, aber ich konnte sie nirgends finden. Es gab keine Anzeichen dafür, dass sie jemals in diesem Wald war.

Nach vielen langen Minuten, in denen der Regen auf mich niederprasselte und der Wind an meinem Mantel peitschte, gab ich die Suche widerwillig auf. Ich sagte mir, dass sie ohne mich ins Dorf gegangen sein musste, aber irgendetwas daran stimmte nicht. Es war jedoch die einzige Erklärung, es sei denn, sie war eine Schattengestalt. Aber wenn das der Fall wäre, würde ich nicht mehr atmen, zumindest wenn ich den Geschichten Glauben schenkte, die ich gehört hatte. Ich hatte noch nie eine Schattengestalt gesehen, aber es hieß, es seien geisterhafte Wesen, die sich unsichtbar machen, durch Wände gehen und das Leben aus einem heraussaugen konnten. So seltsam die Frau auch war, sie wirkte zumindest vollkommen menschlich. Trotzdem war es wohl das Beste, wenn ich mich beeilte, zurückzukommen.

Ich machte mich auf den Weg zum Gasthaus, wobei ich mich mehr von meinem Instinkt als von meinen Augen leiten ließ. Als ich den Wald verließ, sanken meine Schuhe in den Schlamm ein und der unerbittliche Wind riss mir die Kapuze vom Kopf. Ich versuchte, sie wieder aufzusetzen, aber es war sinnlos. Mein Haar war bereits durchnässt und ich fror bis auf die Knochen.

Blitze zuckten über mir auf und gleich darauf folgte das tiefe Grollen des Donners. Ich rannte so schnell ich konnte zum Gasthaus, aber der Wind war so stark, dass er mich zurückzudrängen schien, als würde er jeden meiner Schritte bekämpfen. Ich rutschte im Schlamm aus und fiel auf die Knie, wobei ich mich mit den Händen abstützte. Der Aufprall erschütterte meine Knochen und einen Moment lang konnte ich nur benommen und von Kopf bis Fuß mit Schlamm bedeckt verharren.

Als ich versuchte aufzustehen, erleuchtete ein heller Knall den Himmel und blendete mich. Heißer Schmerz durchzuckte meinen Kopf und ich schrie auf, als ein Blitz durch mich hindurchfuhr. Elektrizität breitete sich in meinem ganzen Körper aus, setzte jeden Nerv in Brand und verbrannte mich von innen heraus. Sie raste durch mein Blut und ich dachte, mein Herz würde vor lauter Kraft, die um die Kontrolle in mir kämpfte, zerspringen. Die Zeit blieb stehen und der Schmerz war das Einzige, was ich noch wahrnahm.

Und dann war er verschwunden.

Ein tiefer, höhlenartiger Donner ertönte um mich herum, als ich endlich wieder sehen konnte. Mein ganzer Körper zitterte und bebte unkontrolliert. Ich war vollständig von Schlamm bedeckt, Regen prasselte auf mein Gesicht, Wind peitschte durch mein Haar und Funken tanzten in meinem Blut. Es war, als hätten die Elementargötter selbst daran gedacht mich niederzustrecken und dann beschlossen, mich doch am Leben zu lassen.

Ich rappelte mich wieder auf und wäre beinahe erneut im glitschigen Schlamm ausgerutscht. Als ich wieder auf den Beinen war, schnappte ich mir den Beutel mit dem Kaninchen, den ich fallen gelassen hatte und stolperte zur Hintertür des Gasthauses. Ich öffnete die Tür mit einiger Anstrengung, da der Wind mir zu schaffen machte und trat dann in die vertraute warme Küche, in der es nach Eintopf und gebackenem Brot roch. Sobald die Tür geschlossen war, ließ ich mich schwer atmend dagegen fallen.

Ich war vom Blitz getroffen worden. Doch irgendwie lebte ich noch.

Schnell untersuchte ich meinen Körper auf Anzeichen von Verletzungen, aber ich schien körperlich in Ordnung zu sein, obwohl mein Mantel verkohlt war und ich dringend ein Bad brauchte. Das Einzige, was mich plagte, war der Schock.

Nichts davon ergab einen Sinn. Blitze schlagen normalerweise in das höchste Objekt in der Umgebung ein und ich war nicht mal in der Nähe davon. Ich war von viel besseren Zielen umgeben gewesen. Dort war das Gasthaus. Die Ställe. Die Bäume. Warum hatte er mich getroffen?

Und wie hatte ich es ohne einen Kratzer überstanden?

KAPITEL 2
KIRA

K ira?", rief eine freundliche Stimme. Meine beste Freundin Tash, die als Kellnerin im Gasthaus und in der Taverne ihres Vaters arbeitete. Wie die meisten Menschen im Erdreich hatte sie dunkle Haut und dickes schwarzes Haar, das sie oft in einem Zopf trug, und mit ihrem fröhlichen Lächeln ließ sie selbst die langweiligste Schürze gut aussehen. Sie eilte zu mir herüber und keuchte. „Du armes Ding. Du bist völlig durchnässt und siehst aus, als hättest du mit den Schweinen eine Schlammschlacht veranstaltet. Komm rein und wir bringen dir etwas zum Aufwärmen."

„Mir geht es gut", sagte ich, aber es war nicht sehr überzeugend. Ich war mir ziemlich sicher, dass meine Zähne klapperten. „Ich muss mich nur umziehen."

Tash biss sich auf die Lippe, nickte aber. „Hast du etwas gefangen?"

„Ja." Ich reichte ihr den Sack mit dem Kaninchen. Es war

nicht viel, aber es würde reichen müssen. Zwischen den Angriffen der Elementarwesen auf die nahegelegenen Bauernhöfe und den Steuern des Schwarzen Drachen war das Essen in diesen Tagen rar. Daran erinnerte uns Roark oft.

Ihr Gesicht wurde vor Erleichterung weicher. „Den Göttern sei Dank."

Ich schnaubte. „Die Götter haben uns im Stich gelassen. Danke lieber mir, dass ich die Fallen im Voraus aufgestellt habe."

Sie gluckste. „Geh dich sauber machen, du verteilst den Schlamm in der ganzen Küche. Mutter wird einen Anfall bekommen."

Ich verließ die Küche und ging in den kleinen Raum dahinter, in dem ich zurzeit wohnte. Roark, Tashs Vater, besaß dieses Gasthaus und erlaubte mir hier zu wohnen, solange ich ihm etwas Wild fing und einige Kräuter und Gewürze aus dem Wald holte. Wenn ich etwas mitbrachte, bekam ich an diesem Abend etwas zu essen. Wenn nicht, bekam ich nichts. Wenn ich zwei Tage hintereinander nichts brachte, schlug er Tash zur Strafe. Oh, ursprünglich hatte er versucht mich zu schlagen, aber das war mir egal. Ich hatte schon viel Schlimmeres erlitten. Er merkte bald, dass es mir mehr wehtat, wenn er seine eigene Tochter schlug, meine einzige wahre Freundin.

Ich hatte nie wieder zwei Tage hintereinander versagt.

Schnell zog ich meinen schmutzigen Mantel und den Rest meiner Jagdkleidung aus und zog dann ein einfaches blaues Kleid mit ausgefransten Rändern an. Meine schlammigen Stiefel tauschte ich gegen mein einziges Paar matter

Pantoffeln aus. Für mein nasses, verkrustetes Haar, das im Moment mehr braun als rot war, konnte ich nichts tun, aber ich versuchte es trotzdem zu glätten und wischte den getrockneten Schmutz weg.

Noch einmal überprüfte ich mich auf Verletzungen, aber es schien keine bleibenden Schäden von meiner Begegnung mit dem Tod zu geben. Trotzdem ließ ich mich auf das schmale Bett sinken, rieb mir mit zitternden Händen die Augen und versuchte, das Gefühl des Grauens zu vertreiben. Zwischen den Worten der alten Frau und dem Blitzeinschlag war mein zwanzigster Geburtstag definitiv nicht so verlaufen, wie ich es mir erhofft hatte.

Nachdem ich mich wieder gefangen hatte, kehrte ich in die Küche zurück. Tash trieb mich in die Taverne, zu dem einsamen leeren Tisch in der Ecke. „Setz dich hierher", sagte sie. „Ich bringe dir etwas zu essen."

„Danke." Ich drückte kurz ihren Arm, bevor sie sich davonschlich.

Das Gasthaus war voll mit Soldaten und Reisenden, die dem Sturm entkommen wollten und die Luft roch feucht und moschusartig. Ich suchte schnell den Raum ab, aber die alte Dame war nicht in Sicht. Vielleicht hatte sie sich bereits auf ihr Zimmer begeben, um sich auszuruhen. Ich wandte den Blick ab, als mir einer der diensthabenden Soldaten des Schwarzen Drachen einen strengen Blick zuwarf. Hinter ihren geflügelten Helmen und schuppigen schwarzen Rüstungen hielten sie stets Wache und waren bereit, ihre Herrschaft durchzusetzen. Die grünen Abzeichen auf ihren Schultern signalisierten, dass sie zur Erdreichabteilung der Onyxarmee gehörten, die dem Jade Drachen unterstellt war.

An der Bar unterhielten sich ein paar Reisende in gedämpftem Ton, aber das Wort „Elementarwesen" drang zu mir herüber und erregte meine Aufmerksamkeit. Ich beugte mich vor und versuchte, den Rest zu verstehen.

„Die Bergleute haben zu tief gegraben und diese großen Stein Elementarwesen verärgert", sagte ein Mann in einem dunkelgrünen Umhang. „Sie haben die Stadt ziemlich übel zertrümmert, bevor sie schließlich vertrieben wurden."

„Sollen sich die Drachen nicht um die kümmern?", murmelte ein anderer Mann in seinen Krug.

Eine Frau mit einem roten Schal um den Hals schnaubte leise. „Sie sind zu sehr damit beschäftigt, Steuern einzutreiben und den Widerstand zu zerschlagen."

„Ich habe den Purpurnen Drachen neulich im Nachbardorf gesehen", sagte ein anderer Mann und ließ meinen Rücken versteifen. „Er flog über uns hinweg, als ob er nach etwas suchen würde. Oder jemanden."

Die Frau warf dem Soldaten in der Nähe einen warnenden Blick zu, bevor sie flüsterte: „Ich habe gehört, dass der Goldene vor einer Woche in Pebbleton war."

„So weit weg von Soulspire tauchen nie Drachen auf. Warum jetzt?", fragte der erste Mann.

Der zweite Mann leerte seinen Drink mit einem säuerlichen Blick. „Der Schwarze Drache verlangt mehr Tribut als je zuvor. Ihre Drachen sind da um sicherzustellen, dass wir gehorchen."

Kalte Angst schnürte mir die Kehle zu. Wenn die Drachen in der Nähe waren, bedeutete das, dass es für mich Zeit war, Stoneham zu verlassen. Und zwar bald.

Ich hatte in meinem Leben schon zwei Drachen gesehen

und wollte nie wieder einem begegnen. Die Schreie und der Geruch von brennendem Fleisch verfolgten mich noch immer in meinen Träumen, aber Stoneham war bisher sicher gewesen. Ich lebte hier, seit ich siebzehn war, im hinteren Teil des Gasthauses, das Tashs Familie gehörte, hielt mich bedeckt und hielt mich aus Schwierigkeiten heraus. Diese Stadt lag am äußersten Rand des Erdreichs, weit genug von Soulspire entfernt, sodass der Schwarze Drache und seine Gefährten nie so weit hinausflogen.

Bis jetzt.

Tash stellte eine dampfende Schüssel mit Kanincheneintopf und einen Krug mit Met hin, dazu einen kleinen Kuchen, den sie mit weißem Zuckerguss verziert hatte. „Hier, bitte sehr!"

„Was ist das?", fragte ich und zog eine Augenbraue hoch während ich den Kuchen betrachtete.

„Der ist natürlich für deinen Geburtstag. Du hast doch nicht wirklich erwartet, dass ich das vergesse, oder?" Sie schenkte mir ein warmes Lächeln.

„Danke, Tash." Ich hatte nicht gewollt, dass sie eine große Sache aus meinem Geburtstag machte, aber ich wusste es zu schätzen, dass sie daran dachte. Schließlich war sie das, was einer Familie für mich am nächsten kam.

Sie beugte sich herunter und umarmte mich kurz. „Herzlichen Glückwunsch zum Geburtstag."

Ich erwiderte die Umarmung. „Hey, hast du hier eine ältere Frau mit weißen Haaren vorbeikommen sehen? Ich bin im Wald auf sie gestoßen, aber habe sie dann verloren."

„Nein, aber ich war die ganze Nacht in der Küche. Vater hat sie wahrscheinlich schon auf ein Zimmer gebracht."

„Das hoffe ich. Mir gefällt der Gedanke nicht, dass sie dort draußen allein ist." Irgendetwas an dieser Begegnung gab mir ein unangenehmes Gefühl, aber ich konnte es nicht genau benennen.

Tash drückte mir die Schulter. „Wenn du sie da draußen nicht gesehen hast, dann muss sie irgendwo drinnen in Sicherheit sein. Vielleicht wohnt sie bei Verwandten in der Stadt."

„Ich bin sicher, du hast recht", sagte ich und versuchte mein Unbehagen zu vertreiben, während ich einen Bissen von meinem Kuchen nahm. „Hm. Der ist köstlich."

„Natürlich ist er das." Sie zwinkerte mir zu, wurde dann aber an einen anderen Tisch gerufen. Ich sah zu wie sie ging und Traurigkeit schnürte mein Herz fest zu. Ich wollte Stoneham nicht verlassen. Tash war meine beste Freundin und mehr als das, sie brauchte mich. Wenn ich weg war, wer würde sie dann vor ihrem Vater beschützen?

Vielleicht würde sie mit mir kommen, wenn ich ginge. Aber nein, sie würde ihre Mutter niemals zurücklassen. Vielleicht war es nur ein Zufall, dass die Drachen in der Nähe gesichtet worden waren. Vielleicht würden sie gar nicht nach Stoneham kommen.

Vielleicht musste ich gar nicht weglaufen. Zumindest jetzt noch nicht.

Ein Tumult und ein Schrei an der Bar erweckten meine Aufmerksamkeit. Zwei der Soldaten zerrten den Mann im grünen Umhang von seinem Stuhl und stießen ihn zu Boden, während die Frau schrie: „Wir haben uns nur unterhalten! Wir haben es nicht böse gemeint!"

Ich sah mit Schrecken zu und es drehte sich mir der Magen um bei dem Gedanken, was als Nächstes passieren würde. Ich hatte es schon einmal erlebt und egal, wie sehr ich diesen Menschen helfen oder die Soldaten aufhalten wollte, ich konnte nichts tun. Ich wusste wie ich mich ein wenig verteidigen konnte, aber nicht gegen zwei gepanzerte Soldaten mit Schwertern, die so lang waren wie mein Arm. Der einzige Grund, warum ich so lange überlebt hatte war, dass ich mich nicht einmischte und mich aus Schwierigkeiten heraushielt. Aber das hielt mich nicht davon ab mir zu wünschen, ich könnte irgendetwas tun um das zu verhindern.

Einer der Soldaten packte die Frau am Handgelenk und zerrte sie ebenfalls vom Hocker. „Für mich klingt das so, als gehörten Sie zum Widerstand. Meinst du nicht auch, Ment?"

Der andere Soldat nickte und ein grausames Lächeln umspielte seine Lippen. „Das tut es. Und wir alle wissen, wie wir mit dem Abschaum des Widerstands umgehen."

Der vermummte Mann schüttelte vehement den Kopf. „Wir sind nicht vom Widerstand! Wir sind dem Schwarzen Drachen treu, ich schwöre es!"

„Erzählen Sie das der Geistergöttin, wenn Sie sie sehen", sagte Ment, während er den Mann auf die Beine zerrte.

Roark starrte sie von der Theke aus an und rieb sich die Hände an einem Handtuch ab, sagte aber nichts. Die Soldaten nickten ihm zu, als sie die beiden sich wehrenden Menschen aus dem Gasthaus führten. Die Tür schloss sich und der ganze Raum erstarrte, als ein heulender Schrei den Regen durchbrach, bevor er abrupt unterbrochen wurde. Mit grimmigen Gesichtern kehrten die anderen Leute in der Taverne zu ihren Mahlzeiten und ihren Gesprächen zurück, einschließlich des anderen Mannes, der sich mit den todgeweihten Reisenden unterhalten hatte. Vielleicht waren wir alle Feiglinge, aber es war die einzige Möglichkeit zu überleben.

Ich ließ den Kopf sinken, während Scham und Verzweiflung in mir kämpften und ich begriff, dass es keinen Sinn hatte wegzulaufen. Egal wohin ich ging, ich konnte den Drachen und ihren Soldaten nicht entkommen.

KAPITEL 3
KIRA

In dieser Nacht hatte ich den ersten Traum.

Ein schelmischer, gutaussehender Mann mit Haaren in der Farbe von Herbstlaub, zog ein großes Schwert und stürzte sich auf einen Gegner. Beide trugen die schwarz geschuppte Rüstung der Onyxarmee mit den roten Schulterabzeichen der Abteilung des Feuerreichs. Eine kleine Menschenmenge hatte sich um sie herum versammelt während sie kämpften, aber der braunhaarige Mann war der einzige, den ich deutlich sehen konnte. Obwohl ich die Soldaten des Schwarzen Drachen hasste, konnte ich meinen Blick nicht von ihm abwenden und das unerwartete Verlangen, das er in mir weckte, nicht vertreiben. Während ich zusah, wich er aus, parierte und entwaffnete seinen Gegner schnell und gewann den Trainingskampf, ohne ins Schwitzen zu kommen. Er verbeugte sich vor seinem Gegner und als er sich erhob, sah ich etwas in seinen braunen Augen aufblitzen.

Als ich aufwachte, war meine Haut so heiß, dass ich die

Decke von mir werfen musste. Ich war mir sicher, dass ich ihn noch nie in meinem Leben gesehen hatte - ich hätte mich an einen so attraktiven Mann erinnert. Ich war mir aber nicht sicher, was das Feuer in seinen Augen zu bedeuten hatte. Der einzige Mann, der Flammen kontrollieren konnte, war Sark, der Purpurne Drache und das war nicht er. Ich würde das Gesicht *dieses* Monsters nie vergessen.

Ich tat es als einen seltsamen Traum ab, eine Folge meiner Einsamkeit und nichts weiter und zwang mich, wieder einzuschlafen. Doch in der nächsten Nacht hatte ich einen weiteren Traum. Diesmal ging es um einen anderen Mann, der in einer Bibliothek stand und einige der schönsten Kleider trug, die ich je gesehen hatte. Es handelte sich eindeutig um einen Adligen mit goldenem Haar, heller Haut und einem fein modellierten Gesicht, das ich stundenlang anstarren konnte. Er war sehr groß, aber als er nach einem Buch in einem sehr hohen Regal griff, berührten seine Finger es kaum. Plötzlich wirbelte ein Windstoß um ihn herum und das Buch fiel ihm in die Hand.

Unmöglich. Ich hatte den Goldenen Drachen noch nie gesehen, aber irgendwie wusste ich, dass er das nicht war. Aber wenn nicht, wie konnte dieser Mann das Element Luft kontrollieren? Nur die Drachen, die Vertreter der Elementargötter, waren mit einer solchen Macht gesegnet. Darunter natürlich auch der Schwarze Drache - seine Frau und unser oberster Herrscher.

Das war Unsinn, sagte ich mir. Mein Traumhirn hatte sich einfach seltsame Bilder ausgedacht, weil ich Angst hatte, dass die Drachen mich holen würden. Das war alles.

Aber die Träume gingen weiter.

Eines Nachts begegnete ich einem schroffen, gutausse-
henden, grünäugigen Mann mit dunkler Haut, einem
gepflegten Bart und einer breiten Brust. Mit muskulösen
Armen hämmerte er auf ein Schwert ein, doch als er es
hochhob, schwor ich, dass sich das Metall nur durch die
Kraft seines Geistes verbog. Ich hatte den stärksten Drang,
zu ihm zu laufen und mein Gesicht an seiner starken Brust
zu vergraben, weil ich wusste, dass er mich mit jedem
Atemzug beschützen würde.

Im nächsten Traum sah ich einen schwarzhaarigen
Mann, der Gefahr ausstrahlte und wie ein Gespenst durch
den Wald glitt. Der Regen prasselte gegen die Blätter, doch
irgendwie blieb er unberührt. Er zog seine Kapuze herunter
und ich erhaschte einen flüchtigen Blick von scharfer, tödlicher Schönheit. Als ich aufwachte, war mein ganzer Körper
in kalten Schweiß gebadet. Wie die anderen erfüllte er mich
mit einem seltsamen Gefühl von Verlangen und Sehnsucht,
das ich weder verstehen noch erklären konnte.

Jede Nacht wurde ich von einem meiner seltsamen
Elementar-Traummänner besucht, obwohl sie nie zu wissen
schienen, dass ich ihnen nachspionierte. Bald begannen sie
alle zu reisen, obwohl ich nicht sagen konnte, wohin sie
gingen oder warum. Alles, was ich mitbekam, waren kurze
Einblicke in ihr Leben ohne wirklichen Zusammenhang.
Oder zumindest in die Leben, die mein Verstand für sie
erfand - natürlich war keines davon real. Auch wenn ich
anfing mir insgeheim zu wünschen, dass sie es wären.

Die Reiseträume waren eindeutig ein Zeichen dafür,
dass ich mich ebenfalls auf den Weg machen sollte, doch ich
zögerte. Ein Monat verging. Ich sagte mir, ich brauche mehr
Zeit. Zeit, um die nötigen Münzen zu sammeln. Zeit, um

mehr über die Absichten der Drachen zu erfahren. Zeit, um sicherzustellen, dass es Tash gut gehen würde. Aber ich habe das Unvermeidliche nur hinausgezögert.

„Ich habe gehört, dass es in der Taverne einen Soldaten aus dem Feuerreich gibt", sagte der Pfeilmacher, als ich ihm meine Münzen im Tausch gegen weitere Pfeile reichte.

Meine Finger krampften sich um meinen Bogen. „Ein Soldat aus dem Feuerreich? Hier?"

„Das hat Brant erzählt, als er das Holz ablieferte. Es scheint, als würde der Soldat nach jemandem suchen. Vielleicht ist er auf der Suche nach Mitgliedern des Widerstands?" Er zuckte mit den Schultern.

Ich versteifte mich. „Keiner von uns hat etwas mit ihnen zu tun. Jeder weiß, dass wir alle dem Schwarzen Drachen treu dienen."

„Ich bin sicher, er ist nur auf der Durchreise." Er runzelte die Stirn und blickte misstrauisch zur Tür, wo zwei Soldaten aus dem Erdreich zu sehen waren, die in der Stadt patrouillierten. „Trotzdem bin ich froh, wenn er sich auf den Weg macht."

„Ich auch."

Das konnte nur ein Zufall sein. Soldaten aus dem Feuerreich kamen nicht oft nach Stoneham, aber nichts an der Geschichte des Pfeilmachers deutete darauf hin, dass der Mann derselbe war wie in meinen Träumen. Trotzdem konnte es nicht schaden, einen Blick auf ihn zu werfen, nur um mich zu beruhigen. Ich musste in den Wald gehen und etwas Wild für Roark erlegen, aber zuerst musste ich mir sicher sein.

Ich schlich mich in den hinteren Teil des Gasthauses, wo ich Tash und ihre Mutter Launa bei der Arbeit in der Küche vorfand, mit besorgten Augen und hektischen Händen, als hätten sie dringend etwas zu tun. Normalerweise ein Hinweis darauf, dass Roark wieder trank, obwohl ich keine Spur von ihm sah.

„Ist alles in Ordnung?", fragte ich, während ich meinen Mantel auszog und ihn an die Tür hängte.

„Da ist ein Soldat aus dem Feuerreich in der Taverne, der alle nervös macht." Tash zupfte an ihrem Zopf und warf mir einen besorgten Blick zu. „Und er sucht nach jemandem, der dir sehr ähnlich sieht."

„Mir?", fragte ich und blinzelte. „Was sollte ein Soldat von mir wollen?"

„Ich weiß es nicht, aber es gefällt mir nicht."

„Vielleicht solltest du dich verstecken", sagte Launa, ihre Stimme war sanft wie die einer Taube. „Wir werden ihm sagen, dass du die Stadt verlassen hast."

Ich zog es ernsthaft in Erwägung, meine Sachen zu packen und zu fliehen, wie ich es vor einem Monat hätte tun sollen. Aber wenn dies der Soldat war, den ich in meinen Träumen gesehen hatte, musste ich ihn treffen. Das war die einzige Möglichkeit, mehr über diese seltsame Verbindung zwischen uns herauszufinden.

Ich berührte sanft Launas Arm. „Ich komme schon zurecht."

Sie nickte, obwohl ihr Gesicht von Sorge gezeichnet war. Tash umarmte mich und flüsterte mir zu, ich solle vorsichtig sein, bevor ich aus der Küche in die Taverne trat.

Der Soldat stand mit dem Rücken zu mir und das erste was ich sah, war sein dunkles kastanienbraunes Haar, das den selben Farbton hatte wie in meinem Traum. Ich konnte schwören, dass mein Herz aufhörte zu schlagen, als ich einen Schritt auf ihn zuging und dann noch einen. Er muss mich hinter sich gehört haben, denn er stand auf, drehte sich um und seine braunen Augen trafen meine.

„Du bist es", sagte er.

Erkenntnis überkam mich und es fiel mir schwer zu sprechen. Alles an ihm - von seinem perfekt zerzausten Haar bis zu seinen breiten Schultern in der schwarz-roten Militäruniform - kam mir bekannt vor. Ich hatte das Gefühl ihn bereits zu kennen, obwohl wir uns noch nie begegnet waren. Aber wie war das möglich? Wie konnte es sein, dass dieser Mann aus meinen Träumen vor mir stand?

Und bedeutete das, dass die anderen Männer auch real waren?

KAPITEL 4
JASIN

Vor einem Monat war ich auf Patrouille im Wald und hatte angehalten, um an einen Baum zu pinkeln, als der Feuergott in seiner ganzen lodernden Pracht aus dem Nichts erschien und mir sagte, ich solle eine Frau finden. Und wenn ein Riese aus Flammen einem sagt, man solle etwas tun, dann tut man es auch. Vor allem, wenn er eine flammende Hand um deinen Hals legt. Aber anstatt mich lebendig zu verbrennen, wurde seine Macht von meinem Körper absorbiert und ich wurde als der nächste Purpurne Drache gebrandmarkt.

Der Feuergott teilte mir meine Aufgabe mit und gab mir einen Namen – Kira. Er gestattete mir für den Bruchteil einer Sekunde einen Blick auf ihr Abbild und gab mir einen Monat Zeit, sie zu finden. Keine Wegbeschreibung. Keine Hinweise. Nicht einmal eine vage Vorstellung davon, in welchem Reich sie sich aufhielt. Nur den Befehl, sie zu finden, ihr zu dienen und sie zu beschützen. Dann verschwand er.

Ich brauchte ein oder zwei Tage, um seine Forderung zu

begreifen und zu glauben, dass das alles wirklich passiert war. Der Feuergott erschien den Menschen nicht einfach, schon gar nicht gewöhnlichen Leuten wie mir. Nicht falsch verstehen, ich war ein verdammt guter Soldat, aber das war es auch schon. Bis zu diesem Zeitpunkt war ich nicht einmal sicher, ob die Götter wirklich existierten. Immerhin hatte man seit Hunderten von Jahren nichts mehr von ihnen gehört. Jetzt war ich von einem von ihnen dazu auserwählt worden, sein Vertreter in dieser Welt zu sein und den Platz des derzeitigen Purpurnen Drachen einzunehmen, der nicht glücklich darüber sein würde, aus dieser Rolle verdrängt zu werden.

Ich hatte die letzten zwei Wochen damit verbracht, vom Feuerreich aus nach Nordwesten in die tiefsten Tiefen des Erdreichs zu reisen, wobei ich dem anhaltenden Drang folgte, der mich dorthin führte. Jetzt stand die Frau vor mir, die der Feuergott mich zu finden geschickt hatte und sie war so wunderschön, dass mein Blut in Wallung geriet wie nie zuvor. Ihr leuchtend rotes Haar war zu einem engen Pferdeschwanz zusammengebunden und ich verspürte den stärksten Drang, es zu befreien und es ihr über die Schultern fallen zu lassen. Ihre scharfen Augen hatten eine faszinierende haselnussbraune Farbe, als ob viele verschiedene Schattierungen in ihnen tanzten. Und ihr Körper mit den durchtrainierten Armen, den vollen Brüsten und den kurvigen Hüften ... verdammt. Vielleicht wäre es doch nicht so schlimm, für den Rest meines Lebens an eine Frau gebunden zu sein.

Ein Grinsen breitete sich langsam auf meinem Gesicht aus. „Ich hatte ja keine Ahnung, dass du in natura so schön sein würdest. Ich danke den Göttern."

„Wer bist du?", fragte Kira mit Misstrauen in der Stimme. Sie starrte mich an, als würde sie mich erkennen, war sich aber nicht sicher woher. Wusste sie nicht, wer ich war? Oder was sie war?

„Mein Name ist Jasin", sagte ich. „Ich wurde geschickt, um dich zu finden."

Ihre Augen verengten sich. „Geschickt? Von wem?"

„Vom Feuergott."

Sie trat einen Schritt zurück und stieß gegen einen Stuhl, der zu Boden fiel, während Angst und Verwirrung ihr Gesicht durchzogen. „Ich verstehe das nicht."

Vielleicht wusste sie es wirklich nicht. War sie nicht auch von der Geistergöttin aufgesucht worden? Wusste sie nichts von der Aufgabe, die vor uns lag?

Ich blickte mich um, aber die Taverne war leer bis auf uns beide. Ich trat näher heran und senkte sicherheitshalber meine Stimme. „Vor ein paar Wochen erhielt ich einen Besuch vom Feuergott. Er sagte mir, dass ich der künftige Purpurne Drache sei und dass ich dich finden müsse - den nächsten Schwarzen Drachen."

KAPITEL 5
KIRA

J eder wusste, dass der Schwarze Drache und die
anderen Drachen unsterblich waren. Sie hatten die
letzten tausend Jahre regiert und würden noch
weitere tausend regieren. Jeder von ihnen war der göttliche Vertreter der fünf Elementargötter, persönlich ausgewählt, um ihnen zu dienen und über den Rest von uns zu
herrschen. Dieser Mann konnte keiner von ihnen sein - und
ich auch nicht.

„Nein", sagte ich, während mir der Kopf schwirrte.
„Unmöglich."

„Ich werde es dir beweisen", sagte der Soldat - Jasin. Er
hob seine Hand und beschwor einen Flammenball, der über
seine Fingerspitzen tanzte.

Trotz der Hitze des Feuers spürte ich nur kalten Schrecken. Ich machte auf dem Absatz kehrt und rannte so
schnell ich konnte aus dem Gasthaus, während mir der Tod
meiner Eltern in den Sinn kam und ihre Schreie auch sieben
Jahre später noch in meinen Ohren klangen. Ich konnte es

nicht mehr leugnen. Jasin war wirklich der Purpurne Drache und ein Soldat der Onyxarmee, was bedeutete, dass ich mich so weit wie möglich von ihm entfernen musste.

Ich stürzte mich in den Wald, auf die versteckten Pfade, die ich wie meine Westentasche kannte, und stürzte durch das Gestrüpp, meinen Bogen fest in den Fingern. Ich ließ mich nur von Instinkt und Angst leiten, ohne einen festen Plan im Kopf, abgesehen davon, dass ich fliehen wollte. Nicht nur, um mich selbst zu retten, sondern auch um Tash und ihre Mutter zu retten. Ich konnte nicht zulassen, dass er sie bei lebendigem Leib verbrannt wurden, wie es der andere Purpurne Drache mit meiner Familie getan hatte.

Jasin rief: „Warte!" Er verfolgte mich in den Wald und schaffte es mit seinen langen Beinen, mich innerhalb weniger Minuten einzuholen.

Als ich einen Blick zurückwarf, war er schon fast bei mir. Ich stolperte und fiel über einen umgestürzten Baum und er krachte von hinten in mich hinein und stürzte mit mir zu Boden. Er landete auf mir und drückte mich mit seinem harten, muskulösen Körper zu Boden.

Sein Gesicht war dicht an meinem und wir atmeten beide schwer, die Brust aneinandergepresst. „Ich werde dir nicht wehtun", sagte er. „Es ist meine Pflicht, dir zu dienen und dich zu beschützen."

Ich starrte ihm in die Augen und wich nicht zurück. „Warum?"

„Weil du der Schwarze Drache bist."

Ich stieß ein scharfes Lachen aus. „Wohl kaum."

„Du bist es. Oder du wirst es sein, wenn du dich mit mir und den anderen drei Drachen verbündet hast. Dann wirst du der Stärkste von uns allen sein."

Der Schwarze Drache war der Vertreter der Geistergöttin und konnte alle Elemente beherrschen. Sie hatte immer vier männliche Drachen als Gefährten, von denen jeder eines der Elemente Feuer, Wasser, Erde und Luft repräsentierte. Wenn Jasin recht hatte - was offensichtlich nicht der Fall war -, dann wäre er einer der Männer, die ein Leben lang an mich gebunden waren, als mein Geliebter, mein Ehemann und mein Beschützer.

Die Vorstellung, mit den vier Männern aus meinen Träumen zu schlafen, löste eine Welle der Begierde zwischen meinen Beinen aus, ebenso wie das Gefühl, Jasin auf mir zu haben. Als wir uns in die Augen schauten, öffneten sich meine Lippen und heiße Lust durchströmte mich. Funken der Leidenschaft schienen zwischen uns aufzuflackern und für eine Sekunde griff ich nach seinem Hemd und zog seinen Mund fast auf meinen.

Bei den Göttern, was war nur los mit mir?

„Runter von mir", sagte ich und schob ihn beiseite, bevor ich etwas Dummes tat. Ich stand auf und bürstete den Schmutz und die Blätter von mir ab. „Wenn du recht hast, wo sind dann die anderen drei?"

„Ich bin sicher, sie werden bald hier sein. Man nannte uns deinen Namen und sagte uns, wir würden uns in der Reihenfolge unserer Ankunft mit dir verbinden. Auch wenn die anderen versuchten es zu ignorieren, wurde das Bedürfnis dich zu finden, mit jedem Tag der verging, fast übermächtig." Er stand langsam auf, während seine dunklen Augen wie eine Liebkosung an meinem Körper auf und ab fuhren. „Ich bin aber froh, dass ich der Erste war."

Ich versuchte zu ignorieren, wie sein anzügliches Lächeln mich so erhitzte wie die Flamme, die er beschworen hatte. „Wenn du der Purpurne Drache bist, dann beweise es. Verwandle dich in deine andere Form."

„Das kann ich nicht. Ich wurde auserwählt, der nächste Purpurne Drache zu sein, aber ich werde erst dann wirklich einer, wenn ich mich im Feuertempel mit dir verbinde. Danach wirst du auch das Feuer kontrollieren können und ich werde mich nach Belieben in einen Drachen verwandeln können." Er zuckte mit den Schultern. „Zumindest hat mir das der Feuergott erzählt."

„Wie praktisch." Ich verschränkte die Arme, skeptisch gegenüber allem, was er mir erzählte. Allerdings *hatte* er Feuer aus dem Nichts heraufbeschworen, also war er nicht völlig verlogen. „Du bist ein Soldat der Onyxarmee. Warum sollte ich dir irgendetwas glauben, was du sagst?"

Alle Spuren von Belustigung wichen aus seinen Augen und er wandte den Blick mit einem Stirnrunzeln ab. „Das war ich früher, ja. Aber jetzt nicht mehr. Ich musste meinen Posten verlassen um dich zu finden und ich kann nicht mehr zurückkehren. Einem Deserteur sind sie nicht wohlgesonnen."

Nein, das sind sie nicht. Wenn die Onyxarmee ihn fände, würden sie ihn für einen Verräter halten, der mit dem Widerstand zusammenarbeitet und ein Exempel an ihm statuieren. Vorausgesetzt, dass er die Wahrheit sagte, natürlich. Immerhin trug er immer noch ihre Uniform, obwohl seine Schuppenrüstung nirgends zu sehen war.

Ich seufzte, als ich überlegte was ich tun sollte. Ich war immer noch misstrauisch, aber etwas sagte mir, dass ich ihm zuhören sollte. Vielleicht, weil ich bereits das Gefühl hatte ihn zu kennen, nachdem ich ihn in meinen Träumen so viele Nächte lang gesehen hatte. Jahre des Alleinseins hatten es mir schwer gemacht jemandem zu vertrauen, aber Jasin kam mir irgendwie bekannt vor. Zumindest sollte ich mir mehr von dem anhören, was er zu sagen hatte.

„Lass uns zurück zum Gasthaus gehen und beim Essen darüber reden", sagte ich schließlich.

„Es gibt nichts, was mir mehr Freude bereiten würde." Er gestikulierte in Richtung des Gasthauses. „Geh voraus."

Er hielt problemlos mit mir Schritt, und während wir weitergingen, warfen wir uns immer wieder verstohlene Blicke zu. Es war schwer zu glauben, dass es ihn wirklich gab und ich fragte mich, ob es ihm auch so ging. Ganz zu schweigen davon, dass er auf jeden Fall gut aussah. All diese Muskeln und dieses eingebildete Lächeln ... Ja, er musste bei den Frauen beliebt sein.

Als wir aus dem Wald herauskamen, sah ich, wie der Stallbursche ein feines weißes Pferd mit einem Sattel hereinbrachte, der mit etwas verziert war, das wie echtes Gold aussah. Die anderen Tavernenbesucher starrten es an und rätselten, welchem Adligen es wohl gehören würde.

„Schönes Pferd", sagte Jasin misstrauisch, während seine Hand auf dem Knauf seines Schwertes ruhte. „Ich frage mich, wer der Reiter ist."

Ich erinnerte mich an meinen Traum von dem Mann in feiner Kleidung, der nach einem Buch griff. Wenn es stimmte was Jasin sagte, war der Adlige, den ich gesehen hatte, wahrscheinlich der nächste Goldene Drache. Vorausgesetzt, dass irgendetwas davon wahr war und es sich nicht um eine Art Trick oder Betrug handelte. Ich fühlte mich jedenfalls nicht wie der Schwarze Drache und ich besaß auch keine eigene Magie. Alles, was ich hatte, waren seltsame Träume, die begonnen hatten, als ich von einem Blitz getroffen worden war.

Ich betrat das Gasthaus mit Jasin dicht auf den Fersen.

Drinnen unterhielt sich der schöne goldhaarige Mann aus meinem Traum mit Tash, die an jedem seiner Worte hing. Er drehte sich sofort zu mir um, wie alle anderen in der Taverne auch, aber als sich unsere Blicke trafen, war es, als wären wir die einzigen Menschen im Raum. Sein Gesicht war perfekt geformt, mit markanten Wangenknochen und intelligenten Augen, und er besaß eine Eleganz, die ihn von allen anderen Männern unterschied, die ich bisher in meinem Leben gesehen hatte. Mein Atem stockte und das Verlangen durchströmte mich wie ein Orkan und drohte, mich wegzublasen.

„Du", sagte er mit einer Stimme voller Ehrfurcht.

KAPITEL 6

AURIC

D ie Frau, die Kira sein musste, stand mit einem Bogen in der Hand vor mir, die Augen vor Überraschung und so etwas wie Erkenntnis, weit aufgerissen. Sie war so schön, dass alle anderen Gedanken aus meinem Kopf verschwanden und nur eine intensive Neugier auf meine zukünftige Gefährtin zurückblieb. Ich nahm mir einen Moment Zeit, um sie zu studieren und registrierte im Geiste alles, einschließlich ihrer abgenutzten Stiefel, ihrer dunklen Jagdbekleidung, des windzerzausten Haars und der geröteten Wangen. Ein einzelnes Blatt klebte an ihrem braunen Mantel und ihrem Zustand nach zu urteilen, war sie wohl gerade etwas eilig aus dem Wald gekommen.

Neben ihr stand ein weiterer Mann, der die schwarze Uniform der Onyxarmee trug, bis hin zu einem Schwert an seiner Seite. Seine Augen musterten mich schnell und misstrauisch. Ich hielt den Atem an und wartete darauf, dass er mich erkannte, aber er berührte nur den Knauf seines

Schwertes, während er näher an Kira herantrat, und mich stumm warnte, dass er sie mit seinem Leben schützen würde. Er musste einer der anderen Drachen sein. Einer der Männer, mit denen ich sie würde teilen müssen. Aber welcher von ihnen, fragte ich mich?

„Wer bist du?", fragte mich Kira.

In der Tat eine heikle Frage. Ich schaute mich in der Taverne um, um die Leute zu beobachten, die uns allesamt anstarrten, auch die fröhliche Kellnerin. Sicherlich waren sie von mir fasziniert, aber niemand keuchte oder rief meinen Namen oder kniete vor mir nieder. Keiner von ihnen erkannte, wer ich wirklich war.

„Können wir allein sprechen?", fragte ich Kira, wobei ich meine Stimme leise hielt. Ich war sicher, sie hatte eine Million Fragen, genau wie ich. Fragen, die sich besser beantworten ließen, ohne dass die ganze Stadt mithörte.

Sie nickte, dann wandte sie sich an die Kellnerin. „Tash, ist der private Speisesaal frei?"

Tashs Augenbrauen schossen förmlich in die Höhe, als sie zwischen mir und Kira hin und her blickte. „Er ist heute Abend nicht gebucht. Geht schon mal rein, ich bringe euch drei etwas zu essen." Sie schob sich an Kira vorbei und sagte: „Und du erzählst mir später besser *alles*."

„Das werde ich", sagte Kira.

Sie führte uns in einen großen Raum an der Seite der Taverne, der wahrscheinlich für Veranstaltungen, Feiern oder andere private Zusammenkünfte genutzt wurde und einen langen Holztisch und viele Stühle enthielt. An der Wand hing ein Gemälde, auf dem der Schwarze Drache mit seinen vier Gefährten zu sehen war, die um sie herumflogen, umgeben von ihrem jeweiligen Element. Jeder von ihnen sah mit seinem geschuppten Körper, den großen Flügeln und dem langen Schwanz furchterregend und mächtig aus. Ich hatte dieses Bild noch nie gesehen, aber der Schwarze Drache verlangte, dass ein solches Bild an jedem Ort aufgehängt werden musste, an dem sich Menschen versammelten. Zweifellos sollte es uns daran erinnern, dass die fünf Drachen immer über uns wachten.

Ich betrachtete den Goldenen Drachen auf dem Gemälde und grübelte über mein Schicksal nach, während Kira die Tür hinter uns schloss. Ich hätte das alles nie geglaubt, wenn der Luftgott selbst mir nicht seine Kräfte verliehen hätte. Ich konnte es immer noch kaum glauben, obwohl meine Anziehungskraft auf Kira unmissverständlich war.

Sie drehte sich zu mir um und schaute mich mit unruhigen Augen an. „Ich denke es ist an der Zeit, dass du mir sagst, wer du bist und was du hier machst."

Ich zögerte, aber ich war noch nicht ganz bereit ihr zu sagen, wer ich war. Ich würde nicht lügen, aber ich würde ihnen auch nicht die ganze Wahrheit sagen. Nicht bevor ich diese Leute besser kannte. Nicht bevor ich wusste, dass ich ihnen vertrauen konnte.

KAPITEL 7

KIRA

Der goldhaarige Mann stellte sich aufrecht hin und blickte von seiner hochragenden Erscheinung auf mich herab. „Ich bin Auric. Ich wurde vom Luftgott geschickt, um dich zu finden." Er machte eine dramatische Verbeugung vor mir, seine Bewegungen waren elegant und anmutig. „Ich bin hier, um dem nächsten Schwarzen Drachen zu dienen."

Jasin schnaubte und murmelte: „Dieser Typ? Wirklich?"

Ich warf ihm einen bösen Blick zu und wandte mich wieder Auric zu, um ihn zu begutachten. Seine Reisekleidung war einfach, fiel aber dennoch durch ihre feine Qualität und die teuren Stoffe auf. Auric war definitiv nicht von hier. Sicherlich ein Adliger. Er war nicht so offensichtlich muskulös wie Jasin, aber er sah auf eine raffiniertere Art genauso gut aus, mit den erstaunlichsten Wangenknochen, die ich je gesehen hatte und grauen Augen, die mich sofort in ihren Bann zogen. Er sah mich an, als wäre ich die Antwort auf ein Problem, das er zu lösen versucht hatte. Ich konnte nicht anders, als von ihm fasziniert zu sein, besonders nachdem ich ihn einen Monat lang in meinen Träumen beobachtet hatte.

„Du sagtest, du hattest Besuch vom Luftgott?", fragte ich.

Er nickte. „Vor genau einem Monat."

„Da habe ich den Feuergott getroffen", sagte Jasin. Eine Flamme flackerte unruhig zwischen seinen Fingern. „Und dann habe ich diese Kräfte bekommen."

Das war der Tag an dem ich zwanzig wurde. Dieselbe Nacht, in der ich vom Blitz getroffen worden war.

Bei allen Göttern, vielleicht war das alles wirklich wahr.

Ich ließ mich in einen Stuhl fallen, als mir das alles klar wurde. Wenn ich der Schwarze Drache war, was bedeutete das genau? Es gab nur einen Schwarzen Drachen und der regierte unsere ganze Welt. Ich bezweifelte irgendwie, dass sie über meine Anwesenheit begeistert sein würde. Sie war eine grausame Kaiserin und definitiv nicht der Typ, der seine Macht mit anderen teilte. Ich konnte sie auf keinen Fall ersetzen. Das alles musste ein Irrtum sein.

„Geht es dir gut?", fragte Auric mit besorgter Stimme, als er sich neben mich setzte.

„Kira?" Jasin stand hinter mir, seine Hände umklammerten schützend die Lehne meines Stuhls.

Ich blickte in Aurics Augen, die die Farbe von Gewitterwolken hatten. „Zeig es mir."

Eine Sekunde lang schien er verwirrt, doch dann zeichnete sich die Erkenntnis auf seinem Gesicht ab. Wie aus dem Nichts kam eine Brise in den Raum und wurde bald zu einem starken Wind, der mein Haar um mein Gesicht peitschen und mich zusammenzucken ließ.

Die Tür öffnete sich und der magische Wind verstummte augenblicklich. Tash trat ein und balancierte drei Tabletts mit Speisen und Getränken mit einer solchen Geschicklichkeit, dass es fast wie Zauberei aussah. Sie stellte alle Tabletts ab, während ihr Blick über beide Männer schweifte und für eine Sekunde spürte ich einen Anflug von Besitzergreifung. Es war mir unangenehm, denn keiner der beiden Männer gehörte mir und ich hatte keinen Grund, etwas anderes als Wärme für Tash zu empfinden. Natürlich, wenn es stimmte, was diese Männer sagten, dann waren sie beide meine zukünftigen Gefährten. Würde ich mich jemals an den Gedanken daran gewöhnen können?

„Brauchst du sonst noch etwas?", fragte Tash, während sie mein Gesicht musterte. Ihre Sorge um mich leuchtete durch ihre warmen Augen und ich wusste, dass sie mich fragte, ob es mir hier bei diesen beiden Fremden gut ging.

„Wir haben alles, danke", sagte ich ihr mit einem Lächeln, das hoffentlich zeigte, wie dankbar ich für ihre Hilfe war. Sie kümmerte sich um mich, auch wenn sie keine Ahnung hatte was vor sich ging.

Sie nickte und wollte den Raum verlassen, wurde aber von einem großen, breitschultrigen Mann mit muskulösen Armen von der Größe eines Baumstamms aufgehalten - dem Schmied, den ich in meinen Träumen gesehen hatte. Seine Augen waren tief waldgrün, seine Haut hatte die Farbe von Baumrinde und sein kurzer Bart verlieh ihm eine schroffe Männlichkeit, die im krassen Gegensatz zu Aurics eleganter Schönheit stand und weniger raffiniert war als Jasins attraktive Ausstrahlung. Dennoch verspürte ich bei seinem Anblick dieselbe Welle der Begierde, Vertrautheit und Besitzergreifung wie bei den beiden anderen Männern.

Bei den Göttern, was war nur los mit mir? Ich hatte noch nie so für einen einzelnen Mann empfunden, aber jetzt empfand ich es gleich für *drei* von ihnen?

„Hallo", sagte Tash und starrte den Neuankömmling interessiert an.

„Ich bin hier, um Kira zu sehen", sagte der Mann und seine Stimme war tief, wie das Grollen eines Erdbebens.

„Komm herein", sagte ich mit einem Nicken zu Tash. Als dieser neue Besucher eintrat, schüttelte Tash den Kopf, als wäre sie verwirrt. Sie ließ uns allein und schloss die Tür, und plötzlich schien der Raum mit dem großen Berg von einem Mann darin viel kleiner zu sein.

„Mein Name ist Slade", sagte er, seine intensiven Augen auf meine gerichtet. „Ich habe dich gesucht, Kira."

„Woher kennst du meinen Namen?", fragte ich ihn.

„Der Erdgott hat ihn mir genannt."

„Lass mich raten. Er kam vor einem Monat zu dir, gab dir Kräfte und schickte dich, um mich zu suchen?" Als er nickte, massierte ich mir den Nasenrücken, so überwältigt von all dem, dass ich kaum noch klar denken konnte. „Das war an meinem zwanzigsten Geburtstag. In dieser Nacht wurde ich vom Blitz getroffen. Danach begann ich, euch alle in meinen Träumen zu sehen."

„Du wusstest also, dass wir kommen würden?", fragte Auric, wobei seine Augenbrauen nach oben schnellten.

„Nein. Ich habe nur kurze Augenblicke oder vage Andeutungen gesehen. Ich habe nicht geglaubt, dass irgendjemand von euch real ist. Ich dachte, es wären nur Hirngespinste. Ich hätte nie erwartet, dass ihr tatsächlich hier auftauchen würdet. Oder dass ihr mir sagt, dass ihr die nächsten Drachen seid, was auch immer das heißen mag."

„Wir wurden von dir angezogen", sagte Slade. „Wir konnten nicht wegbleiben. Selbst wenn wir es gewollt hätten."

In diesen letzten Worten lag ein Hauch von Traurigkeit oder vielleicht Bitterkeit und ich wusste, dass eine Geschichte dahinterstecken musste. Alle drei Männer hatten ihr ganzes Leben aufgegeben, weil die Götter ihnen eine Aufgabe gestellt und ihnen gesagt hatten, ich sei der Schwarze Drache. Wenn das stimmte, waren sie alle auserwählt worden, mir zu dienen, mich zu beschützen und mich zu lieben - gegen ihren Willen.

Ich starrte auf mein Essen, aber ich war nicht hungrig. Bei dem Gedanken daran drehte sich mir der Magen um, aber ich konnte es nicht länger leugnen. Alle drei Männer hatten in derselben Nacht, in der ich vom Blitz getroffen worden war, von den Göttern ihre Kräfte erhalten und seitdem hatte ich sie immer wieder in meinen Träume gesehen. Die Männer konnten die Elemente kontrollieren, und ich fühlte mich auf seltsame Weise zu allen von ihnen hingezogen.

Vielleicht war ich wirklich der nächste Schwarze Drache.

KAPITEL 8
SLADE

Ich zog einen Stuhl heran und setzte mich meiner zukünftigen Gefährtin gegenüber, um sie zu betrachten. Sie war wirklich wunderschön, mit einer inneren Stärke in ihren haselnussbraunen Augen, die mich dazu veranlassten, meinen Blick auf ihr verweilen zu lassen. Das würde diese Situation zumindest erleichtern. Ich hatte nicht die Absicht ihr jemals mein Herz zu schenken, aber wenn ich gezwungen war, für den Rest meines Lebens mit ihr zusammen zu sein, half es mir, dass sie mir gefiel wenn ich sie ansah. Aber war sie bereit für das, was wir als Nächstes zu tun hatten? War das überhaupt jemand von uns?

„Du bist also der zukünftige Jade Drache?", fragte mich der Soldat. „Zeig uns, was du kannst."

Ich lehnte mich zurück und verschränkte die Arme. „Diese Kräfte wurden uns von den Göttern gegeben, damit wir die Menschen beschützen können. Nicht um sie untätig zu benutzen."

Er schnaubte. „Wozu hat man sie denn, wenn man nicht ab und zu ein bisschen Spaß haben kann?"

„Tut mir leid, aber in diesem Punkt muss ich Slade zustimmen", sagte der Adlige. „Unsere Kräfte sollten weise eingesetzt werden, obwohl wir natürlich auch mit ihnen üben müssen. Zumindest diesen Teil können wir genießen. Übrigens, ich bin Auric."

„Jasin", sagte der Soldat.

Das waren also zwei der Männer, mit denen ich meine Gefährtin teilen würde. Ich schüttelte den Kopf angesichts ihres jugendlichen Eifers. Sie saßen dicht neben Kira, als würden sie bereits Anspruch auf sie erheben. Vor allem der Soldat wirkte ungeduldig und übermäßig aufgeregt, vor allem die Art wie er sich ständig bewegte, als sei er voller Energie, die er nicht zügeln konnte. Der Adlige war ruhiger, aber mit dem Kopf in den Wolken, was sich darin zeigte, dass er ein Büchlein herauszog und anfing, sich Notizen zu machen. Kira sah uns einfach nur zu, als ob sie ihren Augen nicht trauen konnte. Ich konnte es ihr nicht verdenken.

Ich war vermutlich zehn Jahre älter als all die Leute an diesem Tisch. Es machte Sinn, dass sie ausgewählt worden waren - sie standen in der Blüte ihres Lebens und waren bereit Abenteuer zu erleben, voller Idealismus und großer Träume von der Rettung der Welt. Sie hatten wahrscheinlich auch nichts, was sie einschränkte. Aber ich schon. Ich hatte bereits versucht die Welt zu retten und hatte diese Aufgabe aufgegeben. Zu Hause hatte ich ein gutes, stabiles Leben, das ich nicht hinter mir lassen wollte. Warum hatte der Erdgott ausgerechnet mich ausgewählt und nicht jemand anderen? Wie konnte er von mir erwarten, dass ich alles, was ich mein ganzes Leben lang aufgebaut hatte, einfach so aufgebe?

Nachdem er mich besucht hatte, haderte ich mit meiner neuen Bestimmung. Ich war den Göttern immer treu ergeben gewesen und man konnte neue Kräfte und eine göttliche Mission nicht einfach ablehnen. Aber ich hatte so lange gewartet, wie ich konnte, um meine Heimat zu verlassen und hierher zu reisen, auch wenn es nur ein Tagesritt entfernt war. Wenn ich nicht so ein ungutes Gefühl im Bauch gehabt hätte, wäre ich vielleicht gar nicht gekommen.

Ich habe das nicht gewollt. Ich war mir immer noch nicht sicher, ob ich die richtige Person für die Rolle des Jade Drachen war. Aber trotz all meiner Zweifel war ich hier und ich hatte mich unserer Mission voll und ganz verschrieben. Ich würde alles tun, was nötig war, um den Göttern zu dienen und Kira zu beschützen.

Es war schließlich meine Pflicht.

KAPITEL 9
KIRA

Nachdem Tash Slade ein Tablett mit Essen gebracht hatte, stürzten sich alle drei Männer darauf, während ich sie studierte. Sie waren alle so unterschiedlich und doch fühlte ich eine seltsame Verbindung zu ihnen allen. Aber es gab noch einen Mann in meinen Träumen, der der zukünftige Azurblaue Drache sein musste. Wo war er jetzt?

Ich nahm einen langen Atemzug. „Okay, angenommen, das ist alles wahr und wir sind die nächsten Drachen - was ich noch nicht ganz glaube - was bedeutet das dann? Wozu brauchen die Götter überhaupt eine weitere Gruppe von Drachen?"

„Wir sind dazu bestimmt, die derzeitigen Drachen zu stürzen und ihren Platz als Beschützer der Welt einzunehmen", sagte Auric und seine Stimme klang ziemlich sachlich, wenn man bedenkt, dass er von Verrat sprach.

Mir fiel die Kinnlade herunter und ich brauchte einen Moment, um meine Worte wiederzuerlangen. „Was?"

„Das hat man mir auch gesagt", sagte Slade.

„Aber warum?", fragte ich.

Jasin zuckte lässig mit den Schultern. „Klingt so, als wären die Götter nicht glücklich darüber, wie der Schwarze Drache und ihre Männer die Welt regieren." Er nahm eine Weintraube und steckte sie sich in den Mund. „Zeit für einen Regierungswechsel."

„Vielleicht haben sie uns auserwählt die Dinge in Ordnung zu bringen", sagte Slade.

Alle Männer verhielten sich viel zu ruhig, wenn man bedenkt was sie da sagten. Andererseits hatten sie einen Monat Zeit, sich an den Gedanken zu gewöhnen. Trotzdem konnte ich es kaum fassen. Die Götter waren so lange nur ein Mythos gewesen, dass die meisten Menschen nicht mehr daran glaubten, dass es sie überhaupt gab. Wenn die Männer die Wahrheit sagten - und ich begann zu glauben, dass es so sein könnte - dann waren die Götter vielleicht endlich erwacht und taten etwas, um ihrem Volk zu helfen. Das hatten wir wirklich nötig.

Aber warum ich? Ich war ein Niemand. Definitiv keine Heldin und schon gar nicht jemand, der den Schwarzen Drachen und seine Männer stürzen konnte. Sie herrschten schon seit Tausenden von Jahren und waren die mächtigsten Wesen der Welt - wie sollten wir sie aufhalten?

„Was sollen wir tun?", fragte ich schließlich.

Auric legte seine Gabel ab und begegnete meinem Blick. „Wir müssen zu jedem Tempel der Götter reisen und sie in der Reihenfolge besuchen, in der wir heute angekommen sind. Dort musst du dich mit jeweils einem von uns verbinden, was unsere vollen Kräfte und die Drachenform freisetzen wird. Sobald du dich mit uns allen verbunden hast, besuchst du den Tempel der Geistergöttin und wirst zum Schwarzen Drachen. Danach sollten wir stark genug sein, um es mit den aktuellen Drachen aufzunehmen."

Mir schwirrte der Kopf, als ich versuchte alles zu verarbeiten was er sagte. „Was meinst du mit „verbunden"?"

„Ähm ..." Auric rutschte unbehaglich in seinem Sitz hin und her. „Du würdest uns offiziell als deine Gefährten anerkennen, auf die intimste Art und Weise."

Jasin warf mir ein freches Grinsen zu. „Was er meint ist, dass wir Sex haben müssen." Er lehnte sich in seinem Stuhl zurück und verschränkte die Arme hinter seinem Kopf. „Ich weiß nicht wie es euch geht, aber ich freue mich auf all das hier."

„Natürlich freust du dich", sagte ich und verdrehte die Augen, obwohl mir bei dem Gedanken, mit ihnen allen intim zu werden, ganz heiß wurde. „Freu dich nicht zu sehr, denn ich habe nichts von alledem zugestimmt." Ich drehte mich wieder zu Auric um. „Wir müssen also nur zu den Tempeln reisen und uns aneinander binden?"

„Genau."

Ich zog eine Augenbraue hoch. „Du scheinst dich damit gut auszukennen."

Auric zuckte mit den Schultern und ein kleines Lächeln umspielte seine Lippen. „Der Luftgott hat mir einiges darüber erzählt. Den Rest habe ich durch Nachforschungen erfahren, bevor ich hierherkam, obwohl ich insgesamt nicht viele Informationen finden konnte. Ich vermute, dass der Schwarze Drache, falls es jemals Bücher darüber gab, das meiste Wissen vernichtet hat. Ich hoffe, dass wir auf dieser Reise mehr herausfinden können."

„Bei dir klingt das alles so einfach", sagte Slade,

während seine langen Finger über seinen dunklen Bart strichen. „Was passiert, wenn der Schwarze Drache und die anderen von uns erfahren?"

„Guter Punkt", sagte ich. „Ich kann mir nur schwer vorstellen, dass einer der Drachen seine Kräfte freiwillig aufgibt."

„Wir werden versuchen unauffällig zu reisen", sagte Jasin. „Wir halten unsere Kräfte und unsere Mission so lange wie möglich geheim. Aber wir sollten gleich morgen früh aufbrechen."

„Was ist mit dem letzten Mitglied unseres Teams?", fragte Slade.

Jasin zuckte mit den Schultern. „Er wird uns einholen. Es ist sein Problem, dass er nicht pünktlich hier war."

„Die Götter *haben* uns gesagt, dass wir in genau einem Monat hier sein sollen", sagte Auric und legte die Stirn in Falten.

Sie wollten morgen abreisen? Ich wollte von hier weg, aber noch nicht jetzt und nicht so. Und schon gar nicht mit drei völlig Fremden. „Wir gehen nirgendwo hin", sagte ich und erhob mich. „Nicht bevor wir mehr darüber wissen, was hier vor sich geht und was wir als Nächstes tun sollen."

Alle drei Männer sahen aus, als würden sie mit mir streiten wollen, aber ich warf ihnen einen grimmigen Blick zu und ging zur Tür. Ich brauchte etwas Abstand, musste weg von ihnen und allem, was sie repräsentierten. Vielleicht waren sie dazu bestimmt, mit mir verbunden zu sein, aber sie waren noch nicht meine Gefährten. Ich wusste nicht das Geringste über sie, ich hatte sie mir nicht ausgesucht und ich wollte mich ganz sicher nicht mit ihnen auf eine gefährliche Suche begeben.

Ich fand Tash in der Küche, wo sie mit einer langen Kelle einen Eintopf umrührte. Als ich eintrat, drehte sie sich sofort um. „Was ist hier los? Wer sind diese Männer? Warum sind sie hier?"

Ihre schnellen Worte brachten mich noch mehr ins Trudeln, aber ich musste jemandem erzählen was los war, um sicher zu sein, dass ich nicht träumte. Ich packte sie am Arm und zog sie in mein Schlafzimmer, dann schloss ich die Tür. „Ich werde dir alles erzählen, aber ich warne dich jetzt schon, es ergibt für mich kaum einen Sinn."

Sie setzte sich auf die Bettkante und lehnte sich ängstlich vor. „Vielleicht können wir es gemeinsam durchgehen."

„Laut diesen Typen sind sie Drachen. Oder sie werden es sein." Es klang noch lächerlicher, als ich es laut aussprach. „Aber sie haben bereits Magie."

Sie runzelte die Stirn. „Wie ist das möglich? Die Drachen sind unsterblich und es gibt nur fünf von ihnen. Wie kann man einer *werden*?"

„Ich weiß es nicht. Aber jeder der Männer sagt, einer der Götter habe ihn auserwählt, ihm Magie gegeben und ihm dann aufgetragen mich zu finden."

„Von so etwas habe ich noch nie gehört." Sie legte den Kopf schief und runzelte die Stirn. „Bitte versteh mich nicht falsch, denn du weißt, dass ich dich wie eine Schwester liebe ... aber warum du?"

Ich holte tief Luft. „Angeblich bin ich der nächste Schwarze Drache."

Sie schnappte nach Luft. „Was?"

„Glaub mir, ich bin genauso schockiert wie du." Ich fuhr mit den Fingern durch mein langes Haar, wo sie sich in den verhedderten Spitzen verfingen. „Erinnerst du dich an meinen Geburtstag, als ich ganz schlammig ins Haus kam?"

„Ja, natürlich."

„Kurz davor wurde ich vom Blitz getroffen, aber es hat mich überhaupt nicht verletzt. Seitdem habe ich diese seltsamen Träume von vier Männern mit elementaren Kräften. Drei dieser Männer sitzen jetzt im anderen Zimmer und ich schätze, der vierte wird bald hier sein. Ich soll jetzt mit ihnen zu den Tempeln der Götter reisen, um mich mit ihnen zu „verbinden" und danach werden wir die nächsten Drachen sein. Ich bin mir ziemlich sicher, dass die jetzigen Drachen davon nicht begeistert sein werden. Vor allem wenn sie erfahren, dass wir sie stürzen sollen."

Sie starrte mich an, als hätte sie mich noch nie zuvor gesehen. „Wirst du es tun?"

Ich schritt vor ihr hin und her. „Auf keinen Fall. Ich weiß gar nichts über diese Männer. Ich bin mir sowieso nicht sicher, ob ich irgendetwas davon für wahr halte. Jetzt, wo ich es laut ausgesprochen habe, klingt es noch verrückter. Es muss eine andere Erklärung geben ..."

Sie kaute auf ihrer Unterlippe, als sie darüber nachdachte. „Ich denke, du solltest es tun."

Ich blieb stehen und starrte sie an. „Was?"

„Wenn irgendetwas davon wahr ist, dann hast du die Chance, die Dinge zu ändern. Du wurdest von den Göttern auserwählt, diese Welt zu verbessern und die Herrschaft des Schwarzen Drachen zu beenden." Ein verschmitzter Blick trat in ihre Augen. „Außerdem bedeutet das, dass du mit vier sehr gut aussehenden Männern verheiratet sein wirst. Darüber kann man sich nicht beschweren."

Ich ließ mich neben ihr auf das Bett sinken und vergrub

mein Gesicht in meinen Händen. „Aber ich habe das alles nicht gewollt! Ich will die Dinge nicht ändern oder gegen den Schwarzen Drachen antreten. Ich will nur ein ruhiges, friedliches Leben führen und mich aus allem Ärger heraushalten. Und ich will keine vier Männer, nicht einmal einen."

Das stimmte zwar nicht ganz, aber die ganze Sache war viel zu überwältigend, als dass ich auch nur daran gedacht hätte, was es bedeuten würde mit vier Männern verheiratet zu sein.

Sie strich mir langsam über den Rücken. „Es scheint, als hätten die Götter etwas anderes für dich im Sinn. Sie haben dich auserwählt, Kira. Du musst ihrem Ruf folgen."

„Verflucht seien die Götter", murmelte ich und bereute es sofort. Beobachten sie mich auch jetzt noch? Würden sie mich wieder mit einem Blitz treffen, wenn ich nicht tat was sie wollten?

Plötzlich öffnete sich die Tür, und ich dachte zuerst es seien die Götter, die mich bestrafen wollten. Aber es war kein Gott, nur Tashs Vater, der fast genauso furchterregend war.

Roark stand in der Tür, seine große, hünenhafte Gestalt füllte sie vollständig aus und er starrte uns an. „Da seid ihr ja."

KAPITEL 10
KIRA

Roark nahm uns beide schnell in Augenschein, wobei
ihm die Abscheu ins Gesicht geschrieben stand.
„Was glaubst du, was du hier tust? Faulenzen,
während wir Kunden warten lassen! Geh zurück an die
Arbeit!"

Tash rappelte sich auf. „Ich habe nur eine kurze Pause
gemacht, Vater."

Er grunzte, dann sah er mich mit zusammengekniffenen
Augen an. „Und du. Es ist schon zwei Tage her, dass du uns
das letzte Mal etwas Wild gebracht hast." Er deutete auf die
Tür. „Ich habe da draußen hungrige Soldaten, die etwas zu
essen verlangen. Was soll ich denen denn sagen?"

Angst und Panik schossen durch mein Blut. Ich war auf
dem Weg in den Wald gewesen, um zu jagen, als Jasin
aufgetaucht war. „Ich werde sofort gehen. Ich werde schnell
etwas finden, das verspreche ich."

„Dafür ist es zu spät." Ein krankes Grinsen umspielte
seine Lippen, als er Tashs Schulter packte und seine flei-

schigen Finger sich in ihr Kleid gruben, bis sie aufschrie. „Du weißt, was die Strafe für deine Nachlässigkeit ist."

„Vater, bitte", begann Tash, wurde aber unterbrochen, als er ihr eine Ohrfeige verpasste.

„Hör auf", flehte ich. „Ich besorge dir alles, was du willst, sofort. Nur tu ihr nicht weh."

„Ihr zwei sitzt hier und tratscht, während der Rest von uns verhungert", knurrte er, bevor er Tash erneut schlug. „Euch beiden muss eine Lektion erteilt werden."

„Nein!", brüllte ich und stürzte mich auf ihn. Er war doppelt so groß wie ich, wenn nicht sogar noch größer - und außerdem war er sowohl mein Arbeitgeber als auch mein Vermieter -, aber ich konnte nicht zulassen, dass er meiner besten Freundin wehtat. Nicht schon wieder.

Ich grub meine Nägel in ihn, griff nach allem was ich konnte, angetrieben von dem dringenden Wunsch, Tash zu schützen. Unter tosendem Gebrüll warf er mich mit einem Kraftausbruch von sich. Ich fiel zurück, mein Kopf schlug hart gegen die Wand hinter mir, bevor ich in einer Benommenheit aus Schmerz und Dunkelheit auf den Boden sank.

Es tut mir leid Tash.

Als sich der schwarze Schleier lichtete, standen drei Silhouetten in der Tür.

Ein Feuerblitz tanzte vor meinen Augen. Ein Rumpeln erschütterte meine Knochen. Ein Windstoß zerrte an meinem Haar. Roark wurde quer durch den Raum geschleudert, fiel auf die Knie und war von Flammen umgeben. Meine drei Gefährten bewegten sich um ihn herum, ihre Gesichter waren voller Abscheu und Wut.

„Du wirst keiner dieser Damen noch einmal wehtun", sagte Slade mit tiefer, unheilvoller Stimme.

Roark blickte die Männer, die um ihn herumstanden, voller Angst und Hass an. „Ich kann in meinem eigenen Gasthaus tun, was ich will. Mit meinen eigenen Frauen."

„Nicht mehr", sagte Jasin. Der Flammenkreis wurde heißer und tanzte um Roark herum, der aufjaulte und zurückschreckte.

„Schwöre, dass du sie nie wieder gewaltsam anrührst", sagte Auric, seine Stimme so gebieterisch wie die eines Fürsten. „Schwöre es bei den Göttern. Und glaube mir, sie hören zu."

„Ich schwöre es", stieß Roark hervor, aber in seinen Augen lag ein Ausdruck der Bedrohung.

Die Flammen verschwanden. „Raus hier", sagte Jasin.

Roark rappelte sich auf und stürmte aus dem Zimmer, als würde es noch brennen. Obwohl er Angst zu haben schien, bezweifelte ich, dass er auf ihre Warnung hören würde. Er würde Tash erneut angreifen - das tat er immer.

Slade kniete sich neben mich und fragte: „Geht es dir gut?"

Ich nickte, obwohl meine Kehle so trocken war, dass ich kaum sprechen konnte. „Tash?"

„Ich bin hier", sagte sie, hinter Jasin stehend. „Mir geht's gut."

„Den Göttern sei Dank", flüsterte ich, als ich Slades Hand ergriff und auf die Beine kam. Ich schwankte ein wenig, als ein heftiger Schmerz mich wieder auf den Boden zu werfen drohte, aber er legte einen tröstenden Arm um mich und hielt mich fest. Eine Sekunde lang war ich von seiner breiten Brust und seinen starken Armen abgelenkt, und mich überkam der Drang, mich an ihn zu lehnen und mich noch länger von ihm halten zu lassen. Er roch auch gut, mit seinem erdigen, kiefernartigen Duft, der mich an den Wald am Morgen erinnerte. Ich holte tief Luft, um mich zu beruhigen, bevor ich mich von ihm löste.

„Danke für die Hilfe, aber ich hätte es selbst geschafft", sagte ich und rieb mir den schmerzenden Hinterkopf.

„Er hat dir wehgetan", sagte Slade unwirsch, als ob das alles erklären würde.

„Wir sind verpflichtet, dich zu beschützen", fügte Auric hinzu.

„Danke", murmelte ich. „Und jetzt habt ihr mich meinen Job und mein Zuhause gekostet, ohne Zweifel."

Jasin zog sein Schwert aus der Scheide. „Wir müssen morgen früh sowieso aufbrechen."

Ich ignorierte ihn und ging zu Tash, um ihr Gesicht auf Verletzungen zu untersuchen. „Geht es dir wirklich gut?"

„Ja, er hat mich nicht so hart geschlagen", sagte sie, während sie mit einer Hand über ihren Kiefer fuhr.

Ich blickte zwischen ihr und den drei Männern hin und her, hin- und hergerissen zwischen Bleiben und Gehen. Zwischen meinem alten, vertrauten Leben und einem unbekannten, neuen. Beides schien mir viel zu gefährlich zu sein. Ich hatte keine Lust zu gehen, aber nachdem was sie Roark angetan hatten, konnte ich auch nicht mehr hierbleiben. Aber wer würde Tash beschützen und dafür sorgen, dass das Gasthaus genug zu essen hatte?

„Wir werden morgen früh weiter darüber reden", sagte ich zu den drei Männern. „Ich brauche etwas Zeit und Raum, um meine Gedanken zu ordnen."

Tash rang die Hände, als sie sich an sie wandte. „Ihr müsst leider woanders übernachten. Dieses Gasthaus gehört meinem Vater."

51

„Bist du sicher, dass wir nicht hier drin schlafen können?", fragte Jasin mit leuchtenden Augen. „Zu Kiras Schutz natürlich."

„Gute Idee", sagte Slade mit einem scharfen Nicken.

„Auf keinen Fall", sagte ich. „Wie Tash gesagt hat, ist es besser, wenn ihr nicht in diesem Gasthaus bleibt. Ich komme schon zurecht. Er wird mich heute Nacht nicht mehr belästigen." Es sei denn, er war wirklich betrunken.

„Nun gut, aber wir bleiben in der Nähe, falls du uns brauchst", sagte Auric.

„Ich werde euch jemand suchen, bei dem ihr unterkommen könnt", sagte Tash und führte die Männer aus meinem Schlafzimmer. Sie folgten ihr zögernd, wobei jeder von ihnen mich mit emotionsgeladenen Blicken anschaute. Neugierde. Beschützerinstinkt. Begierde.

Sobald sie weg waren, zog ich mich um und ließ mich mit hämmerndem Kopf auf das Bett fallen. Ich musste über vieles nachdenken, aber Roark muss mich härter getroffen haben als ich dachte, denn meine Augen fielen mir immer wieder zu und bald trug mich der Schlaf davon.

Ich wachte auf als die Tür knarrte, verkrampfte mich sofort und griff nach dem Messer, das ich immer unter meinem Kopfkissen hatte. Mein Schlafzimmer war völlig dunkel, bis auf das schwache Mondlicht, das durch die Fenster fiel und zwei große Gestalten erkennen ließ, die sich in mein Zimmer schlichen. Aus Angst war ich sofort wachsam, aber ich hielt den Atem an und wartete ab. Ich erkannte Roarks breites Profil und vermutete, dass der andere Mann sein Saufkumpan Koth war. Beide stanken so sehr nach Alkohol, dass es mir in der Nase brannte.

Dieses Mal konnten mich meine Traummänner nicht retten. Ich war auf mich allein gestellt.

„Das wirst du büßen", sagte Roark. Er griff nach mir, aber ich holte mit meinem Dolch nach ihm aus. Er zuckte mit einem Aufschrei zurück, als die Klinge seinen Arm aufschlitzte und dann drehte ich mich auf dem Bett, um meinen nächsten Angreifer abzuwehren. Ich war besser mit dem Bogen, aber man hatte mir ein paar Kampftechniken beigebracht, als ich für kurze Zeit bei einigen Banditen gelebt hatte. Ich hatte seit Jahren nicht mehr gekämpft, aber zum Glück schien sich mein Körper zu erinnern, was zu tun war.

Koth wich meinem Angriff aus, während Roark meine Arme von hinten fest umklammerte. Ich wehrte mich und schlug mit den Füßen aus, während er mich zu sich zurückzog.

„Lasst mich los!", brüllte ich.

„Na, wo sind deine Freunde jetzt?", fragte Roark, sein Atem brannte heiß an meinem Ohr. Er warf mich hart zu Boden und trat dann nach mir. Ich verschränkte die Arme und rollte mich aus dem Weg, wobei ich mein Messer fest umklammerte. Ich schlug nach seinem Bein und er wich zurück, aber ich nutzte diese Sekunde, um aufzustehen und aus dem Zimmer zu stürmen.

Ich rannte durch die dunkle Küche, so schnell ich konnte, meinen Dolch in der zitternden Hand haltend. Schwere Schritte polterten hinter mir, als ich die Tür erreichte, die nach draußen führte, aber bevor ich sie öffnen konnte, schlug mir jemand gegen den Hinterkopf.

Ich fiel gegen die Tür und war kurzzeitig benommen, obwohl mein Gehirn mir zurief, ich solle rennen und kämpfen. Durch den Nebel schaffte ich es, mich zu drehen und Roark zwischen die Beine zu treten, aber Koth war ebenfalls da.

Sein Schlag traf mich hart, direkt in den Magen. Die ganze Luft verließ meine Lungen mit einem schnellen Zischen und wurde durch einen stechenden Schmerz ersetzt. Sterne tanzten in meinem Blickfeld, aber ich würde mein Leben nicht so enden lassen.

Mit einem letzten Kraftakt stieß ich den Dolch in Koths Brust. Er heulte auf, als ich das Messer tief in ihm vergrub und dann schlug er auf dem Boden auf. Aber ich war noch nicht in Sicherheit.

„Was hast du getan?", fragte Roark, während er seinen Freund anstarrte. Als er einen Schritt auf mich zukam, war ich mir nicht sicher, wie ich ihn aufhalten konnte. Nicht, als er mich mit dieser Mordlust in den Augen ansah.

Ein dünnes Messer flog durch den Raum und landete mit einem scharfen Aufprall in der Wand neben Roark. Eine dunkle Gestalt in einem schwarzen Kapuzenmantel stand mit einem Schwert in der Hand auf der anderen Seite der Küche. Ein passendes Schwert hing an seiner Taille.

„Weg von ihr", sagte der vermummte Mann, seine Stimme war eisig.

„Das geht dich nichts an, Fremder", sagte Roark und starrte ihn an.

„Ich mache es zu meiner Angelegenheit."

Roark ignorierte den Mann, packte mich am Arm und zerrte mich zu sich. Eine Klinge blitzte auf und glitzerte im

Mondlicht. Ein gurgelndes Würgen kam aus Roarks Mund. Blut spritzte über mein Kleid.

Roark ließ mich los und fiel zu Boden, nachdem ihm der vermummte Mann, der jetzt hinter ihm stand, die Kehle durchgeschnitten hatte. Ich hatte nicht einmal gehört, dass er sich bewegt hatte.

Ich starrte meinen fremden Retter an und fragte mich, ob ich dankbar oder ängstlich sein sollte. „Wer bist du?"

„Reven." Er hielt seine Klinge hoch und das Blut floss in einem magischen Wirbel davon, bevor er das Schwert in die Scheide steckte. Als er sich mir zuwandte, sah ich gefährliche blaue Augen und einen markanten Kiefer, der sich unter dunklen Bartstoppeln abzeichnete. Vertrautheit beschlich mich und ich erkannte, wer er war.

Der letzte meiner vier Gefährten war eingetroffen.

KAPITEL II
REVEN

Dass die Frau, die ich aufsuchen sollte, angegriffen wurde, war nicht das was ich heute Abend erwartet hatte, aber es war auch nicht ungewöhnlich in meinem Beruf.

„Bist du verletzt?", fragte ich sie, während ich die Umgebung absuchte, um sicherzugehen, dass es keine weiteren Angreifer gab.

Sie rieb sich den Hinterkopf. „Ein bisschen angeschlagen, aber sonst geht es mir gut. Das verdanke ich dir."

Ich untersuchte die beiden Männer auf dem Boden - den einen, den ich getötet hatte und den anderen, aus dessen Brust ein Dolch ragte, der vermutlich Kira gehörte. Ich zog ihn heraus, benutzte meine Magie, um das Blut von der Klinge zu entfernen und reichte ihn ihr. „Wer waren sie?"

„Betrunkene Narren, die gerne Frauen verletzen", murmelte sie. „Das Problem ist, dass einem von ihnen der Laden hier gehört. Oder zumindest hat er das."

Hinter uns ertönten Schritte und ich griff wieder nach

einem meiner Schwerter, aber es war nur eine junge Frau in einem Unterhemd. Sie blieb in der Tür stehen und zuckte zusammen, als sie die Leichen auf dem Boden sah.

„Vater?", fragte sie mit einem leichten Schluchzen.

„Es tut mir so leid, Tash", sagte Kira. „Koth und dein Vater haben mich angegriffen als ich schlief. Ich wollte nicht, dass das passiert."

Eine andere ältere Frau rannte in den Raum und stieß beim Anblick der toten Männer einen erstickten Schrei aus. Die andere Frau, Tash, weinte bereits und die beiden Frauen fielen sich schluchzend in die Arme. Kira sah mitleidig zu, während ich die Gelegenheit nutzte, sie zu bewundern. Obwohl ich gegen meinen Willen zu all dem hier gezwungen worden war, musste ich zugeben, dass sie ziemlich hübsch anzusehen war. Ihr rotes Haar war leicht zerzaust und ihre Wangen waren von dem Angriff gerötet. Ihr dünnes Hemd schmiegte sich auf eine Weise an ihren Körper, die Teile in mir erweckte, die ich normalerweise zu ignorieren versuchte. Sie war offensichtlich mutig und ziemlich fähig, denn sie hatte einen der Männer getötet, bevor ich eingriff. Aber all das spielte keine Rolle, denn ich wollte so schnell wie möglich aus diesem Schlamassel herauskommen.

Kira gab mir ein Zeichen ihr zu folgen, während wir die schluchzenden Frauen in der Küche zurückließen. Wir traten in ein Hinterzimmer mit einem kleinen Bett, auf das sie sich sinken ließ, während sie ihr Gesicht mit den Händen bedeckte. Sie holte tief Luft und sah dann wieder zu mir auf. „Ich nehme an, du bist hier, weil du der nächste Azurblaue Drache sein wirst."

„So etwas in der Art", sagte ich mit offensichtlicher Abneigung.

„Ich habe das Gefühl, dass du darüber nicht erfreut bist."

Das war eine Untertreibung. „Ich bin doch hier, oder?"

„Ja, das bist du. Und das ist auch gut so, denn es ist wohl an der Zeit, dass ich diese Stadt verlasse." Sie begann Kleider aus einem Schrank zu holen und in eine Tasche zu packen, während ich die Arme verschränkte und mich gegen die Tür lehnte.

„Ich nehme an, die anderen sind schon hier", sagte ich.

„Ja, sie sind woanders untergebracht. Es ist eine lange Geschichte." Sie seufzte, während sie ein Paar zerlumpte Pantoffeln in die Tasche schob. „Vor ein paar Stunden habe ich noch ein ruhiges Leben geführt. Jetzt sind zwei Männer tot und vier Männer sagen, ich müsse mich mit ihnen verbinden und ein Drache werden. Warum muss mir das widerfahren?"

Ich habe nicht geantwortet. Ich hatte lange gebraucht um zu akzeptieren, dass der Wassergott mich wirklich auserwählt hatte. Zuerst hatte ich es ignoriert. Dann war ich wütend geworden. Schließlich hatte ich versucht zu schreien, zu verhandeln und sogar zu beten, um aus der Sache herauszukommen. Ich hasste den Schwarzen Drachen und seine Gefährten mit jeder Faser meines Wesens, aber das bedeutete nicht, dass ich mich auf eine verrückte Suche einlassen wollte, die nur damit enden würde, dass wir alle getötet werden würden. Aber egal, wie sehr ich mich dagegen sträubte, ich konnte das Ziehen in meinem Bauch nicht leugnen, das mit jedem Tag der verging stärker wurde, bis das Bedürfnis Kira zu finden, allumfassend wurde. Also war ich hier.

Aber sobald ich einen Weg gefunden hatte, aus diesem Schlamassel herauszukommen, war ich weg.

KAPITEL 12

KIRA

In dieser Nacht konnte ich nicht mehr schlafen. Nachdem ich den Soldaten der Stadt meine Geschichte erzählt und versucht hatte, Tash und ihre Mutter zu trösten, hatte ich akzeptiert, dass es für mich an der Zeit war, mich zu verabschieden. Es war klar, dass ich hier nicht länger bleiben konnte, egal wie schwer es mir fiel mein Zuhause zurückzulassen.

Roark und Koth waren in Stoneham nie besonders beliebt gewesen, aber sie wurden respektiert. Sie hatten ihr ganzes Leben in dieser Stadt verbracht und waren mit der Hälfte der Einwohner verwandt. Die Soldaten glaubten mir, als ich sagte, dass ihr Tod ein Fall von Notwehr war, vor allem als Tash und ihre Mutter meine Geschichte bestätigten, aber die Stadtbewohner würden mich nie wieder auf dieselbe Weise ansehen. Vor allem, wenn sich die seltsame Magie meiner neuen Gefährten erst einmal herumsprach. Bis jetzt wusste noch niemand von ihnen, aber wie lange würde das so bleiben?

Nein, je länger wir blieben, desto gefährlicher wurde es für alle. Auch für Tash.

„Bist du sicher, dass du zurechtkommst?", fragte ich sie nun schon zum zehnten Mal. Wir standen mitten in ihrer Küche, das Licht der Morgendämmerung drang durch die Fenster und beleuchtete die Schatten unter ihren Augen. Tash hatte letzte Nacht auch nicht viel geschlafen.

„Ich bin sicher", sagte sie mit einem schwachen Lächeln. Ihre Augen waren geschwollen und rot, aber sie stand aufrecht, als wäre ihr eine große Last von den Schultern gefallen. „Wir wussten beide, dass so etwas irgendwann passieren würde. Ich bin nur dankbar, dass niemand von uns verletzt wurde."

Ich nahm ihre Hände in meine. „Es tut mir leid. Es tut mir so leid."

„Ist schon in Ordnung." Sie drückte meine Hände. „Du hast mich so lange beschützt und meine Mutter auch. Aber irgendwann musste es aufhören. Wenigstens können wir jetzt ohne Angst leben und du kannst dein Schicksal erfüllen, ohne dir Sorgen um mich machen zu müssen."

„Ich hasse es, dich zurückzulassen", sagte ich. „Du könntest mit uns kommen, weißt du."

Sie gluckste leise. „Was, und mit dir und deinen vier Männern um die Welt reisen, um den Schwarzen Drachen zu stürzen? Das klingt lustig, aber mein Platz ist hier. Ich habe schließlich ein Gasthaus zu führen."

Ich nickte. Ich wusste, dass das ihre Antwort sein würde, aber ich musste trotzdem fragen. „Du wirst das bestimmt toll machen. Aber was ist mit dem Essen?"

„Ich wende mich an die Bauern, die mein Vater wütend gemacht hat, um zu sehen, ob sie stattdessen mit mir ins

Geschäft kommen wollen." Ein trauriges Lächeln umspielte ihre Lippen. „Mach dir keine Sorgen um mich, ich werde schon eine Lösung finden. Sieh zu, dass du mich irgendwann mal wieder besuchst, okay? Ich will alles über deine Abenteuer hören."

„Das werde ich, ich verspreche es."

„Und sei vorsichtig." Sie umarmte mich fest. „Ich glaube an dich, Kira. Wenn jemand diese Welt retten kann, dann bist du es."

Vor Aufregung schnürte sich meine Kehle zu, als ich sie zurück umarmte. „Ich werde mein Bestes tun."

Wir verabschiedeten uns ein letztes Mal tränenreich, dann eilte ich aus der Küchentür und machte mich auf den Weg zu den Ställen. Ich hob meinen Rucksack auf die Schulter und wischte mir über die Augen, bevor ich mich den vier Männern näherte, die bei ihren Pferden auf mich warteten. Die vier Männer, mit denen ich den Rest meines Lebens verbringen sollte. Und zwar ab jetzt.

Bei den Göttern, ich war überhaupt nicht bereit dafür.

Reven lehnte mit verschränkten Armen an der Stallwand, die Kapuze tief ins Gesicht gezogen, sodass ich nur seine dunklen Bartstoppeln sehen konnte. Er hatte kaum ein Wort zu den anderen Männern gesagt, also war er nicht nur mir gegenüber kühl. Ich hatte das Gefühl, dass er sich nicht sonderlich darüber freute hier zu sein, und wie könnte ich ihm das verdenken? Wir waren alle in diese Situation gezwungen worden, aber es blieb uns nichts anderes übrig, als irgendwie das Beste daraus zu machen - und darauf zu vertrauen, dass die Götter uns aus einem bestimmten Grund ausgewählt hatten.

Die anderen Männer standen ebenfalls abseits. Jasin

wippte auf seinen Fersen, seine Finger ruhten auf dem Griff seines Schwertes, als könnte er es jeden Moment herausziehen, während er nach irgendwelchen Störungen durch die Soldaten oder andere Bürger der Stadt Ausschau hielt. Er trug wieder seine Militäruniform, die aus einer schwarzen Hose und einem steifen Mantel bestand, beides mit einem dunkelroten Rand versehen, um zu zeigen, dass er zur Abteilung des Feuerreichs gehörte. Konnte ich ihm als ehemaligem Mitglied der Onyxarmee wirklich trauen?

Slade stand in den Ställen und sattelte ein großes braunes Pferd mit sanften Augen. Er hatte eine ruhige Ausstrahlung, vielleicht weil er ein paar Jahre älter war als wir anderen. Ich hatte keinen Zweifel daran, dass er unserer Sache treu war und ich konnte nicht vergessen, wie es sich angefühlt hatte, auch nur für einen kurzen Moment in seinen Armen gehalten zu werden, aber ich hatte das Gefühl, dass ihn auch etwas zurückhielt.

Auric starrte auf eine Karte und machte sich Notizen in seinem Notizbuch, während der Wind sein goldenes Haar zerzauste. Seine Kleidung war feiner als die von uns anderen und ich fragte mich, wie er sich fühlte, mit einem Mädchen wie mir zusammen zu sein, das so weit unter seinem Stand lebte. Ich hatte das Gefühl, dass er unsere Mission als eine Chance sah, verborgenes Wissen zu entdecken, aber war das alles was ihn interessierte? Konnte er sich jemals für mich interessieren?

Würde das einer von diesen Männern je tun?

Reven ganz sicher nicht. Slade war genauso distanziert. Jasin vielleicht, obwohl ich das Gefühl hatte, dass er bereit wäre, sich mit fast jeder Frau zu binden.

„Wir müssen einen Plan aufstellen", sagte Auric und riss mich aus meinen Gedanken.

Ich atmete tief durch und starrte auf seine Karte, die kunstvoller und feiner gestaltet war als alle anderen, die ich bisher gesehen hatte. Sie war in verschiedenen Farben gehalten und zeigte die vier Reiche, die alle in der Hauptstadt Soulspire zusammenliefen, wo der Schwarze Drache und seine Gefährten in der Nähe des Geistertempels residierten. Das Erdreich, in dem wir uns jetzt befanden, lag im Norden, das Luftreich im Osten, das Wasserreich im Westen und das Feuerreich im Süden. Auf der Karte waren die Hauptstädte der einzelnen Reiche eingezeichnet, zusammen mit einigen anderen großen Städten, Flüssen, Seen, Gebirgszügen und - am wichtigsten - den Tempeln der fünf Götter.

„Wir müssen die Tempel in der Reihenfolge besuchen, in der wir angekommen sind", sagte Auric. „Das heißt, der Feuertempel ist der erste."

„Warum können wir nicht zuerst zum Luft- oder Erdtempel reisen?", fragte ich. „Die sind doch beide näher dran."

„Weil die Götter es so bestimmt haben", sagte Slade.

Jasin warf mir ein anzügliches Grinsen zu. „Für mich ist das völlig in Ordnung."

„Ich vermute, sie haben diese Regel aufgestellt, damit es fair bleibt und wir dich schneller finden", sagte Auric achselzuckend. „Wie auch immer, wir müssen zuerst ins Feuerreich gehen."

In den nächsten Minuten planten Auric, Jasin und ich den Weg zum Feuertempel, mit ein paar hilfreichen Kommentaren von Slade, während Reven uns völlig ignorierte. Als das erledigt war, wurden die Pferde der Männer herausgebracht, jedes so einzigartig wie seine Reiter. Ich hatte kein Pferd und schon gar nicht das Geld, um mir eines zu kaufen. Nicht dass es in einer so kleinen Stadt wie Stoneham überhaupt welche zu kaufen gäbe.

„Du wirst abwechselnd mit einem von uns reiten müssen", sagte Auric auf seinem eleganten weißen Pferd mit dem goldverzierten Sattel.

„Sie kann mich jederzeit reiten." Jasin zwinkerte. „Ich meine, mit mir reiten."

„Ich bin sicher, das hast du gemeint." Ich verdrehte die Augen und warf meinen Rucksack auf den Rücken von Auric' Pferd. Jasin war etwas zu eifrig und die anderen beiden hielten sich von mir fern, also blieb nur Auric.

Auric reichte mir seine Hand und ich stieg hinter ihm auf das Pferd. Ein Schauer der Überraschung und des Verlangens durchfuhr mich, als ich mich an seinen Rücken drückte und mir bewusst wurde, wie nahe wir uns waren. Es war Jahre her, dass ich einem Mann so nahe gewesen war, aber in den nächsten Tagen würde ich bei allen Männern so auf dem Pferd sitzen müssen. Wenn sie wirklich meine Gefährten waren, würde ich natürlich bald viel mehr mit ihnen machen, als nur auf einem Pferd mit ihnen zu reiten.

Ich zögerte, dann legte ich meine Arme um Auric und versuchte, mich nicht auf das Gefühl seiner starken Brust oder seinen sauberen, frischen Duft zu konzentrieren, der mich dazu brachte, ihm noch näher zu kommen. Er sog bei meiner Berührung den Atem ein, legte dann aber seine Hand auf meine und drückte sie kurz.

„Bereit?", fragte er.

Ich warf einen letzten Blick zurück auf die Stadt, die in den letzten drei Jahren mein Zuhause gewesen war und drehte mich dann zu meinen anderen Begleitern um. Alle starrten mich an und warteten darauf, dass ich das Zeichen zum Aufbruch gab. Reven, auf seinem schnellen schwarzen Pferd, sah grüblerisch und gelangweilt aus. Jasin, der ungeduldig auf seinem dunklen Hengst wackelte, der aussah, als sei ihm der Kampf nicht fremd. Und Slade, auf seinem großen schokoladenbraunen Pferd, der mit ruhiger, gelassener Miene wartete.

„Gehen wir", sagte ich.

Als sich das Pferd in Bewegung setzte, schlang ich die Arme um Auric. Es war drei Jahre her, dass ich auf einem Pferd gesessen hatte und ich hatte das Gefühl, dass es einige Zeit dauern würde, mich wieder daran zu gewöhnen. Bis wir anhielten, würde ich wahrscheinlich überall wund sein.

Als wir aus der Stadt ritten, sahen uns die Soldaten mit steinernen Blicken nach und ein paar Leute traten aus ihren Häusern, um unsere seltsame Prozession zu bestaunen, aber niemand schien traurig zu sein, mich gehen zu sehen. Ich hatte Koth getötet und hätte genauso gut auch Roark töten können. Sie waren nicht die ersten Männer, die ich getötet hatte und es würden wahrscheinlich auch nicht die letzten bleiben, aber ihr Tod lastete trotzdem schwer auf mir. Ein Leben zu nehmen wurde nie einfacher, genauso wenig wie der Anblick einer Leiche, selbst wenn die Person es verdient hatte. Ich hoffte nur, dass es Tash und ihrer Mutter gut gehen würde.

Ich starrte auf den Wald, in dem ich in den letzten Jahren jeden Tag auf die Jagd gegangen war. Ich hatte Tash versprochen, dass ich eines Tages zurückkehren würde, aber es war schwer zu wissen, was vor mir lag oder wie anders ich sein würde, wenn ich zurückkehrte. Würde ich dann wirklich der Schwarze Drache sein? Ich hatte den aktuellen Schwarzen Drachen noch nie gesehen, aber ich wusste, dass sie unsterblich war, alle vier Elemente beherrschte und sich in ein großes geflügeltes Tier mit riesigen Krallen und glühenden Augen verwandeln konnte. War das auch mein Schicksal?

Und was würde der Schwarze Drache tun, wenn sie erfuhr, dass ich so war wie sie?

KAPITEL 13
AURIC

Kira war ruhig, als wir Stoneham verließen und auf der Straße am Waldrand entlang ritten, aber ich war mir ihrer Gegenwart ständig bewusst. Nicht nur, dass ihre Arme fest um meine Brust geschlungen waren, auch ihre weiblichen Rundungen drückten sich auf eine Weise gegen meinen Rücken, die ich nur schwer ignorieren konnte. Vor allem, weil ich so etwas nicht gewohnt war. Ich verbrachte meine Zeit mit Büchern und ... Na ja, das war's dann auch schon. Ich konnte jedenfalls nicht gut mit Frauen umgehen und wusste nicht, was ich zu ihnen sagen sollte. Nun befand ich mich in einer Situation, in der ich meine zukünftige Gefährtin unbedingt besser kennen lernen wollte, aber auch nicht wusste, wie ich mit ihr reden sollte. Ich wette, keiner der anderen Männer hatte dieses Problem.

„Ist dein Kopf in Ordnung?", fragte ich sie.

Sie drückte eine Hand an ihren Hinterkopf. „Überraschenderweise ja. Ich habe eigentlich gar keine Schmerzen.

Sie haben mich wohl nicht so hart geschlagen, wie ich dachte."

„Das ist gut." Ich hielt inne. „Hast du es bequem?"

„So bequem, wie man es erwarten kann, wenn man bedenkt, dass ich seit Jahren kein Pferd mehr geritten bin." Sie schob sich hinter mich und rieb ihre Brüste an meinem Rücken, ein Gefühl, das meine Hose plötzlich eng werden ließ. „Was meinst du, wie lange es dauert, bis wir den Feuertempel erreichen?"

„Ich schätze, dass es etwa acht oder neun Tage dauern wird, je nachdem wie lange wir anhalten und ob wir einen Umweg machen müssen, um Probleme zu vermeiden."

„Mehr nicht?", fragte sie mit hohler Stimme.

War sie deswegen auch nervös? „Ich glaube, wir haben die effizienteste Route geplant, aber wenn du langsamer reisen oder irgendwo auf dem Weg anhalten möchtest, wird das sicher kein Problem sein."

„Nein, das ist schon in Ordnung", sagte sie und atmete tief ein. „Acht oder neun Tage sind einfach nicht viel Zeit, um euch alle kennenzulernen, bevor wir ...'"

„Bevor wir Gefährten werden."

„Ja."

Ich verstand ihre Sorge nur zu gut. „Keiner von uns will dich drängen. Nimm dir so viel Zeit, wie du brauchst." Ich zögerte und blickte zu dem Soldaten aus dem Feuerreich hinüber, der sich auf seinem Pferd wohlzufühlen schien. „Du solltest dir allerdings mehr Zeit für Jasin nehmen, denn du musst dich zuerst mit ihm verbinden."

„Wahrscheinlich. Aber dein Tempel ist der zweite."

„Stimmt." Ich räusperte mich bei dem Gedanken daran, was das bedeutete. „Zumindest wirst du viel mehr Zeit haben, Slade und Reven kennenzulernen, bevor wir bei ihren Tempeln ankommen.“

„Das nehme ich an“, sagte sie. „Was kannst du mir sonst noch über all das erzählen?“

„Nicht viel, fürchte ich. Nach dem Besuch des Luftgottes habe ich die Bibliothek in Stormhaven nach Informationen durchforstet, aber nur sehr wenig Interessantes gefunden. Was ich fand, entnahm ich verschiedenen Texten, die ansonsten nichts mit dem Schwarzen Drachen oder den Göttern zu tun zu haben schienen. In einem ging es um Geografie, in einem um Mode und in einem um Essen. Ich vermute, der Schwarze Drache hat den Rest vernichtet.“

„Wahrscheinlich“, sagte Kira. „Sie wollte nicht, dass jemand sie herausfordern kann.“

„Das scheint wahrscheinlich. Ich hoffe, dass ich auf unseren Reisen mehr herausfinden kann. Ich würde das alles auch gerne aufzeichnen, für zukünftige Generationen. Vorausgesetzt, wir überleben und der Schwarze Drache vernichtet nicht auch meine Schriften.“

„Du bist also ein Gelehrter?“, fragte sie. „Und ein Adliger, nehme ich an, nach deiner Kleidung zu urteilen.“

Ich versuchte, nicht auf ihre Frage zu reagieren und wählte meine Worte sorgfältig. „Ja, ich gehöre dem Haus Killian an, aber ich verbringe die meiste Zeit meines Lebens in der Bibliothek. Zumindest tat ich das vor all dem hier.“

„Haus Killian? Heißt das, du bist mit der königlichen Familie des Luftreichs verwandt?“

„Ja“, antwortete ich zögernd. Ich wollte sie nicht anlügen, aber ich fühlte mich noch nicht wohl dabei, ihr die ganze Geschichte zu verraten. „Aber ich bin niemand von Bedeutung.“ Da, das war wahr genug.

„Vielleicht nicht für dich, aber ich garantiere dir, dass dein Leben ganz anders verlaufen ist als meins und das der anderen Männer. Du bist im Luxus aufgewachsen und musstest dir nie Gedanken darüber machen, woher deine nächste Mahlzeit kommt oder ob du dir die Reparatur deiner Schuhe leisten kannst."

Ich fragte mich, was sie durchgemacht hat, bevor wir in ihrem Dorf ankamen. Sie hatte auch nicht gerade unrecht. Bei allen Göttern, sie muss mich für erbärmlich halten und wenn sie nur die ganze Wahrheit wüsste, würde sie bestimmt das Schlimmste von mir denken. Jetzt konnte ich es ihr wirklich nicht mehr sagen. „Das ist wahr. Ich bin in privilegierten Verhältnissen aufgewachsen und habe wenig zu beklagen."

„Ich habe das nicht als Beleidigung gemeint", fügte Kira hinzu, während sie mit der Hand leicht über meine strich. „Ich wollte nur auf die Unterschiede zwischen uns allen hinweisen."

„Ich verstehe." Ich legte den Kopf schief, als ich nachdachte. „Vielleicht haben die Götter uns vier nur deshalb zu deinen Gefährten auserkoren, weil wir alle so unterschiedlich sind."

„Das könnte sein. Der Luftgott hat dir keinen Hinweis gegeben, warum er dich ausgewählt hat?"

„Nein, ganz und gar nicht. Er war ziemlich vage, was alles angeht. Natürlich war ich damals auch ziemlich geschockt, sodass ich ihm nicht so viele Fragen stellen konnte, wie ich es gerne getan hätte."

„Was ist passiert? Ich weiß, dass ihr alle angeblich den Göttern begegnet seid, aber ich kenne keine Einzelheiten."

Meine Hände verkrampften sich um die Zügel, als ich an

das Ereignis vor einem Monat zurückdachte. „Ich war schon immer ein Frühaufsteher und frühstücke bei Sonnenaufgang gern draußen im Garten, meist mit einem Buch oder zwei. An diesem Morgen war es draußen ungewöhnlich windig und ich konnte kaum lesen, weil sich die Seiten immer wieder umblätterten. Fast wäre ich hineingegangen, doch dann erschien er. Der Luftgott."

„Wie sah er aus?", fragte sie.

„Wie ein Riese, der aus einem Tornado geschaffen wurde. Er bestand aus wirbelndem Wind und Blitzen und seine Stimme war wie Donner. Als er zu mir sprach, schwebte alles um mich herum in der Luft. Meine Bücher. Mein Frühstück. Die Bank, auf der ich gesessen hatte." Ich schüttelte den Kopf und erinnerte mich daran, wie schockiert und verwirrt ich gewesen war. „Er sagte mir, dass ich auserwählt sei, der nächste Goldene Drache zu sein und dass ich dich finden müsse, damit wir den Platz der jetzigen Drachen einnehmen könnten. Dann schickte er einen Luftzug durch mich hindurch, der mich in den Himmel hob und ich dachte, ich würde sicher in den Tod stürzen. Stattdessen schwebte ich wieder nach unten, aber er war weg."

„Das klingt wie aus einem Traum."

„Ja, das tut es. Ich habe alles was passiert ist in Frage gestellt, weil ich sicher war, dass ich mir alles nur eingebildet habe, aber dann habe ich angefangen Dinge zu bewegen, ohne sie zu berühren und eines Nachts bin ich in der Luft aufgewacht. Ganz zu schweigen davon, dass ich diesen überwältigenden Drang hatte, nach Nordwesten zu ziehen, um dich zu finden."

„Was hat deine Familie von all dem gehalten?", fragte sie.

„Ich habe ihnen nichts davon erzählt. Der Luftgott hat mich gewarnt, mit niemandem außer dir und deinen anderen Gefährten darüber zu sprechen. Natürlich war es schwierig, meine Kräfte vor meiner Familie zu verbergen, aber die Leute sind oft bereit zu glauben, dass es sich um einen plötzlichen Windstoß oder eine seltsame Brise und nicht um Magie handelt."

„Waren sie einverstanden damit, dass du gehst?"

„Ich habe ihnen gesagt, dass ich nach Thundercrest reise, um die dortige Bibliothek zu besuchen, aber sobald ich unterwegs war, bin ich meinen Wachen entkommen und hierhergekommen." Ich runzelte die Stirn, weil ich mich schuldig fühlte, meine Familie betrogen zu haben. „Ich habe ihnen eine Nachricht hinterlassen, dass es mir gut geht, aber wahrscheinlich suchen sie jetzt nach mir. Ich hoffe, sie sind nicht zu besorgt."

Sie schob sich wieder hinter mich, als wolle sie es sich bequem machen. „Stehst du deiner Familie nahe?"

„Ja. Zum größten Teil." Es wäre schwierig, über meine Familie zu sprechen, ohne mehr über mein wahres Ich zu verraten, also wechselte ich das Thema. „Was ist mit dir? Ich nehme an, die Leute da hinten waren nicht deine Familie."

„Nein, meine Familie ist schon lange tot."

Ich hörte etwas in ihrer Stimme, das mir zu verstehen gab, dass sie das nicht weiter ausführen wollte und ich verstummte. Ich konnte verstehen, dass wir über manche Dinge aus unserer Vergangenheit nicht sprechen wollten. Das alles war sowieso unwichtig. Unser altes Leben war vorbei. Was jetzt zählte, war die Reise, die vor uns lag.

KAPITEL 14

KIRA

Wir ritten die Straße entlang, umgeben vom Wald, Jasin an der Spitze um sicherzustellen, dass der Weg frei war, während Slade und Reven hinter uns ritten, um uns den Rücken zu decken. An jedem anderen Tag wäre ich jetzt in den Wald gegangen und hätte versucht, Wild für Roark zu finden, damit Tash in Sicherheit wäre und ich heute Abend etwas zu essen hätte. Jetzt saß ich hinter diesem Mann, den ich gerade erst kennengelernt hatte, mit drei anderen seltsamen Männern um mich herum, und gemeinsam sollten wir die Welt retten. Ich wusste immer noch nicht, wie ich in diese Sache hineingeraten war und fragte mich, ob das alles ein großer Fehler war. Vielleicht sollten die Männer ein anderes Mädchen finden. Vielleicht haben sich die Götter geirrt.

Selbst wenn ich das Ziel, den Schwarzen Drachen zu stürzen außer Acht ließ, das so weit hergeholt war, dass es lächerlich wirkte, war der Gedanke sich mit all den Männern zu vereinen, schwer zu schlucken. Wir würden für den Rest unseres Lebens gepaart sein und die vier würden mich für immer teilen. Es war schwer zu glauben, dass sie damit einverstanden sein würden. Ich konnte es mir selbst kaum vorstellen, obwohl ich zugeben musste, dass ich die Idee auch nicht schlecht fand. Eines muss ich den Göttern lassen, sie haben mir vier Männer gefunden, die mir das Wasser im Mund zusammenlaufen lassen.

Das Einzige, was ich jetzt tun musste, war meine zukünftigen Gefährten besser kennen zu lernen. Mit Auric hatte ich einige Fortschritte gemacht und in den nächsten Tagen würde ich auch mehr über die anderen Männer erfahren. Vor allem über Jasin. In weniger als zwei Wochen sollte ich mit ihm schlafen und ich wusste kaum etwas über ihn.

Gegen Mittag hielten wir an einem kleinen Bach an, um eine Pause zu machen und eine schnelle Mahlzeit zu uns zu nehmen, aber keiner von uns hatte Lust viel zu plaudern. Ich wollte als nächstes mit Jasin reiten, aber dann sah ich, wie er Feuer warf und es wie einen Jonglierball von Hand zu Hand bewegte und mir lief ein Angstschauer über den Rücken. Auch wenn er nicht derjenige war, der meine Familie getötet hatte, hatte ich seit diesem Tag Angst vor Feuer.

Ich beschloss, mit Slade zu reiten, dessen solide, ruhige Präsenz mich beruhigte, als wir nach Osten durch das Erdreich reisten. Er war so groß und muskulös, dass es ein Vergnügen war, sich an ihm festzuhalten und all die Kraft unter meinen Armen zu spüren, auch wenn er kein Interesse an einem Gespräch hatte.

Als die Sonne den Horizont berührte, forderte Jasin uns auf anzuhalten. „Das sieht nach einem guten Platz für ein Nachtlager aus."

Er hatte einen Platz auf einer kleinen Lichtung in der

Nähe eines Süßwasserbachs ausgesucht. Auf beiden Seiten schützten uns dicke Bäume, die vom Zwitschern der Vögel erfüllt waren, die sich für die Nacht einen Schlafplatz suchten.

Als ich von Slades Pferd abstieg, gab ich ein schmerzhaftes Stöhnen von mir. Jeder Muskel in meinem Körper schien zu schmerzen, besonders meine Oberschenkel und mein Rücken. Wenn ich schon nach ein paar Stunden Reiten so wund war, wie sollte ich dann neun oder zehn Tage durchhalten?

„Ist alles in Ordnung mit dir?", fragte Slade und legte eine seiner großen Hände sanft auf meine Schulter.

Ich streckte meinen Rücken und versuchte, die Schmerzen zu lindern. „Er tut nur weh. Ich bin schon lange nicht mehr geritten."

„Du wirst dich daran gewöhnen", sagte Jasin. „Ich habe schon viele Soldaten gesehen, die sich eingewöhnt haben. Versuch, dich zu strecken und herumzulaufen, das wird helfen."

„Hinter einem von uns zu sitzen, ist auch nicht gerade hilfreich", sagte Slade.

Jasin nickte. „Wir sollten ihr ein Pferd besorgen, wenn wir können."

„Mit welchem Geld?", fragte ich.

„Geld ist kein Thema", sagte Auric.

Ich atmete tief durch. „Vielleicht nicht im Moment, aber wir haben eine lange Reise vor uns."

Reven schwieg die ganze Zeit, fast so, als wäre er gar nicht da. Er holte seine Sachen vom Pferd und breitete dann seinen Schlafsack auf einer Seite der Lichtung aus. Wir anderen folgten seinem Beispiel und schlugen schnell unser Lager auf, während sich der Himmel verdunkelte.

Ich schnappte mir meinen Bogen und ging in den Wald, bevor die Männer mich aufhalten konnten. Tashs Mutter war so freundlich gewesen, uns ein paar Rationen einzupacken, aber sie würden nicht lange reichen, wenn wir sie nicht mit frischer Nahrung ergänzten. Außerdem mussten wir unsere Energie für die bevorstehende Reise aufrechterhalten. Wir konnten zwar alle paar Tage in einem Gasthaus einkehren, aber das war nicht jede Nacht möglich.

Die Geistergöttin muss mir wohl zugelächelt haben, denn es gelang mir fast sofort, einen großen grauen Hasen zu erlegen. Vielleicht hatte sie mich ja doch auserwählt, obwohl ich mich nicht an einen Besuch von ihr erinnern konnte.

Moment mal! Die alte Frau, die ich im Wald gefunden hatte. Könnte sie das gewesen sein? Wenn ja, warum hatte sie mir dann nicht mehr Informationen gegeben? Oder irgendwelche Kräfte, wie sie die Jungs von ihren Göttern erhalten hatten?

Ich grübelte darüber nach, während ich mich auf den Weg zurück zur Lichtung machte, wo Jasin in der Mitte ein kleines Feuer entzündet hatte. Slade und Reven kümmerten sich um die Pferde, während Auric die Karte studierte. Ich machte mich an die Arbeit den Hasen zu häuten, aber dann übernahm Jasin das Kochen.

„Ich habe das im Griff", sagte er mit einem überheblichen Grinsen.

„Tu dir keinen Zwang an", sagte ich und trat einen Schritt zurück.

Er holte einige Kräuter aus seinen Taschen und kümmerte sich um den Hasen, den er dann über dem Feuer aufhängte. Ich schob meinen Schlafsack weiter von den Flammen weg und ließ mich dann darauf sinken, wobei ich mich an das letzte Mal erinnerte, als ich auf diese Weise gereist war. Damals war ich allein und verängstigt gewesen und hatte nach einem sicheren Ort gesucht, an dem ich mich für eine Weile verstecken konnte. Wenigstens hatte ich jetzt vier Männer bei mir, die sich auch ohne ihre neuen Kräfte im Kampf zu behaupten schienen.

Als das Essen fertig war, setzten sich die anderen um das Feuer. Ich holte etwas von dem Käse und dem Obst von Tashs Mutter heraus, während Jasin den Hasen in Stücke schnitt und ihn uns servierte. Der verlockende Duft verführte uns alle dazu, sofort zuzugreifen und wir wurden nicht enttäuscht.

„Das ist wirklich gut", sagte ich zu Jasin. „Wo hast du kochen gelernt?"

„Von meiner Mutter, aber auch in der Armee. Dort lernt man alles Mögliche. Ich bin auch nicht schlecht mit der Nähnadel. Aber Essen ist meine zweitgrößte Leidenschaft, also habe ich gelernt anständig zu kochen, nachdem ich das schreckliche Essen der anderen Soldaten runtergewürgt hatte."

„Was ist deine größte Leidenschaft?", fragte Slade.

Jasin schmunzelte. „Frauen, natürlich."

„Natürlich." Ich verdrehte die Augen, während Slade gluckste und Auric den Kopf schüttelte. Reven sah nur gelangweilt aus, was für ihn normal zu sein schien.

Als wir mit dem Essen fertig waren, lehnte ich mich auf meiner Decke zurück und streckte meine schmerzenden Glieder, denn ich war zwar erschöpft, aber noch nicht müde genug, um einzuschlafen. „Ich würde euch alle gerne etwas besser kennenlernen. Vielleicht könnt ihr mir alle etwas über euch erzählen, zum Beispiel woher ihr kommt oder wie euer Leben aussah, bevor ihr einen Gott getroffen habt."

„Klingt vernünftig", sagte Jasin. „Ich denke, wir sollten uns besser kennenlernen, da wir für den Rest unseres Lebens aneinander gebunden sein werden. Nicht nur Kira, sondern wir alle."

„Ich nicht", sagte Reven, seine Stimme war kalt.

„Was meinst du damit?", fragte Auric.

„Ich werde keiner von euch sein."

Slade warf ihm einen stählernen Blick zu. „Wir wurden aus einem bestimmten Grund ausgewählt. Der Wassergott hat dich aus einem bestimmten Grund auserwählt."

Reven brach einen Ast mit einem scharfen *Knacken* entzwei. „Dann kann er einen anderen wählen."

„Warum bist du dann überhaupt hier?", fragte Jasin.

„Ich hatte keine große Wahl", sagte Reven. „Ich konnte den Drang, Kira zu erreichen, nicht leugnen, genau wie ihr alle. Aber sobald ich einen Ausweg aus diesem Schlamassel gefunden habe, bin ich weg. Ich habe kein Verlangen danach, ein Drache zu sein oder jemandes Gefährte zu werden."

Jasins Augenbrauen zogen sich zusammen und er sah wütend aus, und sowohl Auric als auch Slade sahen aus, als wollten sie etwas erwidern, aber ich hob eine Hand.

„Es ist in Ordnung", sagte ich. „Keiner von uns hat sich das ausgesucht. Ich verstehe, wenn ihr nicht hier sein wollt. Die Götter wissen, dass ich selbst kein Teil davon sein möchte." Ich blickte zwischen ihnen allen hin und her und beobachtete das Flackern des Feuers auf ihren maskulinen

Gesichtern. „Wenn es einen Ausweg gibt, könnt ihr ihn gerne wählen. Ich werde es euch nicht verübeln. Aber im Moment müssen wir zusammenarbeiten, um das hier zu überstehen." Ich wandte mich an Reven. „Kannst du das tun?"

Er warf mir einen kalten Blick zu. „Für den Moment."

Ich nahm an, dass das das Beste war, was ich von ihm bekommen würde. „Das ist auch für mich nicht einfach. Ich hätte nie erwartet, dass plötzlich vier Männer in meinem Dorf auftauchen und mich als ihre Gefährtin beanspruchen, aber so ist es nun einmal. Im Moment sind wir alle noch Fremde, aber ich hoffe, dass wir das ändern können."

Eine Zeit lang war das einzige Geräusch das Prasseln des Feuers, doch dann ergriff Slade das Wort. „Ich stamme aus Clayridge, einer Stadt im Westen des Erdreichs. Ich habe mein ganzes Leben dort verbracht und als Schmied gearbeitet, wie mein Vater. Viel mehr gibt es eigentlich nicht zu erzählen."

Ich war mir sicher, dass das nicht stimmte, aber ich konnte es ihm nicht verübeln, dass er nicht alle seine Geheimnisse vor einem Haufen Fremder ausplaudern wollte, die er erst gestern kennen gelernt hatte. Wenigstens hat er es versucht.

„Warst du schon mal in einen Kampf verwickelt?", fragte Jasin ihn.

„Ein paar", antwortete Slade.

Jasin nickte und alle sahen ihn an. „Ich bin dran, denke ich." Er gestikulierte auf seine Uniform. „Ich bin mir ziemlich sicher, dass ihr alle schon erraten habt, was ich vorher gemacht habe. Ich stamme eigentlich aus einer Militärfamilie. Jeder in meiner Familie hat irgendwann einmal gedient.

Ich bin im Feuerreich aufgewachsen, aber als Teil der Onyx-armee war ich überall."

„Bist du dem Schwarzen Drachen immer noch treu erge-ben?", fragte Reven in einem täuschend lässigen Ton. Ich verkrampfte mich augenblicklich, weil ich befürchtete, die Frage könnte ein Problem verursachen, auch wenn ich mich das Gleiche gefragt hatte. Es war etwas, das niemand jemals laut fragen würde und etwas, das niemand jemals leugnen würde. Natürlich waren wir alle dem Schwarzen Drachen gegenüber loyal. Jeder war es, es sei denn, man wollte von ihren Soldaten oder ihren Gefährten niedergemetzelt werden.

Jasin wirkte überrumpelt, doch dann starrte er mit zusammengebissenem Kiefer in die Flammen. „Ich war es einmal. Jetzt nicht mehr."

Ich wollte ihn fragen, was geschehen war, dass sich seine Loyalität gewandelt hatte, aber ich war mir nicht sicher, ob jetzt der richtige Zeitpunkt dafür war. War es die Erwählung durch den Feuergott? Oder ist etwas davor passiert?

Auric räusperte sich. „Ich denke, ich bin der Nächste. Ich stamme aus Stormhaven. Ich bin ein ... Gelehrter, könnte man sagen. Ich habe ein besonderes Interesse an Geschichte, Kultur, Geografie und Religion. All das könnte jetzt nützlich sein, hoffe ich."

Jasin schnaubte. „Du bist ein Adliger. So viel ist klar."

„Nun, ja." Auric richtete sich auf und hob sein Kinn. „Ist das ein Problem? Wenn du an meiner Nützlichkeit im Kampf zweifelst, ich bin seit meiner Kindheit im Schwertkampf ausgebildet worden."

„Zeremonieller Schwertkampf, kein Zweifel", murmelte

Jasin. „Vielleicht sollten wir ihn nach seinen Loyalitäten fragen. Alle Adelsfamilien dienen auch dem Schwarzen Drachen."

Auric verengte seine Augen auf Jasin. „Ich bin dieser Mission gegenüber loyal. Kann der Rest von euch das gleiche behaupten?"

„Das reicht", sagte ich und fühlte mich noch erschöpfter, nachdem ich ihnen beim Streiten zugehört hatte. Es war ein schlechtes Zeichen, wenn sie sich jetzt bereits stritten. „Niemand stellt die Loyalität von irgendjemandem in Frage." Ich drehte mich zu Reven um. „Ich nehme an, du kommst aus dem Wasserreich. Was hast du gemacht, bevor du auserwählt wurdest?"

Er richtete seinen dunklen Blick auf mich. „Ich habe Menschen für Geld getötet."

Wir erstarrten alle und starrten ihn an, als wollten wir überprüfen, ob er es ernst meinte. Ja, das tat er definitiv. Ein *Attentäter*. Ich nahm an, das erklärte die schwarze Kleidung und die Art und Weise, wie er Roark mit Ruhe und Leichtigkeit getötet hatte. Aber warum sollte der Wassergott einen solchen Mann für mich auswählen?

Jasin zwang sich zu einem Grinsen und brach das peinliche Schweigen. „Nun, zumindest wissen wir, dass er sich im Kampf bewähren wird."

KAPITEL 15
JASIN

I ch habe auf jeder meiner Fingerspitzen eine kleine Flamme zum Leben erweckt. Selbst nach einem Monat mit diesen Kräften hörten sie nicht auf, mich zu verblüffen. Ich bezweifelte, dass Magie jemals langweilig werden würde. Wer würde schließlich nicht gerne Feuer kontrollieren können?

Die Sonne hatte gerade erst den Horizont überschritten und ihr Licht brach durch die dichten Bäume um uns herum. Meine Kameraden schliefen noch, aber ich war mit der Wache dran und ich hatte mir die Zeit damit vertrieben, mit dem Feuer zu spielen. Im wahrsten Sinne des Wortes.

Ich hatte mich auf die andere Seite des Baches begeben, weit genug vom Lager entfernt, um die Pferde nicht zu erschrecken oder aus Versehen etwas Wichtiges in Brand zu setzen, aber nahe genug, um meine Gefährten im Auge zu behalten und nach Bedrohungen Ausschau zu halten. Ich beschwor einen Flammenball zwischen meinen Handflächen und ließ ihn immer heißer werden, bis er unter meinen

Fingern blau brannte. Ich warf ihn wie einen Stein und zielte damit auf eine Ansammlung großer Steine in der Mitte des Baches. Die feurige Kugel flog hinüber und schlug mit einem Aufplatzen von Glut und dem Zischen von Dampf auf den Steinen auf.

Ein Zweig knackte hinter mir und ich drehte mich schnell um, aber es war nur Kira. Ihr langes rotes Haar war vom Schlaf zerzaust und ihre Augen waren groß, als hätte sie sich erschrocken. Ich blickte mich um, konnte aber keine Anzeichen von Gefahr entdecken. Dann bemerkte ich, dass sie auf die Stelle starrte, an die ich das Feuer geworfen hatte.

„Ist alles in Ordnung?", fragte ich.

Sie blinzelte und schien sich wieder zu fangen. „Ja. Ich schlafe nur noch halb."

Ich nickte, aber ich hatte das Gefühl, dass mehr dahintersteckte als das. War sie wegen all unserer Kräfte nervös? Oder nur wegen meiner?

„Sollen wir die anderen wecken?", fragte ich und warf einen Blick auf die anderen Männer. Ich war mir nicht sicher, was ich von ihnen halten sollte. Slade schien ein anständiger Kerl zu sein, auch wenn er nicht viel redete. Auric war ein nutzloser Adliger, der nicht einmal auf dieser Reise sein sollte. Und Reven? Ich traute ihm nicht über den Weg. Ich hatte mir vorgenommen, ihn im Auge zu behalten, damit keiner von uns mit einem Messer im Rücken endete.

Kira hingegen war alles, was ich mir erhofft hatte. Ich hätte nie gedacht, dass ich mich jemals mit nur einer Frau niederlassen könnte, aber in dem Moment, in dem ich sie kennengelernt hatte, war diese Sorge verflogen. Aber sie mit den anderen Jungs zu teilen ... Ich war mir nicht sicher, ob ich damit jemals zurechtkommen würde. Sicher, ich hatte schon früher Frauen mit anderen Soldaten für ein oder zwei Nächte geteilt, aber das war etwas anderes. Keine dieser Frauen gehörte mir. Nicht so wie Kira es tun würde.

Sie bewegte sich neben mir und lehnte sich gegen denselben dicken Baumstamm, der mir in der letzten Stunde als Rückenlehne gedient hatte. „Geben wir ihnen noch ein paar Minuten zum Schlafen. Hast du mit deiner Magie geübt?"

„Das muss ich, denn meinen neuen Kräften kamen weder mit einer Trainingsstunde noch mit einem Handbuch, wie man sie einsetzt. Gut, dass ich jetzt immun gegen Feuer zu sein scheine, sonst wäre ich schon lange tot, oder zumindest viel knuspriger." Ich schenkte ihr ein Grinsen. „Die Kaserne, in der ich gelebt habe? Nicht so viel Glück. Aber nach viel Übung in den letzten Monaten lerne ich es zu kontrollieren, was der Feuergott mir gegeben hat. Meistens zumindest."

Sie fröstelte und schlang ihre Arme um sich, obwohl es gar nicht so kalt war. „Wahrscheinlich ist das eine gute Idee. Sei einfach vorsichtig."

„Immer", sagte ich und zauberte einen weiteren Feuerball auf meine offene Handfläche.

Sie zuckte zusammen, ihre Augen starrten auf die flackernde Flamme, als wäre sie eine lebende Schlange. Vielleicht hatte sie keine Angst vor unserer Magie - sie hatte Angst vor Feuer. Ich schloss meine Hand über der Flamme, löschte sie sofort und ihre Schultern entspannten sich.

„Du brauchst keine Angst zu haben", sagte ich. „Ich würde dir nie etwas antun, Kira."

„Ich habe keine Angst vor dir." Sie wandte den Blick ab und starrte in den Wald, dann holte sie tief Luft und sah mich wieder an. „Erzähl mir von deiner Begegnung mit dem Feuergott."

„Es war ziemlich unglaublich. Ein Riese aus Flammen kam mitten im Wald zu mir und sagte mir, ich solle dich suchen. Zuerst dachte ich, ich hätte vielleicht wieder einen dieser komischen Pilze im Wald gegessen. Das letzte Mal, als das passierte, sah ich zwei Tage lang rosa tanzende Wasser-Elementarwesen und hatte eine Woche lang rasende Kopfschmerzen." Ich zwinkerte ihr zu und sie schenkte mir ein Lächeln, das mein Herz schneller schlagen ließ. „Aber es ließ sich nicht leugnen, dass das alles echt war und keine Halluzination - nicht, nachdem ich aus Versehen mein Bett in Brand gesteckt hatte."

„Kein Wunder, dass du übst", sagte sie. „Ist das der Zeitpunkt, an dem du die Onyxarmee verlassen hast?"

„So ziemlich. Als ich akzeptierte, dass ich wirklich vom Feuergott auserwählt worden war, wusste ich, dass ich aufhören musste. Das erwies sich als viel schwieriger, als ich erwartet hatte. Die Onyxarmee war nicht gerade erfreut darüber, dass einer ihrer besten Soldaten ohne wirklichen Grund aufbrach und ging." *Nicht, wenn er so gut darin war, den Widerstand zu jagen,* fügte ich gedanklich hinzu. „Aber als die Tage vergingen, sagte mir mein Ziehen im Bauch, dass es keine andere Möglichkeit gab. Das war mein Schicksal und ich musste dich finden, egal wie. Ich floh aus der Armee und wurde zum Deserteur, auch wenn mich das alles kostete. Meinen Job. Meine Freunde. Wahrscheinlich auch meine Familie."

„Es tut mir leid." Sie runzelte die Stirn, als sie zum Lager zurückblickte. „Es scheint, dass keiner von uns hier auf dieser Reise sein will."

„Das ist nicht wahr. Ja, ich musste mein früheres Leben aufgeben, aber ich will hier sein."

Sie seufzte. „Da bist du vielleicht der Einzige."

„Nee. Wir wurden alle aus unserem normalen Leben gerissen und bekamen dieses überlebensgroße Schicksal, das wir mit vier Fremden erfüllen müssen, mit denen wir jetzt möglicherweise für immer festsitzen. Daran werden wir uns alle erst einmal gewöhnen müssen." Ich streckte die Hand aus, schob eine verirrte Strähne ihres roten Haares zurück und strich sie auf ihrem Kopf glatt. „Aber das schaffen wir schon, das verspreche ich."

„Danke. Ich weiß deine Zuversicht zu schätzen."

„Zuversicht ist meine Spezialität", sagte ich und schenkte ihr ein arrogantes Grinsen. Sie lachte und das Geräusch war so perfekt, dass ich wusste, ich würde alles tun, um sie noch einmal so lachen zu lassen. Wie war es möglich, dass wir uns erst gestern kennengelernt hatten?

„Du bist so ein Charmeur", sagte sie. „Ich wette, du umwirbst alle Frauen, die du triffst."

„Ich war ziemlich beliebt bei den Damen, das stimmt." Ich lehnte mich gegen den Baum und schaute ihr in die Augen. „Aus gutem Grund, das versichere ich dir."

Sie legte den Kopf schief. „Lass mich raten. Du hast in jeder Stadt, die du besucht hast, ein oder zwei Geliebte, die sich jetzt alle nach dir verzehren und auf deine Rückkehr warten."

„Nicht ganz. Und jede Frau, die mit mir das Bett geteilt hat wusste, dass ich keine Versprechungen mache."

Sie zog eine Augenbraue hoch, während ihr Lächeln verblasste. „Ist es das, was ich auch erwarten sollte?"

„Nein", sagte ich schnell. „Meine Vergangenheit liegt

hinter mir. Von jetzt an gehöre ich dir und nur dir allein. Vorausgesetzt, du willst mich als deinen Gefährten."

Unsere Blicke trafen sich und es wurde heiß zwischen uns, doch dann sah sie schnell weg. „Wir sollten uns wohl fertig machen."

Sie richtete sich auf, bürstete sich ab und ging zurück in den Hauptteil des Lagers. Ich sah ihr hinterher, betrachtete ihren Hintern in den engen Jagdhosen die sie trug und seufzte dann. Ich hatte den Moment mit meinem dummen Mundwerk ruiniert, und jetzt zweifelte sie an meiner Loyalität. Sicher, ich hatte mit vielen Frauen geschlafen, aber das war, bevor ich sie kennengelernt hatte. Das konnte sie mir jetzt nicht vorwerfen.

Ich formte einen weiteren flammenden Ball, der durch die Frustration besonders groß wurde und schleuderte ihn mit besonderer Wucht auf die Steine. Leider verfehlte ich sie. Das Feuer traf das Gras auf der anderen Seite des Baches und setzte es sofort in Brand. Panik stieg in meiner Kehle auf, als die Flammen auf einen nahen Baum übergriffen, aber ich war zu entsetzt, um etwas zu unternehmen. Bei den Göttern, was hatte ich nur angerichtet?

Wasser sprudelte aus dem Bach, bedeckte das Feuer und löschte die Flammen mit einem lauten Zischen. Ich drehte mich um und sah Reven im Schatten des Baumes stehen. Er warf mir einen strengen Blick zu, bevor er sich abwandte. Wie lange hatte er dort gestanden und uns ausspioniert?

Das Schlimmste aber war, dass Kira hinter ihm stand. Und sie hatte auch alles gesehen.

KAPITEL 16

KIRA

Nachdem wir unser Lager zusammengepackt hatten, setzten wir unsere Reise entlang der Hauptstraße in Richtung des Luftreichs im Südosten fort. Ich ritt zuerst mit Reven, da ich etwas Abstand von Jasin brauchte, vor allem nach dem letzten Feuerball. Den Göttern sei Dank hatte Reven das Feuer schnell gelöscht, bevor die Flammen den ganzen Wald übernahmen. Wie sollte ich mich mit Jasin anfreunden, wenn mich jedes Mal, wenn er seine Kräfte einsetzte, die Angst durchfuhr? Oder noch besser: Wie sollte ich dem Feuergott gegenübertreten? Und danach würde ich in der Lage sein, selbst Feuer zu beschwören - wollte ich das überhaupt?

Hatte ich eine Wahl?

Ich versuchte die Gedanken zu verdrängen, indem ich mich auf den Mann konzentrierte, der vor mir saß, aber er war nicht gerade gesprächig. Unser letzter Austausch war so verlaufen:

„Du bist also ein Attentäter?", hatte ich Reven gefragt, nachdem wir eine Viertelstunde unterwegs gewesen waren.

„Ja", hatte er gesagt und seine Stimme zeigte keinerlei Emotionen.

„Wie bist du zu dieser Art von Arbeit gekommen?"

„Das ist eine lange Geschichte."

Ich hatte darauf gewartet, dass er fortfährt, aber er schien es dabei belassen zu wollen. Ich gab auf, seufzte und wandte mich wieder dem Wald und den Bergen in der Ferne zu. Gut, dass der Wassertempel der letzte war, denn ich konnte mir kaum vorstellen, dass wir beide in nächster Zeit intim werden würden. Vorausgesetzt, Reven würde überhaupt so lange hier bleiben.

Wir machten auf einer anderen Lichtung Mittagspause und dann war es Zeit für mich, mit Jasin zu reiten, der immer noch seine Militäruniform trug. Auch wenn ich es nie laut zugeben würde, stand sie ihm gut, passte zu den roten Strähnen in seinem Haar und betonte seine breiten Schultern. Ein Mann in Uniform hatte etwas an sich und Jasin sah souverän, gefährlich und unglaublich sexy aus.

„Hast du nicht etwas anderes zum Anziehen?", fragte ich, als er mir auf sein Schlachtross half. Im Gegensatz zu den anderen, ließ er mich vor sich sitzen und die solide Präsenz von ihm hinter mir ließ mein Herz rasen.

Er nahm die Zügel vor mir in die Hand, seine Arme berührten meine. „Nicht wirklich. Ich habe nur ein paar Sachen eingepackt, als ich aufbrach und da ich allein unterwegs war dachte ich, es wäre sicherer, wenn ich meine Uniform trage."

„Vielleicht, aber das könnte jetzt Aufmerksamkeit erregen. Es wird schwer zu erklären sein, warum du mit uns vieren reist. Außerdem sehen viele Leute hier die Onyx-armee nicht besonders gern."

Ich spürte, wie er mit den Schultern zuckte. „Das muss erst einmal reichen. Ich kann den Mantel ausziehen, wenn wir ein Dorf betreten."

„Das könnte funktionieren und sobald wir in eine größere Stadt kommen, können wir uns um andere Kleidung für dich kümmern."

Er schnaubte. „Dann besorg auch welche für Auric. Er sticht mehr heraus als ich."

Ich warf einen Blick zu Auric hinüber, der aufrecht auf seinem Schimmel saß und Kleider trug, die eher für einen Ball als für eine Reise geeignet schienen. „Da hast du recht."

Wir ritten noch ein paar Stunden weiter über einen Abschnitt, der auf beiden Seiten von dichten Bäumen gesäumt war, die einen Großteil des Lichts abschirmten. Mit dem Pferd, das sich rhythmisch unter mir bewegte und Jasins sehr warmem Körper hinter mir wäre ich fast einge-schlafen. Fast hätte ich mich zurückgelehnt und meinen Kopf an ihn gelehnt, aber ich konnte mich zurückhalten. Mein Körper fühlte sich bereits wohl mit ihm, auch wenn mein Geist es noch nicht tat.

Da es schon spät war, beschlossen wir in einem Dorf zu übernachten, um Vorräte zu besorgen und die Pferde zu füttern. Doch als wir uns näherten war sofort klar, dass etwas nicht stimmte.

Wir führten unsere Pferde langsam in die Mitte des Dorfes, ihre Schritte waren das einzige Geräusch, das wir hören konnten. Die steinernen Gebäude um uns herum waren alle nur noch Schutt und Asche, große Teile fehlten oder waren zu Boden gestürzt. Es schien erst vor kurzem passiert zu sein, denn der nahe gelegene Wald hatte die Ruinen noch nicht eingenommen, aber es gab keine Anzeichen dafür, dass hier noch jemand lebte.

„Was ist hier passiert?", fragte Auric, als wir uns umdrehten, um alles in Augenschein zu nehmen.

„Wahrscheinlich ein Angriff der Elementarwesen", sagte Slade mit grimmiger Miene. „Die Menschen müssen das Dorf danach verlassen haben."

„Ich habe von einer Stadt gehört, die vor einem Monat von Stein-Elementarwesen angegriffen wurde", sagte ich und erinnerte mich an die Worte der verzweifelten Reisenden. „Das könnte derselbe Ort sein, oder einer, der ein ähnliches Schicksal erlitten hat."

„Wenn ja, wo sind die Elementarwesen jetzt?", fragte Jasin, der sich mit der Hand an seinem Schwert umsah.

„Vielleicht haben sich die Drachen um sie gekümmert", sagte Auric achselzuckend.

„Es sei denn, der Jade Drache ist derjenige, der das getan hat", sagte Slade.

„Es spielt keine Rolle, was passiert ist", sagte Reven. „Es ist niemand mehr hier. Wir sollten uns nach Vorräten umsehen, die sie vielleicht zurückgelassen haben und einen Platz zum Schlafen für die Nacht suchen."

Bei dem Gedanken, hier in dieser verlassenen Stadt zu bleiben, drehte sich mir der Magen um. „Was ist, wenn die Elementarwesen zurückkehren?"

Er sah mir in die Augen. „Dann werden wir mit ihnen fertig werden."

Mir gefiel das immer noch nicht und auch die anderen Männer schienen misstrauisch zu sein, aber sie nickten und stiegen von ihren Pferden ab. Wir durchsuchten schnell die verfallenen Gebäude, wobei Slade das Gestein bewegte, damit wir nach Vorräten oder Anzeichen für das, was geschehen war, suchen konnten. Wir fanden nur sehr wenig, was mich zu der Annahme brachte, dass wir nicht die ersten waren, die diese Ruinen durchstöberten.

Wir fanden ein kleines Gebäude, das bis auf eine fehlende Wand weitgehend intakt war und beschlossen, dort zu übernachten. Während ich die Trümmer beiseiteschob und meine Sachen ausbreitete, fragte ich mich, wozu das Gebäude früher einmal genutzt worden war. Ein kleines Haus? Ein Laden? Es war schwer zu sagen. Ich hob eine verstaubte alte Puppe mit nur einem Bein auf, erschauderte und warf sie zur Seite.

Wegen der Erschöpfung und der Unheimlichkeit des Ortes sprach keiner von uns in dieser Nacht viel, bevor wir uns in unsere Betten legten. Ich schlief fast sofort ein, aber es schien, als wären nur Minuten vergangen, bevor Revens Stimme mich weckte.

„Aufwachen", sagte er mit tiefer Stimme. „Wir haben Besuch."

Ich richtete mich auf und blinzelte, um den Schlaf zu vertreiben, als ich mir seiner Worte bewusst wurde. Reven hatte die erste Wache übernommen und nun stand er über uns vieren, nur das Mondlicht beleuchtete seine dunkle Gestalt. Draußen war die Nacht still. Vielleicht zu still.

Jasin sprang augenblicklich auf die Beine. „Was für eine Art von Besuch?"

„Nicht die freundliche Art", sagte Reven.

„Wie viele?", fragte Slade.

Reven warf einen Blick durch die fehlende Wand,

obwohl ich dort nichts sehen konnte. „Mindestens sieben. Wahrscheinlich Banditen. Sie umzingeln uns gerade."

Jasin fluchte leise vor sich hin. „Sie müssen diese Stadt beobachtet haben. Sie haben darauf gewartet, dass wir einschlafen, damit sie angreifen können."

Ja, das war definitiv ihr Plan. Daran erinnerte ich mich aus meiner kurzen Zeit, in der ich selbst mit einer Gruppe von ihnen gelebt hatte.

„Können wir unsere Pferde holen und vor ihnen fliehen?", fragte Auric, während er schnell seine Stiefel anzog.

„Unwahrscheinlich", sagte Reven.

„Schon gar nicht, wenn Kira sich ein Pferd teilt", sagte Jasin. „Aber wir könnten es versuchen."

„Fliehen oder kämpfen?", fragte Slade und richtete seine grünen Augen auf mich. Auch die anderen warteten auf meine Antwort.

Ich schluckte. Mein ganzes Leben lang hatte ich mich im Schatten aufgehalten und versucht, so wenig Aufmerksamkeit wie möglich zu erregen. Ich war es nicht gewohnt, eine Anführerin zu sein und ich war mir nicht sicher, ob mir diese neue Rolle gefiel. Was, wenn ich eine falsche Entscheidung traf und einer von ihnen verletzt wurde, oder Gott bewahre, noch Schlimmeres geschah? Wie konnte ich damit leben?

Ich ging noch einmal alles durch, was sie gesagt hatten. Wir waren umzingelt und konnten den Banditen nicht entkommen, nicht wenn ich mit einem von ihnen ritt. Wir kannten das Land hier nicht und die Banditen wahrscheinlich schon. Egal, wofür wir uns entschieden, wir waren im Nachteil.

„Kämpfen", sagte ich und betete, dass ich die richtige Entscheidung getroffen hatte und meine Männer nicht in den Tod führen würde. Ich kannte sie erst seit ein paar Tagen, aber ich hatte bereits Angst, sie zu verlieren.

„So sei es", sagte Jasin und zeigte ein blutrünstiges Lächeln. „Ich liebe einen guten Kampf."

„Wir müssen aber aufpassen, dass wir unsere Kräfte nicht einsetzen", sagte Auric. „Es darf niemand wissen, wer oder was wir sind."

„Oder wir müssen dafür sorgen, dass niemand mehr am Leben ist, um ein Wort über uns zu verlieren", sagte Reven und zog sich die Kapuze wieder über den Kopf.

Mit diesem grimmigen Gedanken bereiteten wir uns schnell vor und verließen das zerstörte Gebäude, da es darin keinen Platz zum Kämpfen gab. Als wir in der Mitte des Dorfes standen, zogen die Männer alle ihre Waffen und ich spannte meinen Bogen fest an. Jasin umklammerte sein großes Schwert, während Auric eine lange, dünne Klinge mit kunstvollen Schnitzereien in der Hand hielt. Slade hob seine riesige Axt, er stand breitbeinig da, als ob nichts an ihm vorbeikäme. Reven verschwand in den Schatten oder vielleicht auf einem nahen Dach, ich war mir nicht sicher.

Dunkle Gestalten krochen aus Türöffnungen und Klingen glitzerten im Sternenlicht, aber mein schneller Atem war das Einzige, was ich hören konnte.

Auric hob sein Schwert. „Da kommen sie."

„Beschützt Kira", befahl Slade den anderen.

Jasin umklammerte seine Waffe fester. „Mit meinem Leben."

„Ich kann mich selbst beschützen", sagte ich zu ihnen und spannte meinen Bogen. Ich betete zu den Göttern, dass das wahr war.

KAPITEL 17

KIRA

Als sich dunkle Gestalten um uns herum näherten, spannte ich einen Pfeil und mein Herz klopfte in meiner Brust. Wir waren in der Unterzahl und würden bald umzingelt sein. Was, wenn ich die falsche Entscheidung getroffen hatte?

Als der erste Bandit in Reichweite kam, ließ ich meinen Pfeil los. Er traf den Mann in die Brust und er ging zu Boden. Ich schnappte mir sofort einen weiteren Pfeil, aber da waren die Angreifer schon bei uns.

Von den Dächern über uns tauchten dünne Messer auf, die in den Kehlen zweier Banditen landeten und sie auf der Stelle töteten. Zweifellos von Reven geworfen. Er sprang vom Dach und seine Zwillingsklingen durchbohrten einen weiteren Banditen, als er landete. Dann stürzte er sich auf den nächsten Angreifer, der sich wie ein Blitz aus dem Staub machte.

Slade schwang seine Axt gegen einen Mann mit einer grauen Kapuze, während Auric' lange Klinge mit dem gebogenen Schwert einer Frau kollidierte. Jasin bewegte sich vor mir und traf zwei Banditen mit seinem schweren Schwert, seine Bewegungen waren schnell und kraftvoll. Er wirbelte herum und schlug zwischen den beiden hindurch, um sie in Schach zu halten.

Alles ging so schnell, dass es schwer war, in der Dunkelheit zu erkennen, wer Freund und wer Feind war, und ich zögerte, meinen Pfeil abzuschießen, während ich mir wünschte, ich könnte in diesem Kampf mehr helfen. Als Auric einem Schlag der Frau mit dem Krummschwert nur knapp auswich, sah ich meine Chance und ließ meinen Pfeil fliegen, der sie mit einem gut platzierten Schuss in die Brust niederstreckte.

Die beiden Männer, die mit Jasin kämpften, drängten ihn zurück gegen eine Wand und ich sah eine Blutspur im Mondlicht. Panik durchfuhr mich und ich machte einen weiteren Pfeil bereit, um ihn zu verteidigen, doch dann stürzte sich eine Frau mit einem Dolch auf mich. Auric stieß einen Schrei aus und blies ihr einen Windstoß entgegen, der sie von den Füßen fegte - und mich mit ihr.

Ich schlug hart auf dem Rücken auf, die ganze Luft entwich aus meiner Brust und mein Kopf schmerzte vom Aufprall. Die Banditenfrau erholte sich schneller, schnappte sich ihren Dolch vom Boden und stand bereits wieder auf. Ich holte tief Luft und richtete mich auf, aber ich war nicht schnell genug, um mein eigenes Messer aus meinem Stiefel zu ziehen. Sie hob ihren Dolch, aber dann prallte ein Trümmerhagel auf sie ein, der wohl von Slade stammte.

Das Problem war nur, dass die Felsen weit flogen und auch Jasin und Auric trafen. Flammen züngelten aus Jasins Händen auf die beiden Banditen vor ihm und setzten sie und alles um sie herum in Brand. Im Nu stand das nahe Gebüsch in Flammen und loderte vor Hitze.

Hinter mir fluchte Reven und zauberte einen Wasserregen über die Flammen, wie er es heute Morgen getan hatte, nur in einem größeren Ausmaß. Ein *viel* größeres Ausmaß. Plötzlich standen wir bis zu den Knien in einer Sturzflut aus schlammigem Wasser, die zwei der Banditen in den Wald spülte. Ich klammerte mich an ein nahe gelegenes Stück Schutt, um mich zu stützen, während das Wasser um mich herumschwappte.

Innerhalb von Sekunden waren alle unsere Angreifer entweder tot oder verschwunden. Ich war mir nicht sicher, ob einer von ihnen entkommen war oder nicht. Wenn ja, dann wäre unser Geheimnis gelüftet.

Ein Körper trieb neben mir her und ich erschauderte, während unsere Pferde in der Nähe mit den Füßen im steigenden Wasser stampften. Ich hob meinen Bogen über das Wasser und jeder meiner Männer schaute irgendwo zwischen fassungslos und erschöpft, so wie ich mich auch fühlte. Wir waren alle durchnässt, schlamm- und blutverschmiert und hatten ein paar Schnittwunden und blaue Flecken, aber zumindest waren wir am Leben.

„Geht es allen gut?", fragte ich.

Jasin berührte seinen Hals, der immer noch blutete. „Nichts Ernstes."

„Mir geht es gut", sagte Auric.

Reven betrachtete das zerstörte Dorf, als ob er immer noch erwartete, dass aus den dunklen Gängen Ärger auftauchen würde. „Wir sollten weiterziehen."

„Im Ernst", sagte Jasin, während er durch den kniehohen, schlammigen Bach stapfte. „Meinst du, du hast genug Wasser herbeigezaubert?"

Reven sah ihn mit zusammengekniffenen Augen an. „Ich hätte meine Kräfte gar nicht einsetzen müssen, wenn du nicht den ganzen Ort in Brand gesteckt hättest."

„Das wäre nicht passiert, wenn Slade mich nicht mit einem Steinhaufen angegriffen hätte", schnauzte Jasin.

„Das war ein Unfall", sagte Slade.

„Wir haben alle Fehler gemacht", sagte Auric und sah mich an. „Es tut mir auch leid, dass ich dich getroffen habe."

„Wir sind noch am Leben", sagte ich. „Das ist die Hauptsache. Wir müssen nur noch an einigen Dingen arbeiten, das ist alles."

„Das ist eine Untertreibung", murmelte Jasin.

Wir schafften es zu den Pferden und begannen schnell zu packen, weil wir alle unbedingt von diesem elenden Ort wegwollten. Doch dann hielt Slade kurz vor dem Aufsitzen auf sein Pferd an und stützte sich mit der Hand auf einen großen Felsen in der Nähe. Wir alle hielten inne, um ihn zu beobachten und fragten uns, was er da tat. Er schloss die Augen und blieb so stehen, während seine Handfläche auf den glatten Stein drückte, bevor er sich schließlich zurückzog. „In der Nähe gibt es eine Höhle. Dort können wir heute Nacht zelten."

„Das sagst du uns jetzt", sagte Jasin und warf seine Hände hoch.

„Ich habe ihre Anwesenheit vorher nicht gespürt." Slade runzelte die Stirn. „Eigentlich wusste ich bis jetzt gar nicht, dass ich so etwas kann."

„Faszinierend", sagte Auric. „Ich vermute, wir werden

alle neue Verwendungsmöglichkeiten für unsere Kräfte entdecken, je öfter wir sie einsetzen."

Reven bestieg sein Pferd mit einer schnellen Bewegung. „Los geht's."

Als Jasin mich hinter sich aufs Pferd zog, zuckte er ein wenig zusammen. Sein Hals war blutgetränkt von der Wunde, die er sich vorhin zugezogen hatte. Die Wunde, die er sich bei meiner Verteidigung zugezogen hatte.

Ich berührte leicht seinen Hals und begutachtete die Wunde. „Wir sollten uns darum kümmern."

„Mir geht es gut", sagte Jasin, während er mit den Zügeln seines Pferdes wedelte. „Nur ein Kratzer."

„Wir sollten sie wenigstens säubern und verbinden." Als wir das verlassene Dorf hinter uns ließen, bedeckte ich seine Wunde mit meiner Hand und versuchte, den Blutfluss zu stoppen. Das war das Einzige, was ich tun konnte, während wir ritten. Wärme flammte auf als wir uns berührten und meine Fingerspitzen kribbelten bei der Berührung seiner Haut.

„Es ist nicht so schlimm, wirklich. Ich hatte schon Schlimmeres beim Rasieren." Trotz seiner Worte ließ er seine Hand auf meiner ruhen, als wollte er nicht, dass ich sie wegziehe. Ich wurde mir bewusst, wie nahe wir uns waren, mit meinen Fingern in seinem Nacken und meiner anderen Hand an seiner Hüfte. Aber ich zog sie auch nicht weg.

Ich fuhr mit meinem Daumen langsam über seine Haut. „Ich hasse es einfach, wenn einer von euch verletzt wird."

„Ah, ich bedeute dir also doch etwas."

„Du bist mir vielleicht ein bisschen ans Herz gewachsen", gab ich zu.

„Ich wusste es." Er warf mir ein schelmisches Grinsen über seine Schulter zu.

„Versteh das bloß ...", begann ich, doch dann zog ich meine Hand weg um den Blutfluss zu überprüfen und der Rest der Worte blieb mir im Mund stecken. Jasins Hals blutete nicht nur nicht mehr, er schien auch überhaupt nicht mehr verletzt zu sein. Wie ...?

„Was ist los?", fragte Jasin und drehte sich im Sattel, um mich anzusehen. Auric blickte mit gerunzelter Stirn zu uns herüber, während Slade sein Pferd anhielt.

„Dein Hals", sagte ich und fuhr mit den Fingern darüber, ohne meinen Augen zu trauen. „Die Wunde. Sie ist verschwunden."

Jasin berührte die Stelle, an der er sich geschnitten hatte und runzelte die Stirn. „Bei den Göttern, du hast recht."

„Kira muss sie geheilt haben", sagte Auric.

„Ich?", fragte ich. „Ich habe nichts getan."

Slade zuckte mit den Schultern. „Du bist die Vertreterin der Geistergöttin und der nächste Schwarze Drache. Da ist es nur logisch, dass du auch ein paar eigene Kräfte hast."

Jasin streckte seinen Hals, aber er schien keine Schmerzen mehr zu haben. „Unglaublich."

Auric musterte Jasin genau. „Ich habe Gerüchte gehört, dass der Schwarze Drache seine Gefährten heilen kann. Ich hätte wissen müssen, dass das auch auf uns zutrifft."

Ich starrte auf meine Hand hinunter, die noch immer mit Jasins Blut bedeckt war. „Als ich Jasin berührte, fühlte sich meine Hand warm an, aber er ist immer warm, also habe ich mir nicht viel dabei gedacht. Vielleicht habe ich es so gemacht?"

„Ist sonst noch jemand verletzt?", fragte Auric.

Slade schüttelte den Kopf und wir drehten uns zu Reven um, der das ganze Gespräch schweigend verfolgt hatte. Als alle Augen auf die kleine Wunde an seiner Stirn fielen, seufzte er. „Gut, du kannst mich heilen."

Ich rutschte von Jasins Pferd und kletterte hinter Reven hinauf. Ich zögerte noch mehr ihn zu berühren als Jasin, aber ich hielt mich fest und legte meine Hand leicht auf Revens Stirn. Während Jasin tröstlich und warm war, als säße man in einer kalten Nacht am Kamin, war Reven kühl und wohltuend, als tauche man an einem heißen Tag in einen erfrischenden See. Das gleiche Kribbeln kehrte in meine Fingerspitzen zurück und als ich meine Hand wegzog, war der Schnitt auf seiner Stirn verschwunden.

„Gelobt seien die Götter", sagte Slade leise.

Ich starrte auf meine Hand. Obwohl mir die Geistergöttin keine Anweisungen gegeben hatte, schien es, als hätte sie auch mir ein Geschenk gemacht. Gelobt seien die Götter, in der Tat.

KAPITEL 18
KIRA

Während der Mond am Himmel aufstieg, lenkte Slade unsere Pferde durch den Wald in Richtung der Berge und der Höhle, die er gespürt hatte. Der Eingang war so klein, dass sich keiner von uns hineinzwängen konnte, aber er nutzte seine Kräfte, um einige Steine wegzuschieben, damit wir hindurchpassten.

Wir verteilten uns in der Höhle und Jasin entfachte ein Feuer, während Auric eine Brise erzeugte, damit der Rauch nach draußen zog. Slade machte einen Steinkreis, den Reven mit Wasser füllte, sodass wir uns und unsere Kleidung so gut es ging waschen konnten, um den Schlamm und das Blut zu entfernen. Ich kümmerte mich um die Pferde, rieb sie ab und gab ihnen ein paar Apfelstücke. Sie alle rieben ihre Köpfe an meiner Hand, weil sie meine Aufmerksamkeit wollten. Eigentlich keine Überraschung. Tiere mochten mich schon immer. War das Zufall oder lag es daran, dass ich die Vertreterin der Geistergöttin war? Ich war mir nicht sicher.

Nachdem wir unsere Kleider gewaschen hatten, hängten wir sie auf Steinen in der Nähe des Feuers auf, damit sie bis zum Morgen trocknen würden. Ich hatte eines meiner ausgefransten Kleider angezogen, während Jasin sich dafür entschieden hatte, ohne Hemd und nur mit einer Hose bekleidet zu bleiben, nachdem er behauptet hatte, ihm sei heiß. Ich versuchte, nicht auf seine nackte Brust zu starren und scheiterte kläglich. Wer könnte mir das verübeln, bei all den Muskeln, die er zur Schau stellte und der faszinierenden Spur aus dunklem Haar, die in seine Hose hinabführte? Er grinste mich an, als wüsste er, dass ich die Show genoss und ich schluckte und zwang mich, den Blick abzuwenden.

Keiner von uns war nach diesem Kampf in der Lage zu schlafen, auch wenn wir alle erschöpft waren. Stattdessen verteilten wir uns um das Feuer herum und aßen etwas von dem Dörrfleisch, dem Brot und dem Obst, das wir in unseren Rucksäcken verstaut hatten.

„Seien wir ehrlich", sagte Jasin und lehnte sich auf seinem Schlafsack so zurück, dass seine ausgeprägte Brust zur Schau gestellt wurde. „Der heutige Abend war eine Katastrophe. Wir hatten Glück, aber es hätte auch leicht anders ausgehen können."

Auric strich sein blondes Haar zurück, das nun dunkler aussah, da es noch nass war. „Wir brauchen einfach mehr Training. Nicht nur einzeln, sondern als Team."

„Ihr solltet auch üben gegeneinander zu kämpfen", sagte ich. „Und wenn ihr dann alle zu Meistern geworden seid, könnt ihr mich unterrichten. Angeblich werde ich ja bald diese Kräfte erben." Ich konnte mich nicht entscheiden, ob ich von der Idee begeistert oder nervös sein sollte. Die Jungs konnten ihre Kräfte kaum mit nur einem Element kontrollieren und ich sollte alle vier irgendwie beherrschen. Einschließlich Feuer. Allein der Gedanke daran ließ mich erschaudern. Aber solange ich diese Kräfte nicht hatte, war ich im Nachteil. Ich war ziemlich gut mit meinem Bogen, aber meine Kampffähigkeiten waren ansonsten etwas eingerostet.

„Wenigstens kannst du uns zusammenflicken, wenn wir verletzt werden", sagte Slade.

„Hoffentlich kommt das nicht allzu oft vor, aber ich denke, das muss ich auch noch üben. Oder zumindest herausfinden, wie ich es gemacht habe." Ich seufzte und wischte mir die Brotkrümel vom Schoß. „Ihr habt vorhin beide gut gekämpft. Vielleicht könnt ihr mir auch ein paar Tricks beibringen."

„Ich würde dir gerne vieles beibringen", sagte Jasin mit einem frechen Grinsen, das mich den Kopf schütteln ließ, auch wenn ich insgeheim ein wenig in Versuchung geriet.

„Miteinander zu trainieren ist ein guter Zeitvertreib, während wir in unserem Lager sind", sagte Auric. „Wir haben noch viele Nächte vor uns, während wir zu den verschiedenen Tempeln reisen."

„Ich habe etwas, womit wir uns heute Abend die Zeit vertreiben können." Slade griff in seine Tasche und zog eine große dunkle Flasche heraus.

„Was ist das?", fragte ich.

„Whiskey. Der feinste im Erdreich." Er glucste leise. „Okay, das ist nicht wahr, aber er war wenigstens billig."

Slade schenkte jedem von uns einen Schluck Whiskey ein und wir alle entspannten uns, als wir an ihm nippten.

Nach ein paar Minuten wirkte sogar Reven weniger ange-spannt als sonst. Da der Alkohol mich von innen heraus wärmte, fühlte ich mich in der Nähe der Jungs wohler als zuvor. Auch wenn heute Abend einiges schiefgelaufen war, hatten wir gemeinsam gekämpft, gemeinsam geblutet und uns gegenseitig den Rücken gestärkt. Diese Art von Erfah-rung schuf ein Band, wie es nichts anderes konnte. Vielleicht war es aber auch nur der Alkohol, der aus mir sprach.

Als Slade mir nachschenkte, sagte er: „Gestern Abend hast du uns gefragt, woher wir kommen und was wir vorher gemacht haben. Ich denke, es ist an der Zeit, dass du uns mehr über dich erzählst, Kira."

Meine Finger verkrampften sich um meine Tasse. „Was wollt ihr denn wissen?"

„Alles", sagte Auric mit einem warmen Lächeln. „Hast du schon immer in Stoneham gelebt?"

Über meine Vergangenheit sprach ich nicht gern. Selbst Tash wusste nur wenig über mein Leben, bevor ich in ihrem Gasthaus auftauchte und nach einem Job suchte. Aber diese Männer sollten meine Gefährten werden. Ich musste ihnen etwas erzählen und vielleicht würde ich mich eines Tages wohl genug fühlen, um ihnen mehr zu erzählen. „Nein, ich lebe erst seit etwa drei Jahren dort. Davor bin ich viel herumgereist."

„Woher kommst du ursprünglich?", fragte Slade, während er sich mit den Fingern ablenkend durch seinen dunklen Bart fuhr. „Irgendwo anders im Erdreich?"

„Ich bin eigentlich im Wasserreich aufgewachsen. In einer kleinen Stadt an der Küste namens Tidefirth." Wenn ich an diese glücklichen Jahre zurückdenke, schnürt sich meine Kehle vor Rührung zu. „Aber ich habe in allen Reichen gelebt, zumindest für kurze Zeit."

„Klingt, als wärst du auf der Flucht vor etwas. Oder vor jemandem." Reven blickte mich unter seiner dunklen Kapuze mit diesen grüblerischen blauen Augen an, die tief in meine Seele zu blicken schienen.

Als nächstes sah ich in Jasins eifrige braune Augen, dann in Aurics intelligente graue und in Slades ruhige grüne. Jeder der Männer starrte mich an, aber keiner von ihnen drängte mich, mehr über meine Vergangenheit preiszugeben. Aber irgendwann würde ich einen Schritt wagen müssen. Es könnte genauso gut jetzt sein.

Ich holte tief Luft. „Meine Familie wurde vom Purpurnen Drachen getötet, als ich dreizehn Jahre alt war." Meine Hände krampften sich in meinem Schoß zusammen, während ich die nächsten Worte herauspresste. „Er brannte unser ganzes Haus nieder, während meine Eltern noch darin waren. Die Erinnerung daran hat mich mein ganzes Leben lang verfolgt."

Jasin streckte die Hand aus und ergriff meine Hand. „Es tut mir so leid."

„Das muss furchtbar gewesen sein", sagte Slade.

„Das war es." Ich schauderte, als ich mich an die Flammen, den Rauch, die Schreie und vor allem an den Gestank erinnerte. „Ich habe nur überlebt, weil meine Eltern mich dazu gebracht haben mich zu verstecken, nachdem sie mich gewarnt hatten, dass die Drachen mich töten würden, wenn sie mich jemals finden würden. Ich wusste es damals nicht, aber ich glaube, sie waren Teil des Widerstands. Deshalb wussten sie, dass die Drachen auch mich holen würden. Seitdem halte ich mich im Hintergrund."

ELIZABETH BRIGGS

Auric nahm meine andere Hand und drückte sie. „Hätten deine Eltern wissen können, was du bist?"

„Das bezweifle ich", sagte ich. „Wie hätten sie es wissen können? Selbst ich wusste es nicht, bis ihr vier aufgetaucht seid. Hätte jemand von euch gedacht, dass so etwas passieren würde?"

„Auf keinen Fall", murmelte Reven.

Slade schüttelte den Kopf. „Ich kann es immer noch kaum glauben."

„Was hast du nach dem Tod deiner Eltern gemacht?", fragte Auric.

„Ich war so verängstigt, dass ich so schnell wie möglich von zu Hause weggelaufen bin. Zuerst bin ich mit ein paar umherziehenden Händlern mitgereist. Danach bin ich viel herumgezogen, bis ich in Stoneham gelandet bin." Es gab natürlich noch mehr, aber ich hatte den Tod meiner Eltern bereits erwähnt. Ich brauchte heute Abend keine weiteren schlimmen Erinnerungen aufkommen zu lassen.

Bevor sie mir weitere Fragen stellen konnten, kippte ich den Rest meines Whiskeys hinunter. „Ich bin erschöpft. Ich glaube, ich gehe ins Bett."

„Brauchst du Gesellschaft?", fragte Jasin, setzte sich auf und lenkte meinen Blick wieder auf seine nackte und sehr anziehende Brust.

„Auf keinen Fall", schaffte ich zu sagen.

Er zuckte mit den Schultern und hatte ein sündiges Lächeln auf den Lippen. „Das Angebot ist jederzeit gültig, falls du üben möchtest, bevor wir im Feuertempel ankommen."

Ich ignorierte ihn, während ich mich bettfertig machte, obwohl ich mich fragte, ob es keine schlechte Idee war zu üben. Aber die anderen drei Männer beobachteten uns alle und ich wusste, dass sie gehört hatten, was er angeboten hatte. Würden sie eifersüchtig sein, wenn Jasin der erste war, der sich mit mir verband? Oder dankbar, dass es keiner von ihnen war?

KAPITEL 19
REVEN

Mit verschränkten Armen behielt ich Jasin im Auge, der Feuerstrahlen gegen die Höhlenwand schleuderte. Ich musste seine Flammen gestern bereits zweimal löschen. Es würde mich nicht wundern, wenn ich es jetzt wieder tun müsste. Der Mann war rücksichtslos und außer Kontrolle, obwohl ich zugeben musste, dass er ein guter Kämpfer war. Ich würde ihm nicht im Kampf gegenüberstehen wollen, aber ich traute ihm auch zu, dass er uns alle umbringen würde.

Außerhalb der Höhle hob Slade kleine Kieselsteine auf und warf sie nach Auric, der sie mit einer starken Böe wegblies. Ein Schmied und ein Adliger. Ich hatte mit beiden wenig gemeinsam und auch kein Verlangen, sie näher kennen zu lernen. Ich hatte das Gefühl, dass beide etwas zu verbergen hatten, aber wer von uns hatte das nicht?

Auf der anderen Seite der Höhle war Kira dabei, die letzten Reste unseres Lagers zusammenzupacken, damit wir uns bald wieder auf den Weg machen konnten. Ich ertappte mich dabei, wie ich sie anstarrte, als sie sich aufrichtete und ihre Tasche über die Schulter warf, und bewunderte die Kurven ihres Körpers in dem dünnen Kleid und die Art, wie ihr Haar ihren zierlichen Hals umspielte. Ich wandte mich mit einem Stirnrunzeln ab. Ich sollte sie nicht auf diese Weise ansehen. Nicht, wenn ich nicht vorhatte, sie zu meiner Frau zu machen.

„Wirst du auch üben, deine Magie einzusetzen?", fragte sie, als sie zu mir herüberkam.

„Ich komme zurecht." Ich hatte auch nicht vor, diese Kräfte noch lange zu behalten.

Sie legte den Kopf schief und musterte mich. „Ich nehme an, du brauchst sowieso keine Magie, um dich zu schützen. Wo hast du denn gelernt, so zu kämpfen?"

Ich warf ihr einen verstohlenen Blick zu. Wieder einmal versuchte sie, etwas über meine Vergangenheit zu erfahren. Wenn sie nur wüsste, wie ähnlich unsere Kindheiten gewesen waren. Aber darüber sprach ich nie. „Hier und da."

Sie seufzte und wandte sich ab. „Ich verstehe schon. Du willst nicht mit mir reden."

Die Enttäuschung in ihrer Stimme verursachte einen Schmerz in meiner Brust. Zweifellos wegen dieser dummen, magischen Verbindung zwischen uns, nichts weiter. Sie brachte mich dazu, sie zu begehren und mich um sie zu sorgen, auch wenn ich es nicht wollte. Bei den Göttern, ich konnte es kaum erwarten, dass dieser Bann gebrochen wurde.

„Mein Vater hat es mir beigebracht", sagte ich zögernd. „Er war ein großartiger Schwertkämpfer."

Sie hielt inne und betrachtete mich erneut. „Meinst du,

du könntest mich auch unterrichten? Ich würde gerne besser im Nahkampf werden."

„Das kann ich tun." Wenn wir trainieren würden, müsste ich nicht über meine Vergangenheit sprechen oder darüber nachdenken, wie sehr ich sie begehrte. Ich zog meine beiden Schwerter und reichte ihr eines davon.

Sie betrachtete die fein gearbeitete Klinge, die schwarz und mit kunstvollen Schnitzereien versehen war. „Es ist wunderschön. Gehörten sie deinem Vater?"

„Das taten sie, ja." Ich nahm die passende Klinge in die Hand. „Wie viel weißt du über den Schwertkampf?"

„Ich wurde schon in den Grundlagen unterrichtet und kann ziemlich gut mit einem Dolch umgehen." Sie ging in Position und hielt die Klinge so, als wäre sie zum Angriff bereit. „Vielleicht kannst du mir ein paar Tipps geben und mir beim Üben helfen."

„Zunächst einmal solltest du das Schwert so halten." Ich rückte näher und legte ihre Finger um den Griff. Als wir uns berührten, spürte ich die Verbindung zwischen uns aufflackern, wie gestern als sie mich geheilt hatte. Ich riss meine Hand weg und trat schnell zurück. „Mal sehen, ob das besser ist."

Sie schwang das Schwert und nickte. „Ich glaube schon."

„Dann wollen wir mal sehen, womit wir es zu tun haben." Ich stürzte mich auf sie und bewegte mich langsamer, als ich es normalerweise tat. Sie hob ihre Klinge nach einigem Zögern, um meine zu treffen, ihre Bewegungen waren etwas ruckartig. Ich holte erneut aus und sie schaffte es auszuweichen, dann schlug sie nach mir. Ich parierte, aber mit jeder Sekunde merkte ich, dass ihr Selbstvertrauen wuchs, als sie sich daran erinnerte, wie man ein Schwert benutzte. Sie hatte eindeutig schon etwas Erfahrung, aber sie war aus der Übung und hatte noch viel zu lernen.

„Nicht schlecht", sagte ich. „Wo hast du das Kämpfen gelernt?"

„Die Händler haben mir ein wenig beigebracht und der Rest ..." Ihr Gesicht wurde blass und sie wandte den Blick ab. „Das möchte ich jetzt lieber nicht sagen. Wir alle haben Dinge in unserer Vergangenheit, über die wir lieber nicht sprechen wollen."

„Das tun wir." Ich gab ihr ein Zeichen, dass sie mich wieder angreifen sollte.

Wir wiederholten die Runde und am Ende atmete sie schnell, ihr Brustkorb hob und senkte sich auf eine Weise, die es mir schwer machte, nicht auf ihre vollen Brüste zu starren. Ich konnte nicht leugnen, dass sie wunderschön war und dass ich sie in meinem Bett haben wollte. Das wäre auch ohne den verdammten Zauber, der mich zu ihr hinzog, so gewesen. Es machte es einfach schwieriger, ihr zu widerstehen. Aber ich hatte mein ganzes Leben damit verbracht, mich und meine Umgebung zu kontrollieren und ich wollte nicht zulassen, dass ein hübsches Gesicht und ein verführerischer Körper, all das zunichte machten.

Als ich sie anstarrte, schaffte sie es, mich zu überrumpeln und mir fast einen Hieb zu versetzen. „Aha!", sagte sie und lachte.

Ich warf ihr einen bösen Blick zu. „Den habe ich dir gegönnt, um dein Selbstvertrauen zu stärken."

„Natürlich hast du das", stichelte sie.

Wir wollten gerade weitermachen, als Auric plötzlich einen schmerzhaften Laut von sich gab und wir uns beide zu ihm umdrehten. Kira stürmte aus der Höhle, ich folgte ihr dicht auf den Fersen und Jasin war nur einen Schritt hinter uns. Ich war sofort alarmiert und befürchtete, dass die Banditen zurückgekehrt waren. Oder schlimmer noch, dass die Elementarwesen uns gefunden hatten.

Auric lag auf dem Boden und umklammerte eine Wunde an seiner Wange. „Es ist nichts weiter. Slade hat mich mit einem Stein geschnitten."

Slade reichte Auric seine Hand, um ihm aufzuhelfen. „Es tut mir leid."

„Es war meine Schuld, ich habe ihn übersehen", sagte Auric, als er aufstand und sich abbürstete.

Kira trat dicht an Auric heran und musterte sein Gesicht. „Ich nehme an, das ist eine gute Ausrede um zu üben, dich zu heilen."

Sie strich mit den Fingern über die Wunde an seiner Wange, während er sie mit liebeskranken Augen anstarrte. Erbärmlich. Doch als sie sein Gesicht streichelte, kochte die Eifersucht in mir hoch. Ich wollte, dass sie mich so berührte, nicht ihn. Bei den Göttern, jetzt war ich der Jämmerliche.

Sie zog sich zurück und lächelte Auric an. „Alles in Ordnung."

„Ich danke dir." Er nahm ihre Hand und drückte ihr einen Kuss darauf. „Du bist wirklich erstaunlich, Kira."

Jasin grinste sie an. „Jetzt werden wir uns verletzen, nur damit du einen Vorwand hast, uns zu berühren."

Sie schüttelte mit einem amüsierten Lächeln den Kopf. „Bitte nicht."

Ein seltsames Geräusch kam aus dem Osten über ihnen. Ein gewaltiger Windstoß. Das Schlagen großer Flügel. Das Rascheln von vielen Bäumen.

Ich kannte dieses Geräusch.

„Geht in die Höhle!" Ich packte Kiras Arm und zerrte sie hinein, bevor sie protestieren konnte. „Beeil dich!"

„Was ist los?", fragte Slade, während die anderen hinter uns ins Innere stürmten.

„Ein Drache", sagte ich.

„Was?" Kiras Augen wurden groß, aber sie wich nicht von mir zurück und ich ließ ihren Arm nicht los. Ich traute den anderen nicht zu, sie so zu beschützen, wie ich es konnte. Keiner von ihnen kannte die Gefahr, die auf uns zukam. Nicht so wie ich. Aber Kira kannte sie. Sie wusste nur zu gut, was die Drachen anrichten konnten.

„Schnell, bedecke den Eingang der Höhle", sagte Auric zu Slade.

Slade machte eine Geste und einige der großen Felsen bewegten sich vor den Höhleneingang, ließen aber eine kleine Öffnung, durch die wir spähen konnten. Wir drängten uns alle darum und sahen zu, wie der Drache über dem Wald erschien, seine großen Flügel, die gewaltige Schatten auf die Bäume warfen, weit ausgebreitet. Die dunkelblauen Schuppen blitzten in der Sonne und selbst aus dieser Entfernung waren seine scharfen Krallen und sein langer Schwanz zu erkennen.

Der Azurblaue Drache kreiste zweimal über uns, als würde er nach etwas Ausschau halten, bevor er schließlich weiterzog. In der Höhle herrschte völlige Stille, während wir ihn mit angehaltenem Atem beobachteten. Erst als er aus dem Blickfeld verschwand, atmeten wir alle gemeinsam aus.

„Hat er nach uns gesucht?", fragte Kira, ihre Stimme war kaum mehr als ein Flüstern.

„Auf keinen Fall", sagte Jasin. „Woher sollte er von uns wissen?"

Auric runzelte die Stirn, als er in den Himmel blickte. „Einige der Banditen könnten entkommen sein und Gerüchte über Menschen mit Magie verbreitet haben. Vielleicht hat er sie irgendwie gehört."

„Oder vielleicht war es ein Zufall und er sucht nach jemand anderem", sagte Slade.

Ich merkte, dass ich Kira immer noch festhielt, obwohl die Gefahr vorüber war. Schnell ließ ich sie los. „Es spielt keine Rolle. Wir müssen sowieso weiter."

Ich blickte zurück zum Himmel zu der Stelle, an der der Azurblaue Drache über uns geschwebt war. Das sollte eines Tages ich sein.

Nicht, wenn es nach mir ging.

KAPITEL 20

KIRA

Wir hielten uns so weit wie möglich von der Straße fern, um nach dem Angriff der Banditen und dem Azurblauen Drachen, der über uns hinwegflog, möglichst außer Sichtweite zu bleiben. Ich erschauderte bei der Erinnerung an seine dunklen Flügel, die durch den Himmel schwebten, und an den langen Schwanz, der sich hinter ihm ausstreckte.

Ich hatte ihn schon einmal gesehen, als ich vierzehn war. Er war in ein Dorf im Luftreich gekommen, das ich mit reisenden Händlern besucht hatte. Ich hatte mich auf den Weg gemacht, um ein paar Kätzchen in den Ställen des Gasthauses zu streicheln, als der Azurblaue Drache, Doran, im Sturzflug herabkam und in der Mitte der Stadt landete. Ich spähte durch die Holzlatten der Ställe, als er sich wieder in einen großen Mann mit schulterlangem, blondem Haar verwandelte. Ich hatte Angst, dass er das ganze Dorf überfluten oder jemanden ertränken würde, aber er sprach nur kurz mit einem der Händler, bevor er seinen Blick in Richtung der Ställe richtete. Seine Augen waren kalt und stechend und ich hatte das schreckliche Gefühl, dass er mich finden und das Werk vollenden würde, das der Purpurne Drache begonnen hatte. Doch dann wandte er sich ab, verwandelte sich wieder in seine Drachengestalt und flog ohne ein Wort davon.

Um sicher zu gehen, verließ ich das Dorf in dieser Nacht allein. Die Händlerfamilie hatte mich gut behandelt, fast wie eine zweite Tochter und ich hasste es, sie ohne ein Wort zu verlassen, aber die Erinnerung an den Tod meiner Eltern überzeugte mich, dass sie ohne mich sicherer wären. Später beschloss ich, dass ich paranoid gewesen war und dass es reiner Zufall war, dass der Azurblaue Drache auftauchte, als wir dort waren. Er hatte keinen Grund nach mir zu suchen.

Jetzt war ich mir da nicht mehr so sicher.

Den ganzen Tag über schien keiner von uns viel Lust zu haben zu plaudern, und wir kamen gut voran in Richtung des Luftreichs, ohne einer Gefahr zu begegnen. Als die Nacht hereinbrach, hielten wir in der Nähe einer größeren Stadt an und Auric zückte seine Karte.

„Wir sollten dort für den Abend Halt machen", sagte er. „Laut dieser Karte ist es eine Stadt namens Rockworth und sie sollte groß genug sein, damit wir uns neue Kleidung kaufen können."

Reven runzelte die Stirn. „Es wäre sicherer, wenn wir Städte ganz meiden würden."

„Die Pferde müssen fressen und sich ausruhen", sagte Jasin. „Und das müssen wir auch."

Slade strich sich über seinen dunklen Bart. „Wir sollten uns auch mit Vorräten eindecken, wenn wir Städte in

Zukunft meiden wollen. Vor allem, da wir gestern nichts aus dem Dorf mitgenommen haben."

Ich blickte auf die hölzernen Dächer der Stadt, die man über die Steinmauer hinweg kaum sehen konnte. Sie umgaben die Stadt zusammen mit einem kleinen Graben, der sie wahrscheinlich vor Elementarwesen schützen sollte. „Lasst uns für die Nacht anhalten, aber seid besonders vorsichtig, während wir dort sind. Auric, vielleicht kannst du dir Kleidung von Reven oder Slade leihen, damit du nicht so sehr auffällst."

Die Männer murrten, aber wir hielten im Wald an, damit sie sich umziehen konnten. Ich trug bereits eines meiner zerlumpten Kleider mit meinem Mantel darüber. Jasin behielt seine schwarze Hose seiner Uniform an, zog aber ein schlichtes graues Hemd aus seinem Rucksack dazu an. Aurics feine Seidenkleider kamen in seine Tasche und Slade gab ihm eine braune Hose, während er Auric widerwillig eines seiner schwarzen Hemden überließ. Sie passten Auric zwar nicht perfekt, aber für den Moment reichte es.

Als wir alle aussahen wie jede andere Gruppe müder Reisender, machten wir uns auf den Weg in die Stadt. Ich ritt mit Auric und atmete seinen sauberen, frischen Duft ein, während ich mich an seinem Rücken festhielt. Von allen Männern fühlte ich mich bei ihm bisher am wohlsten, was mich überraschte. Oberflächlich betrachtet hatten wir wenig gemeinsam, aber etwas an seinem kühlen, logischen Verstand beruhigte mich. Ich schätzte auch, dass er so viel wie möglich über mich erfahren wollte und die Art, wie er mir mit seiner Aufmerksamkeit schmeichelte. Und im Gegensatz zu Jasin schien er mehr von mir zu wollen als nur Sex.

Aurics Pferd führte uns zu den offenen Toren, wo die Onyxarmee Wachen postiert hatte, um jeden zu kontrollieren, der ein- oder ausging. Sie betrachteten uns misstrauisch und ich wurde nervös, dass sie uns aufhalten würden. Reven drückte ihnen ein paar Münzen in die Hand, als hätte er es schon hundertmal getan und dann ließen sie uns ohne einen zweiten Blick durch.

Rockworth war mehr als doppelt so groß wie Stoneham, und viele andere Pferde und Kutschen füllten die Straße, zusammen mit Menschen, die am Straßenrand entlanggingen. Wir kamen an einem belebten Markt vorbei, auf dem Männer und Frauen ihre Waren verkauften, bevor wir am ersten Gasthaus, das wir sahen, anhielten.

Das Gasthaus hieß „Knight's Reprieve" und war überfüllt mit Dutzenden von Reisenden, die sich in der Taverne ein Abendessen gönnten. Slade und Auric sorgten dafür, dass wir die letzten beiden Zimmer bekamen, bevor wir selbst in die Taverne gingen. Der Raum roch schwach nach warmem Essen und war erfüllt von den Geräuschen des Essens, der Gespräche und der Musik eines Mannes, der in der Ecke Geige spielte. Reven schlüpfte mühelos durch die Menge und schaffte es, den letzten freien Tisch zu ergattern, an dem allerdings nur vier Stühle standen.

„Das ist in Ordnung", sagte Slade. „Ich setze mich an die Bar und schaue, ob ich von den anderen Reisenden Informationen bekomme."

„Gute Idee", sagte Auric.

Während Slade an der Bar Platz nahm, zog Jasin einen Stuhl für mich an den Tisch, bevor er sofort den Stuhl zu meiner Rechten beanspruchte. Auric holte sein Notizbuch aus der Tasche und begann, sich Notizen zu machen, während Reven mit verschränkten Armen an der Wand saß und jeden in der Taverne misstrauisch beäugte.

Eine Kellnerin mit einem tief ausgeschnittenen Kleid, das ihr wahrscheinlich viel Trinkgeld einbrachte, kam an unseren Tisch und ihr Gesicht erhellte sich, als sie den Mann an meiner Seite sah. „Jasin! Was machst du denn hier?"

Jasin schenkte ihr das gleiche charmante Grinsen, das er mir oft schenkte. „Ich schaue nur für eine Nacht vorbei."

„Ach wirklich?" Sie lehnte sich dicht an ihn heran und betonte ihr üppiges Dekolleté. „Ich bin so froh, dass du wieder in der Stadt bist."

„Es ist schön dich zu sehen, Minda. Wie ist es dir ergangen?"

„Gut, aber jetzt wo du hier bist, noch besser", sagte sie und klimperte mit den Wimpern. „Meine Schwester wird sich auch freuen, dass du wieder da bist."

„Grüß sie von mir", antwortete er, während sich meine Fäuste unter dem Tisch ballten. Diese vertraute Besessenheit stieg wieder in mir auf und diesmal war es schwieriger, sie zu unterdrücken. Jasin und die anderen sollten eigentlich meine Gefährten sein, aber selbst wenn man das ignorierte, hatte ich die letzten Tage damit verbracht, mit ihnen zu reisen, in ihrer Nähe zu schlafen und an ihrer Seite zu kämpfen. Vielleicht hatte ich an diesem Punkt sogar ein bisschen das Recht, besitzergreifend zu sein.

„Das werde ich." Sie strich mit einer Hand leicht über seine Schultern und ihre Stimme wurde lüstern. „Und wenn du heute Abend ein Zimmer brauchst, unseres ist frei."

Er räusperte sich und schaute mich an. „Danke für das Angebot, aber ich habe schon ein Zimmer."

„Schade. Wir hatten letztes Mal sehr viel Spaß. Sag mir

Bescheid, wenn du deine Meinung änderst." Sie nahm ihre Hand weg und warf mir einen kurzen, abschätzenden Blick zu. „Ich besorge euch allen etwas zu essen."

Nachdem sie weggegangen war, drehte ich mich zu Jasin um und mein Blut kochte. „Du hast mit *beiden* Schwestern geschlafen?"

„Das habe ich, ja." Seine Augenbrauen zogen sich hoch. „Lange bevor ich dich kennengelernt habe. Ist das ein Problem?" Er deutete auf die anderen Männer. „Und solltest du wirklich über mich urteilen, wenn du mit uns allen vieren schlafen wirst?"

„Ich verurteile dich nicht, ich ..." Die Worte erstarben auf meiner Zunge und ich wandte den Blick ab, immer noch wütend.

„Was? Eifersüchtig?"

„Nein!" Meine Wangen erröteten, denn genau so fühlte ich mich.

Er schenkte mir dieses ärgerliche, sexy Grinsen. „Ich habe dir doch gesagt, dass mein Bett immer für dich bereitsteht."

„Für mich und jede andere Frau, wie es scheint." Ich sprang auf, sodass die Jungs mich mit besorgten Blicken ansahen. „Ich brauche nur einen Moment. Ihr könnt ruhig ohne mich anfangen zu essen."

Ich verließ das Gasthaus durch die Vordertür und ging dann an der Seite entlang, bis ich in der Nähe der Ställe und weit weg von allen anderen war. Mein Herz raste und ich hatte das Gefühl, keine Luft mehr zu bekommen. Bei den Göttern, warum war ich so aufgebracht? Ich hatte Jasin erst vor ein paar Tagen kennengelernt und wir hatten uns nie etwas versprochen. Was er in der Vergangenheit - oder

auch jetzt - tat, ging mich nichts an. Er hatte bereits zugegeben, dass er Frauen mochte. Viele Frauen. Und das war
auch gut so, wirklich. Ich hatte keinen wirklichen
Anspruch auf ihn, nur ein seltsames magisches Band, das
uns zusammenhielt. Ohne dieses Band wären wir Fremde.
Warum tat es dann so weh, als ich ihn mit dieser Frau
flirten sah?

„Kira, geht es dir gut?", fragte Auric.

Ich drehte mich zu ihm um und versuchte, mein Gesicht
ausdruckslos zu halten. „Mir geht's gut. Ich brauchte nur
etwas frische Luft."

Er kam näher und machte mir seine Größe deutlich
bewusst. „Diese Situation ist für uns alle seltsam und überwältigend, aber besonders für dich, da bin ich mir sicher. Es
ist verständlich, dass du ab und zu eine Pause brauchst.
Aber ich möchte, dass du weißt, dass ich hier bin, wenn du
jemals darüber reden möchtest."

„Ich danke dir. Ich weiß das zu schätzen." Ich fuhr mir
mit einer Hand durch die Haare und seufzte. „Ich bin mir
auch nicht sicher, ob es möglich ist, eine Pause davon zu
machen. Das ist jetzt mein Leben, und auf Gedeih und
Verderb hänge ich mit euch Vieren zusammen. Und ihr alle
mit mir."

Auric berührte meine Wange, seine stürmischen Augen
waren auf die meinen gerichtet. „Ich weiß nicht, wie es den
anderen geht, aber ich bin froh, dass ich mit dir zusammen
bin."

„Bist du das?", fragte ich und legte meine Hand auf
seine. Ich erinnerte mich an den Moment, den wir heute
Morgen geteilt hatten, als ich ihn geheilt hatte und mein
Blick fiel auf seinen Mund. Damals hatte ich ihn küssen

wollen, aber die anderen Jungs hatten zugesehen. Jetzt waren wir allein.

„Ich weiß, du denkst keiner von uns will hier sein, aber ich schon. Alles an dieser Situation fühlt sich richtig an." Er senkte den Kopf, seine Finger strichen über meine Lippen. „Auch das hier."

Mit einer Hand an meinem Kiefer presste er seinen Mund auf meinen, während seine andere Hand zu meinem unteren Rücken glitt und mich an sich zog. Zwischen uns sprühten Funken, als er meine Lippen öffnete, bevor er mich langsam mit seiner Zunge liebkoste. Mit einem leisen Keuchen schlang ich meine Arme um seinen Hals, weil ich noch mehr wollte. Es war schon viel zu lange her, dass mich jemand geküsst hatte, aber mein Körper schien sich daran zu erinnern, wie er reagieren musste. Oder vielleicht war es Auric, der das mit mir machte.

Zuerst hatte ich gedacht, Auric wäre versnobt oder distanziert mit seinen feinen Kleidern und seinem Kopf, den er ständig in ein Buch vergraben hatte, aber sein Kuss war alles andere als das. Er ließ sich Zeit mit meinem Mund, lernte worauf ich am meisten reagierte und bald ließ er mich alles vergessen, worüber ich mich aufgeregt hatte. Alles, woran ich denken konnte, war dieser Rausch der Lust, der mich bei seiner Berührung durchströmte und dass ich mehr wollte.

„Was zum ...", sagte Jasins Stimme hinter mir und unterbrach den Moment.

Auric und ich lösten uns voneinander, obwohl er seine Hand auf meinem Rücken behielt, als wir uns Jasin zuwandten. Mein Soldat sah fassungslos und vielleicht auch ein wenig wütend aus, aber er sah immer noch umwerfend gut aus. Das würde sich nie ändern, dachte ich. Und da mich dank Aurics Kuss bereits die Lust durchströmte, war es schwer, Jasin nicht auch zu begehren. In meinem Kopf blitzte das Bild auf, wie sie sich zwischen mich drängten, mit ihren Händen und Mündern auf mir, und mir wurde ganz warm ums Herz.

„Jasin." Ich war mir nicht sicher, was ich noch sagen sollte. Ich wusste nicht, ob ich mich schuldig fühlen sollte, weil ich Auric geküsst hatte oder nicht. Bald würde ich sie alle küssen, wenn alles nach Plan verlief, aber ich hatte immer noch keine Ahnung, wie ich damit umgehen sollte oder wie ich mit den Gefühlen von vier Männern jonglieren sollte. Oder mit meiner überwältigenden Anziehungskraft auf jeden von ihnen.

„Könnten wir einen Moment allein sein?", fragte Jasin Auric.

Auric warf mir einen Blick zu. „Ist das für dich in Ordnung?"

Ich nickte. „Ja, es ist in Ordnung. Danke, dass du dich vergewissert hast, dass es mir gut geht."

„Jederzeit." Er strich mit seinen Lippen über meine, dann richtete er sich auf und warf Jasin einen selbstgefälligen Blick zu, bevor er ins Gasthaus ging. Ich konnte förmlich spüren, wie die Spannung in der Luft zwischen ihnen knisterte und diese neue Entwicklung würde es nur noch schlimmer machen.

Jasin schluckte und mein Blick blieb an seinem kräftigen, stoppeligen Hals haften. „Du hast ihn geküsst."

„Was? Eifersüchtig?", fragte ich und warf ihm seine vorherigen Worte zurück.

„Bin ich, ja." Er blickte auf den Boden, wobei ihm eine

Haarsträhne über die Stirn fiel, die ich am liebsten weggestrichen hätte. „Ich dachte, ich wäre der Erste."

Die Verletzlichkeit in seiner Stimme ließ mein Herz erweichen. „Du wirst in anderen Dingen der Erste sein."

„Ich weiß. Und es tut mir leid, was da drinnen passiert ist. Ich schwöre, das liegt alles in der Vergangenheit. Es wird nichts mehr mit Minda oder ihrer Schwester oder irgendeiner anderen Frau passieren." Seine Worte wärmten meine Brust, aber dann atmete er aus. „Aber ernsthaft, *dieser* Typ?"

Und jetzt verhärtete sich mein Herz wieder. „Was ist dein Problem mit Auric?"

„Er ist ein spießiger Adliger!" Jasins Augen weiteten sich, sein Kiefer verkrampfte sich. „Obwohl du so etwas vielleicht magst. Immerhin ist er reich."

Ich stemmte meine Hände in die Hüften. „Ich mag ihn, weil er klug, freundlich und aufmerksam ist, nicht wegen seines Geldes. Das ist mir egal. Und wenn du in dieser Gruppe bleiben willst, wirst du auch einen Weg finden müssen, mit ihm auszukommen."

Ich ging an ihm vorbei in den Gasthof und mein ganzer Körper errötete vor Verlangen und Wut. Ich würde nie verstehen, wie Jasin so verdammt sexy sein konnte und mich gleichzeitig in den Wahnsinn trieb. Und ich sollte mich in nur wenigen Tagen mit ihm verbinden? Unwahrscheinlich.

KAPITEL 21

SLADE

Ich saß auf der Fensterbank und beobachtete die leere Stadt, die nur vom Mondlicht und ein paar Fackeln beleuchtet wurde. Ich hatte seit einer Stunde Wache gehalten, aber bis jetzt war alles ruhig gewesen. Dennoch würde ich wachsam bleiben, um Kira und ihre anderen Gefährten in den nächsten Stunden vor möglichen Bedrohungen zu schützen, bis Auric meinen Platz einnehmen würde.

Kira erhob sich aus ihrem Bett neben mir und ging schweigend ins Bad. Jasin schlief in dem anderen Bett, mit dem Gesicht nach unten und völlig weggetreten. Er war ein echter Soldat der in der Lage war, einzuschlafen sobald sein Kopf das Kissen berührte und sofort hellwach war, sobald er aufstand. Ich hatte keinen Zweifel daran, dass er, wenn ich ihn jetzt weckte, sofort kampfbereit sein würde. Der Junge war ein Hitzkopf, aber ich habe nie an seiner Loyalität zu Kira gezweifelt oder an seiner Bereitschaft, alles zu tun, was nötig war, um sie zu beschützen.

Bei den anderen beiden war ich mir nicht so sicher. Auric schien ein anständiger Kerl zu sein, aber aufgrund seiner Herkunft war ich ihm gegenüber misstrauisch. Ich mochte Adelige nicht besonders, aber er war klug, das musste ich ihm lassen. Er schien sich auch für Kira zu interessieren, aber war es aus den richtigen Gründen? Oder wollte er nur wegen des Wissens und der Macht, die er auf dem Weg dorthin erlangen konnte, Teil dieser Sache sein?

Und Reven? Ich traute ihm überhaupt nicht, aber er hätte schon hundertmal abhauen können und er hatte es nicht getan. Ich hatte vor, ihn im Auge zu behalten, aber ich glaubte nicht, dass er Kira in Gefahr bringen würde, nicht nachdem er sie vor den Banditen verteidigt hatte. Auch wenn er jetzt distanziert war, hatte ich das Gefühl, dass er sich irgendwann besinnen würde. Wenn nicht, wäre ich froh, wenn ich ihm die Tür zeigen könnte. In diesem Team war kein Platz für Leute, die sich nicht für unsere Mission engagierten.

Als ich durch das Fenster schaute, fiel mir etwas außerhalb des Steinzauns auf. Ein Luft-Elementarwesen. Es glitt am Rande der Stadt entlang und sah aus wie ein wirbelnder Tornado mit Armen und glühenden Augen. Ich hatte schon ein paar von ihnen gesehen, vor allem Stein- und Wasser-, aber noch nie ein Luft-Elementarwesen.

Elementarwesen waren immun gegen ihr eigenes Element, sodass Auric gegen dieses hier nutzlos war, aber gegen die anderen waren sie machtlos. Die Drachen sollten uns eigentlich vor ihnen schützen, aber Angriffe durch Elementarwesen kamen so häufig vor, dass die Menschen gelernt hatten, sich vor ihnen zu schützen. Natürlich hatte das dem Dorf, das wir letzte Nacht besucht hatten, nicht geholfen. Sie waren eindeutig unvorbereitet auf den Angriff gewesen und hatten das Dorf verlassen, anstatt sich zu wehren. Aber größere Städte wie diese waren gut gegen einen Angriff gewappnet. Abgesehen von der Steinmauer und dem kleinen Graben hatten sie auch eine Reihe von Holzscheiten neben einer Feuerstelle, die sie leicht anzünden konnten. Ich zweifelte nicht daran, dass die Wachen auch im Umgang mit den Elementarwesen geschult waren, aber ich behielt das hier unten trotzdem im Auge.

Wir hatten nur Glück, dass es keine Schattengestalt war. Sie waren noch seltener als Elementarwesen, aber tödlicher - und nur wenig konnte sie aufhalten.

Als Kira aus dem Bad zurückkam, entdeckte sie mich und hielt inne. Sie trug ihr einziges Unterhemd, das dünn genug war, um ihre Kurven und die Konturen ihrer blassen Brüste zu zeigen, obwohl ich mich zwang, sie nicht anzustarren. Wenn ich sie so ansah, konnte ich Dinge fühlen, die ich nicht fühlen wollte.

„Kannst du nicht schlafen?", fragte ich mit leiser Stimme, um Jasin nicht zu wecken.

Sie schüttelte den Kopf, als sie sich neben mich auf die Fensterbank setzte. „Wie läuft der Wachdienst?"

„Bis jetzt ruhig, obwohl wir nun einen Besucher haben." Ich deutete auf das Luft-Elementarwesen, das außerhalb der Mauer schwebte.

Ihre Augen weiteten sich, als sie es erblickte. „Müssen wir uns Sorgen machen?"

„Noch nicht. Es scheint allein zu sein und es kann nicht durch die Stadtmauer gelangen. Und wenn doch, könnten die Wachen es wahrscheinlich erledigen. Aber ich behalte es im Auge, falls ich helfen muss es abzuwehren."

Sie nickte. „Hoffen wir, dass es nur das eine ist."

Ich lehnte mich zurück und ließ meinen Blick noch ein wenig länger auf ihr verweilen. Ihr langes rotes Haar hing ihr über die Schultern und ein finsterer Ausdruck umspielte ihre üppigen Lippen. Diesen Ausdruck trug sie, seit sie heute Abend aus dem Gasthaus gelaufen war. Ich hatte das Gefühl, dass Auric und Jasin etwas damit zu tun hatten, wenn man ihre ähnlichen Gesichtsausdrücke betrachtete, aber ich war mir nicht sicher, ob mich das etwas anging. Es gefiel mir jedoch nicht, sie so verärgert zu sehen.

„Du scheinst aufgewühlt zu sein", sagte ich.

„Ist es so offensichtlich?" Sie seufzte. „Auric hat mich geküsst, Jasin ist ein Arsch und Reven will nicht mit mir reden. Du bist der Einzige, den ich im Moment in meiner Nähe ertragen kann."

„Ich fühle mich geehrt", sagte ich mit einem leisen Kichern.

Sie nahm eine Haarsträhne und zwirbelte sie müßig, während sie aus dem Fenster sah. „Ich weiß nicht, wie ich das machen soll. Ich war nicht darauf vorbereitet, mich jetzt mit einem Mann einzulassen, geschweige denn mit vier."

Ich konnte nicht aufhören, sie anzustarren. Sie war zu verdammt schön und sie ließ meine Entschlossenheit, mich von ihr fernzuhalten, bröckeln. „Du wirst es schon herausfinden."

„Das muss ich wohl." Ihre hellen Augen fanden in der Dunkelheit erneut die meinen. „Fragst du dich manchmal, warum wir auserwählt wurden und nicht jemand anderes?"

„Jeden verdammten Tag", murmelte ich.

„Ich mich auch. Ich kann nicht aufhören, alles in Frage zu stellen. Wurde ich für euch alle auserwählt, oder wurdet ihr für mich auserwählt? Was, wenn die Götter falsch gewählt haben?"

„Daran habe ich auch schon gedacht, aber wir müssen darauf vertrauen, dass sie einen Plan für uns haben."

Ihre Lippen schürzten sich leicht. „Dein Glaube an sie ist inspirierend."

Ich zuckte mit den Schultern. „Ich muss glauben, sonst stelle ich auch alles in Frage. Vor allem meinen Platz in dieser Sache. Ich bin ein einfacher Schmied, nichts weiter. Ich gehöre nicht hierher."

„Willst du gehen?", fragte sie leise.

„Nein. Überhaupt nicht." Ich schüttelte den Kopf. „Es tut mir leid, wenn es sich so angehört hat. Ich bin dir und unserer Mission gegenüber loyal. Daran habe ich keinen Zweifel."

„Aber du willst nicht wirklich hier sein."

„Das ist es nicht." Ich fuhr mir mit der Hand über den Bart, während ich über meine Worte nachdachte. „Es ist eher so, dass ich bereits ein Leben hatte, mit dem ich zufrieden war. Ein Leben, das ich nicht hinter mir lassen wollte."

„Ich verstehe", sagte sie, ihre Stimme war ruhig. „Hast du jemanden zurückgelassen?"

Meine Brust krampfte sich zusammen und zuerst konnte ich nicht antworten. „Nein", sagte ich schließlich. „Es gab einmal jemanden, aber das ist vorbei."

Draußen vor dem Fenster begann das Luft-Elementar-

ELIZABETH BRIGGS

wesen, sich in Richtung der Hügel zu bewegen und ließ die Stadt in Ruhe. Meine Schultern entspannten sich, als es außer Sichtweite geriet. Ich wollte gegen niemanden kämpfen, es sei denn, es war absolut notwendig, nicht einmal gegen ein Elementarwesen.

„Es ist weg", sagte ich und wandte mich wieder an Kira. „Und du solltest zurück ins Bett gehen."

„Ich weiß nicht, ob ich schlafen kann."

Sie drehte sich auf der Fensterbank, sodass sie mit dem Rücken zu mir saß. Ich griff nach ihrem üppigen roten Haar und erwog, es um meine Hand zu wickeln und ihren Kopf nach hinten zu ziehen, damit ich ihren Mund beanspruchen konnte, aber ich hielt mich zurück und schob es einfach über ihre Schulter. Über dem Hemd legte ich meine Hände auf ihren oberen Rücken und spürte sofort die Spannung darin. Ihr Oberkörper war kräftig, wahrscheinlich durch ihre Geschicklichkeit mit dem Bogen, und ich strich mit meinen Händen über ihren Rücken und knetete langsam ihre Muskeln. Mit einem gehauchten Seufzer, der mich augenblicklich steif werden ließ, neigte sie den Kopf zurück.

„So ist es gut, entspann dich", sagte ich, meinen Atem dicht an ihrem Ohr.

„Ich bin diejenige, die dich heilen sollte", sagte sie.

„Das ist eine andere Art der Heilung." Meine Hände wanderten hinauf zu ihren Schultern und sie stöhnte leise auf, als ich die Muskeln dort bearbeitete. Ich hatte schon so lange keine Frau mehr auf diese Weise berührt und ich gab nur ungern zu, dass es mir genauso viel Vergnügen bereitete wie ihr. Im Vergleich zu meiner Größe war sie so klein und feminin, mit weicher Haut und einer inneren Stärke, die sie noch unwiderstehlicher machte.

Sie schmiegte sich an mich und ich fuhr mit meinen Fingern ihren zierlichen Nacken hinauf und in ihr Haar. Als meine Hand über ihre Kopfhaut glitt, lehnte sie sich zurück gegen meine Brust und drehte ihren Kopf zu mir. Ich umfasste ihr Kinn mit der anderen Hand und mein Blick fiel auf ihre Lippen, die leicht geöffnet und sehr einladend waren.

Ich stoppte mich selbst, als mein Mund nur noch wenige Zentimeter von ihrem entfernt war. Bei den Göttern, was tat ich da? Sie hatten mich sicher mit irgendeinem Zauber belegt, damit ich sie so begehrte. Es kostete mich jedes Quäntchen Selbstbeherrschung, sie loszulassen. Schnell stand ich auf und schaffte etwas Abstand zwischen uns, bevor ich wieder nach ihr greifen konnte.

Sie öffnete ihre Augen und sah mich mit offensichtlicher Enttäuschung an. „Geht es dir gut, Slade?"

„Ja", sagte ich knapp, während ich versuchte, mich wieder unter Kontrolle zu bringen. „Das sollte reichen, um dir beim Einschlafen zu helfen."

Sie erhob sich und richtete ihr Unterhemd. „Danke für deine Hilfe. Wir sehen uns dann morgen früh."

Ich wandte den Blick ab, mein Herz hämmerte in meiner Brust. „Freut mich, dass ich dir behilflich sein konnte."

Sie schlüpfte zurück ins Bett und ich zwang mich, mich wieder hinzusetzen und nach draußen zu schauen, obwohl ich eigentlich nur zu ihr ins Bett kriechen wollte. Ich würde meine Arme um sie legen und sie die ganze Nacht an mich drücken und dafür sorgen, dass sie sicher und glücklich war. Ich würde auch gerne mehr tun, wenn sie es wollte.

Ich schüttelte den Kopf, angewidert von mir selbst. Ich hatte einmal jemanden geliebt und ich würde diesen Weg nie wieder beschreiten. Schon gar nicht mit einer Frau, deren Herz zwischen vier von uns geteilt werden würde. Ich wusste, wohin das führen würde und es war nicht gut.

Von nun an musste ich Abstand von Kira halten.

KAPITEL 22

KIRA

Am Morgen frühstückten wir schnell in der Taverne, wo ich versuchte, Mindas Blicke zu ignorieren, bevor wir uns auf den Weg zum Markt machten, um Vorräte und neue Kleidung zu kaufen. Wir kamen an Dutzenden von überdachten Ständen vorbei, an denen die Leute ihre Waren anpriesen, von Steingut über Stoffe bis hin zu Obst und Gemüse. Reven, Jasin und Auric gingen getrennte Wege, während Slade zum Schutz an meiner Seite blieb, obwohl er nicht viel zu mir sagte. Gestern Abend hatten wir uns fast geküsst und ich hatte endlich eine echte Verbindung zu ihm gespürt, aber dann hatte er noch mehr Mauern zwischen uns errichtet. Jetzt war sein Gesicht so hart wie der Stein, den er kontrollieren konnte.

Wir kamen an einem Stand vorbei, an dem Waffen verkauft wurden und Slade nahm sich einen Moment Zeit, um dem Besitzer ein Kompliment für die gute Handwerkskunst zu machen. Ich betrachtete ein Schwert, das die perfekte Größe für mich hatte und hielt es sogar kurz in der

Hand, um sein Gewicht zu spüren, bevor ich es zurücklegte und mich schweren Herzens abwandte. Ich sehnte mich nach einem eigenen Schwert, um mich besser verteidigen zu können, aber ich hatte nur ein paar Münzen und wollte Aurics Großzügigkeit nicht ausnutzen. Als wir über den Markt gingen, um die benötigten Waren zu kaufen, versuchte ich, mich nicht ablenken zu lassen, obwohl es schwer war, nicht in Versuchung zu geraten. Es gab Dutzende von Dingen, die ich haben wollte, darunter neue Kleider und ein Pferd, aber je sparsamer wir waren, desto länger würde das Geld reichen.

Nachdem Slade und ich alles Nötige besorgt hatten, fanden wir Auric an einem Stand, der alte Bücher verkaufte, was mich zum Lächeln brachte. Wo sollte er denn sonst auch sein?

„Hast du etwas gefunden?", fragte ich.

Auric klappte das Buch, in dem er blätterte, zu. „Hier leider nicht. Ich habe ein paar neue Klamotten besorgt und ich habe auch ein Geschenk für dich."

Er reichte mir ein langes, schweres Paket und ich wusste sofort was es war. Ich riss das Papier auf und entdeckte das Schwert, das ich mir vorhin angeschaut hatte. Die Klinge glänzte im hellen Sonnenlicht, während der Griff schlicht und schwarz war, aber es war genau das, was ich wollte. Auric hatte mir auch einen neuen Schwertgürtel aus schwarzem Leder besorgt und ich konnte es kaum erwarten, ihn mir um die Hüfte zu schnallen.

„Vielen Dank", sagte ich zu Auric. „Aber das ist wirklich zu viel."

„Unsinn. Ich habe vorhin gesehen, wie du das Schwert bewundert hast und wusste, dass du es unbedingt haben musst, schon allein zu deinem eigenen Schutz." Er legte seine Hand um meine Taille und zog mich an sich, während er mir in die Augen blickte. „Wenn die Umstände anders wären, würde ich dir alles kaufen, was du dir nur wünschen kannst. Gewänder aus feinster Seide. Juwelen, die deine Schönheit unterstreichen. Eine ganze Bibliothek voller Bücher, oder ein ganzes Waffenarsenal, wenn das mehr nach deinem Geschmack wäre. Aber leider ist nichts von alledem im Moment praktisch, also muss das hier genügen."

„Ich liebe es." Ich schlang meine Arme um seinen Hals. „Danke, Auric."

Er brachte seine Lippen auf meine, während Slade seine Arme verschränkte und alles außer uns ansah. Ich löste mich schnell von Auric, weil es mir unangenehm war, einen meiner Gefährten vor einem anderen zu küssen. Ich war mir nicht sicher, ob irgendjemand von uns dazu schon bereit war.

Slade räusperte sich. „Wir sollten uns bald wieder auf den Weg machen."

Wir kehrten zum Gasthaus zurück und fanden Reven, der draußen bei den Ställen wartete und ungeduldig und gelangweilt aussah. Ich konnte nicht sagen, ob er etwas gekauft hatte oder nicht.

„Habt ihr Jasin gesehen?", fragte ich.

„Er ist oben, erste Tür rechts", sagte Reven mit Abneigung. „Du solltest aber vielleicht erst anklopfen."

„Danke." Ich machte mich auf den Weg ins Haus, um unseren verirrten Soldaten zu suchen, während die anderen Männer unsere Vorräte auf die Pferde luden. Der Ort hatte sich seit gestern Abend geleert und ich konnte nirgendwo eine Spur von Jasin entdecken. Mir wurde flau im Magen, als mir klar wurde, was er wohl gerade tat. Und mit wem.

„Jasin?", rief ich, als ich die Treppe hinauflief.

Ich klopfte an die erste Tür, riss sie dann aber mit einem Schwung ängstlicher Energie auf. Drinnen stand Jasin ohne Hemd, während Minda, die Kellnerin von gestern Abend, lächelnd auf dem Bett saß. Mir fiel die Kinnlade herunter und ich konnte nur sprachlos zwischen den beiden hin und her schauen. Auch wenn ich geahnt hatte, was er vorhatte, war es noch viel schlimmer, es in natura zu sehen.

„Es ist nicht so, wie du denkst", sagte Jasin schnell. Aber ich hatte mich bereits auf dem Absatz umgedreht und verließ den Raum.

Er eilte mir in den Flur hinterher und ergriff dann meinen Arm, um mich wieder zu sich zu ziehen. Er rückte dicht an mich heran, seine nackte Brust war nur Zentimeter entfernt. Muskeln kräuselten sich unter seiner Haut und zeigten die ganze Kraft und Stärke, die in seinem Körper steckte. Ich schluckte, als ich meinen Blick zu seinem Gesicht zwang, aber das machte es auch nicht besser, denn er sah so gut aus, dass mir die Brust schmerzte. Vor allem, wenn ich ihn mir mit dieser anderen Frau vorstellte.

„Ihr Bruder hat ungefähr meine Größe und ich habe meine Kleidung gegen seine getauscht", sagte Jasin. „Ich wollte meine Uniform loswerden, wie du vorgeschlagen hast. Das war alles. Es ist nichts passiert, ich schwöre es."

„Sie hat dich beim Umziehen beobachtet!"

„Ich habe ein Hemd anprobiert, um zu sehen, ob es passt. Sie hat nicht mehr gesehen, als du jetzt siehst."

Bei seinen Worten blickte ich nach unten und bemerkte seinen Körper erneut. Er war so warm, dass ich die Wärme spüren konnte, die von ihm ausging und er roch so gut, wie ein Lagerfeuer in einer kühlen Nacht. Ich hatte den stärksten Drang, mich an ihn zu schmiegen, meinen Kopf an seinen zu legen und ihn zu bitten, mir auch etwas von dieser Wärme zu geben. Aber dann kam Minda aus dem Zimmer und schenkte uns ein Lächeln, bevor sie die Treppe zur Taverne hinunterging, und Eifersucht und Schmerz stiegen wieder in mir auf. Ich zog mich zurück.

„Kira?", fragte Jasin.

„Es ist in Ordnung", sagte ich. „Ich bin nur gekommen, um dir zu sagen, dass wir bald aufbrechen werden."

„Nein, ist es nicht." Er nahm meine Hand und führte mich in den Raum, dann schloss er die Tür hinter uns. „Ich merke, dass du verärgert bist. Was kann ich sagen oder tun, um es besser zu machen?"

„Ich habe kein Recht, verärgert zu sein. Was du mit anderen Frauen machst, geht mich nichts an. Wir haben uns nie etwas versprochen und ich weiß, dass du dir dieses Leben mit mir nicht ausgesucht hast."

Seine dunklen Augen waren intensiv und ernst, als er mir in die Augen blickte. „Kira, ich gehöre dir und nur dir. Es gibt keinen anderen Ort, an dem ich lieber wäre als an deiner Seite."

Bei den Göttern, wie sehr wünschte ich mir, dass das wahr wäre und wie sehr wollte ich ihm glauben. Aber so sehr ich ihn auch begehrte und für mich haben wollte, ich war mir nicht sicher, ob ich ihm vertrauen konnte. Ich drückte mich mit dem Rücken gegen die Tür, mein Herz raste. „Das brauchst du nicht zu sagen. Du kennst mich doch gar nicht."

Jasin legte seine Hand neben meinem Kopf auf die Tür

und lehnte sich dicht an mich. „Ich will dich aber besser kennen. Im wahrsten Sinne des Wortes."

Bei seinen Worten entbrannte in mir eine Welle des Verlangens. Er drückte mich gegen die Wand und obwohl ich mich leicht von ihm lösen konnte, wagte ich es nicht, mich zu bewegen. „Mich und jede andere Frau, wie es scheint."

„Nicht mehr. In dem Moment als ich dich traf, wusste ich, dass der Feuergott mich aus einem bestimmten Grund auserwählt hatte und dieser Grund bist du." Er streichelte mit seiner freien Hand mein Gesicht und ich sog bei seiner warmen Berührung den Atem ein. „Die einzige Frau, die ich will, steht direkt vor mir."

„Und ich soll glauben, dass du treu sein wirst? Oder glücklich mit einer Frau für den Rest deines Lebens?" Ich blickte trotzig zu ihm auf, obwohl er mich zum Schmelzen brachte. „Du hast zugegeben, dass du mit vielen Frauen geschlafen hast."

„Das habe ich, ja. Aber das liegt alles in der Vergangenheit." Er zog eine Augenbraue hoch. „Du glaubst doch nicht ernsthaft, dass die anderen Kerle alle nur darauf gewartet haben, dass du kommst, oder? Ich bezweifle, dass auch nur einer von ihnen keine Erfahrungen mit Frauen gemacht hat."

Meine Wangen erröteten. „Nein, natürlich nicht, aber du bist derjenige, mit dem ich mich zuerst verbinden muss. Und ich habe noch nie ... ähm ..." Ich wollte den Kopf einziehen, so peinlich berührt war ich, sobald mir die Worte aus dem Mund rutschten, aber er hielt mein Kinn fest und zwang mich, zu ihm aufzusehen.

„Niemals?" Seine Augen funkelten vor offensichtlicher

Begierde und dann fiel sein Blick auf meine Lippen. „Dann ist es ja gut, dass ich mich mit der Kunst, eine Frau zu befriedigen, sehr gut auskenne."

Sein Mund eroberte meinen, während sein starker Körper mich gegen die Tür drückte, an der er lehnte. Mit dominanten Händen neigte er meinen Kopf zu sich hinauf und gab mir den sinnlichsten Kuss meines Lebens, der mir ein leises Stöhnen entlockte. Seine nackte Brust drückte gegen meine Brüste, und selbst durch mein Kleid hindurch spürte ich, wie stark sein Körper war. Plötzlich überkam mich das Bedürfnis ihn zu berühren und ich legte meine Hände auf seine Taille, um ihn näher an mich zu ziehen. Ich musste ihn als mein Eigentum beanspruchen, so wie er mich beanspruchte.

Sein Mund wanderte zu meinem Hals und hinterließ eine Spur von leichten Küssen, die mich erneut aufstöhnen ließen, während meine Hände über seine harte Brust und seine starken Arme glitten. Sein kräftiger Kämpferkörper fühlte sich unter meinen Fingern fest an und als seine Lippen über mein Schlüsselbein glitten, wollte ich nur noch mehr von ihm spüren. Vergessen wir den Feuertempel, ich war jetzt bereit, mich mit ihm zu verbinden. Oder zumindest etwas Übung zu bekommen.

Aber dann richtete er sich auf und trat zurück, woraufhin ich seine Wärme augenblicklich vermisste. Beinahe hätte ich ihn wieder zu mir gezogen, aber irgendwie hatte ich mich wieder unter Kontrolle. Allerdings konnte ich nicht leugnen, dass ich seinen Kuss genauso heftig erwidert hatte, wie er mich geküsst hatte. Und wenn er mich wieder küsste? Ich würde ihn nicht aufhalten.

Er fuhr mit dem Daumen langsam über meine Unterlippe. „Das ist nur ein Vorgeschmack auf das, was noch kommen wird. Aber zuerst werde ich dich davon überzeugen, dass du die einzige Frau bist, die ich will."

Ohne ein weiteres Wort schnappte er sich seine Kleider vom Bett und ging aus dem Zimmer, immer noch ohne Hemd. Ich blieb atemlos und benommen zurück und fragte mich, was genau gerade passiert war.

KAPITEL 23

KIRA

E in weiterer Reisetag verging ohne Zwischenfälle, abgesehen davon, dass ich gezwungen war, stundenlang mit Slade und Reven zu reiten, während ich versuchte, das Gefühl ihrer starken Körper an meinem zu ignorieren, da sie sich nicht unterhalten wollten. Ich liebte mein Schwert, aber ich hätte Auric wirklich um mein eigenes Pferd bitten sollen.

Wenigstens war ich nicht mehr wund. Wie meine Kopfverletzung von Roark hatte sich mein Körper schnell von den Schmerzen des Reitens erholt. Ich fragte mich, ob meine neuen Heilkräfte auch bei mir selbst wirkten.

Nach so vielen Tagen unterwegs waren wir alle erschöpft, als wir unser Lager im Wald aufschlugen. Ich schlug meinen Schlafsack, wie jede Nacht, so weit wie möglich vom Feuer entfernt auf und sowohl Jasin als auch Auric beeilten sich, ihre Schlafsäcke neben meinen zu legen. Slade und Reven schien es ohnehin nicht wichtig zu sein, in meiner Nähe zu sein. Reven grübelte im Schatten, so weit wie möglich von mir entfernt, und Slade wandte sich von mir ab, wenn ich ihn ansah. Wie sollte ich ihnen jemals nahekommen, wenn sie so auf Distanz blieben?

Andererseits waren Slade und Reven vielleicht das geringste meiner Probleme. Jasin und Auric hatten sich den ganzen Tag über angestarrt, und als Jasin an mir vorbeiging, stieß er hart und offensichtlich absichtlich mit Auric zusammen. Auric murmelte ein Wort vor sich hin, das so ähnlich klang wie „Barbar".

Ich konnte es nicht mehr ertragen. Ich stand auf und starrte sie alle an. „Ich muss ein paar Minuten allein sein. Folgt mir nicht."

„Bleib in der Nähe", sagte Jasin.

„Ich komme schon klar", schnauzte ich.

Ich ging in den dunklen Wald hinein, schob Äste aus dem Weg und trat mit meinen Stiefeln gegen Felsen. Aber selbst als ich außer Sichtweite war, hörte ich immer noch ihre tiefen Männerstimmen hinter mir, obwohl ich die Worte nicht verstehen konnte. Ich ging tiefer in den Wald hinein, wobei der helle Mond meine Schritte leitete, bis ich einen großen Felsen fand, auf den ich mich setzen konnte. Ich lauschte aufmerksam. Stille. Wohltuende, süße Stille.

Es war das erste Mal seit Tagen, dass ich mit meinen Gedanken wirklich allein war und ich genoss es. Ich hatte mich den Großteil meines Lebens an die Einsamkeit gewöhnt und es fiel mir schwer, mich daran zu gewöhnen, plötzlich den lieben langen Tag von vier Männern umgeben zu sein. Auch wenn ich ihre Anwesenheit genoss - wenn sie nicht gerade unausstehliche Typen waren. Es fühlte sich gut an, sie alle an meiner Seite zu haben, aber ich merkte, dass ich ab und zu auch etwas Zeit für mich allein brauchte.

Die männlichen Stimmen wurden lauter und störten mich in meinem ruhigen Moment. Sie stritten sich über irgendetwas, wie es schien. Wahrscheinlich ging es um mich. Vielleicht sollte ich mich geehrt fühlen, dass sie um mich stritten, aber ich hatte das Gefühl, dass es nur noch schlimmer werden würde, je näher ich den Männern kam. Würde sich einer von ihnen jemals wohl dabei fühlen, mich mit den anderen zu teilen?

Würde ich das?

Die Vorstellung mit Jasin zu schlafen, machte mich nicht mehr so nervös wie früher, nicht nach unserem umwerfenden Kuss. Aber ich hatte auch Auric nur Stunden zuvor geküsst und es genauso genossen. Und dann war da noch Slade, den ich fast geküsst hätte. Ganz zu schweigen von Reven, den ich unbedingt küssen *wollte*, und sei es nur, weil er auf seine tödliche, gefährliche Art so umwerfend war.

Wie konnte ich für alle vier Männer Gefühle haben? Das ergab keinen Sinn. Lust, das konnte ich verstehen. Freundschaft auch. Aber ich empfand mehr als das für alle von ihnen. Nicht Liebe, noch nicht, aber das Potenzial, dass ich jeden von ihnen eines Tages lieben könnte. Es musste das magische Band sein, das uns zusammenhält und nichts weiter, oder?

Ich verbarg mein Gesicht in den Händen und fühlte mich von all dem überwältigt. In diesem Moment hörte ich, wie sich etwas in den Büschen neben mir bewegte.

Ich sprang auf und stützte meine Hand auf den Griff meines Schwertes, während ich den Wald absuchte. Irgendetwas war da draußen.

Ich wollte gerade die Jungs rufen, als das Laub beiseite

gefegt wurde und die alte Frau, die ich an meinem Geburtstag getroffen hatte, hervortrat.

„Hallo", sagte sie, als wäre es völlig normal, dass sie mir mitten im Nirgendwo über den Weg lief. „Kira, nicht wahr?"

„Sie", sagte ich, und mein Mund blieb offenstehen. „Sind Sie die Geistergöttin?"

Sie stieß ein leises Lachen aus. „Bei den Göttern, nein. Wie kommst du denn auf so etwas?"

Mein Herz wurde schwer und ich seufzte. „Sie waren an meinem Geburtstag vor Stoneham und jetzt sind Sie hier. Wie kann das sein?"

Die alte Frau zuckte mit den Schultern. „Ich komme herum."

„Verfolgen Sie mich?", fragte ich und verengte meine Augen.

„Nicht direkt."

Sie ließ sich auf einem Felsen mir gegenüber nieder und ich setzte mich langsam wieder hin, da ich spürte, dass sie keine Bedrohung darstellte. Sie sah genauso aus, wie ich sie zuvor gesehen hatte, bis hin zu demselben Kapuzengewand. Wie war sie hierhergekommen, mitten in den Wald? Diesmal waren wir nicht in der Nähe einer Stadt und sie war allein, nicht einmal mit einem Pferd.

„Du kannst mich duzen und Enva nennen", sagte sie und faltete die Hände in ihrem Schoß. „Sagen wir einfach, ich habe ein besonderes Interesse an dir."

„Weißt du, wer-was-ich bin?"

„Das tue ich und ich könnte dir vielleicht helfen." Sie legte den Kopf schief. „Ich bin sicher, du hast einige Fragen."

„Hunderte von Fragen", sagte ich. „Ist es wahr? Bin ich der nächste Schwarze Drache?"

„Ja, das bist du. Vorausgesetzt, du lebst lange genug, um diesen Titel zu erhalten." Sie zuckte mit den Schultern. „Keiner der anderen hat es je so weit geschafft."

Mir blieb der Mund offenstehen. „Es gab andere?"

„Natürlich", sagte sie, als ob es offensichtlich wäre. „Du hast doch nicht gedacht, dass du und Nysa die Einzigen seid, oder?"

Nysa, der Schwarze Drache. Schon wenn ich ihren Namen hörte, liefen mir Schauer über den Rücken. „Ich war mir nicht sicher. Ich habe noch nie von anderen gehört."

„Weil sie sie alle tötet, bevor sie zu einer Bedrohung werden."

Ich schluckte den Kloß in meinem Hals hinunter. „Aber mich nicht."

„Sie weiß nichts von dir. Noch nicht. Es ist das Beste, wenn du das so lange wie möglich beibehältst."

Ich nickte langsam. „Wir werden unser Bestes tun."

„Seht zu, dass ihr das tut." Enva untersuchte ihre Fingernägel an einer ihrer faltigen Hände. „Hast du noch weitere Fragen? Ich habe nicht den ganzen Abend Zeit."

Sie war ziemlich aufdringlich, wenn man bedenkt, dass sie es war, die mich besucht hatte. „Warum haben die Götter mich auserwählt?"

Sie stieß ein scharfes Lachen aus. „Haben sie nicht."

Ich blinzelte sie an. „Ich ... ich verstehe das nicht."

„Die anderen wurden auserwählt. Du wurdest geboren."

Mir blieb der Mund offenstehen, als ich diese Information verinnerlichte. „Wie?"

Sie warf mir einen spöttischen Blick zu. „Ich bin mir ziemlich sicher, dass du weißt, wie das passiert. Das will ich hoffen, sonst erlebst du eine große Überraschung wenn du den Feuertempel erreichst."

Ich verkniff mir eine frustrierte Antwort und fragte: „Wussten meine Eltern, was ich war?"

„Ja."

Ich nickte langsam, als sich alles, was ich über meine Vergangenheit wusste, wiederholte. Die Drachen waren die ganze Zeit über auf der Suche nach mir gewesen. Meine Eltern wurden wirklich meinetwegen getötet. „Aber ich hatte nie etwas Besonderes an mir. Ich hatte nie irgendwelche Kräfte oder so. Nicht bis jetzt."

„Tiere haben sich schon immer zu dir hingezogen gefühlt. Du konntest auch schon immer gut mit Pflanzen und Kräutern umgehen. Das sind alles Gaben der Geistergöttin."

„Was ist mit dem Heilen? Das hat erst vor kurzem angefangen."

Sie nickte. „Du hast deine Kräfte an deinem zwanzigsten Geburtstag erlangt, obwohl du noch einen langen Weg vor dir hast. Wenn du dich mit deinen Gefährten verbündet hast, wirst du auch ihre Kräfte übernehmen können." Mit diesen Worten stand sie auf. „Ich denke, das reicht für eine Nacht. Ich bin sicher, wir werden uns wiedersehen. Wenn du lange genug lebst."

Sie nickte mir kurz zu, bevor sie zurück in den Wald ging. Ich rief: „Warte!", aber sie war schon verschwunden. Buchstäblich. Sie ließ mich mit ein paar Antworten und noch mehr Fragen als zuvor zurück.

KAPITEL 24
KIRA

Als ich ins Lager zurückkehrte, erzählte ich den Jungs von dem seltsamen Besuch von Enva, aber keiner von ihnen wusste, was sie gesagt hatte oder wer sie war. Für den Moment blieb sie ein Geheimnis.

Und dank ihr saß ich mit vier überfürsorglichen Männern zusammen, die mir immer wieder sagten, ich solle nicht noch einmal alleine losziehen. Die Spannungen zwischen ihnen waren immer noch da, aber sie hatten ein neues Ziel: mich ständig im Auge zu behalten. Es ist unnötig zu erwähnen, dass ich nicht begeistert war.

„Wohin gehst du?", fragte mich Slade am nächsten Morgen, als ich auf den Wald zuging. Er war bereits aufgesprungen und griff nach seiner Axt, als wollte er mir folgen.

Ich warf ihm einen verärgerten Blick zu. „Ich muss mich erleichtern. Könnte ich ein klein wenig Privatsphäre haben?"

Jasin blickte von der Stelle auf, an der er sein Schwert schärfte. „Du solltest nirgendwo allein hingehen."

„Ausnahmsweise stimme ich Jasin zu", sagte Auric. Er

machte sich Notizen in seinem Notizbuch, in dem er wahrscheinlich alles festhielt, was gestern geschehen war. „Einer von uns sollte immer bei dir sein."

Ich stemmte meine Hände in die Hüften. „Ernsthaft, mir geht es gut. Erstens war ich gestern Abend nicht einmal in Gefahr und zweitens kann ich mich selbst beschützen."

„Wir wissen, dass du das kannst, aber es ist unsere Pflicht dich zu beschützen", sagte Slade und legte seine Stirn in Falten.

Auric nickte. „Ganz genau. Wir wissen nicht, wer oder was Enva war. Deine Begegnung mit ihr beweist, dass hier Kräfte am Werk sind, die wir nicht verstehen und deren Interessen vielleicht nicht mit unseren übereinstimmen. Wir werden es nicht wissen, bis wir mehr erfahren."

„Folgt mir nicht. Ich meine es ernst!", schnauzte ich, bevor ich in den Wald stürmte, ohne mich umzudrehen, um zu sehen, ob sie mir zuhörten. Wenn meine wütenden Männer mir nachlaufen wollten, war das ihr Problem. Ich konnte nicht mein ganzes Leben damit verbringen, mich ständig von einem von ihnen bewachen zu lassen.

Ich erledigte mein Geschäft schnell, nur für den Fall, dass sie mich beobachteten und ging dann zurück zum Lager. Ich erblickte Reven, der vor einem Bach stand und das Wasser vor sich auf und ab laufen ließ, als würde es tanzen.

Ich seufzte. „Haben sie dich geschickt, um ein Auge auf mich zu werfen?"

„Wohl kaum." Das Wasser hörte sofort auf, sich zu bewegen, als er sich mir mit einem finsteren Blick zuwandte.

Ich gestikulierte in Richtung des Baches. „Schön zu sehen, dass du trainierst. Du solltest auch mal mit den anderen trainieren."

Er warf mir einen vernichtenden Blick zu. „Nein, danke. Ich habe kein Interesse daran, diese Kräfte zu behalten."

Ich blinzelte ihn an. „Hast du immer noch vor zu gehen?"

„Das habe ich."

Ich hatte gedacht, er hätte seine Meinung geändert, nach allem, was wir durchgemacht hatten. Und nachdem mich schon alles andere frustrierte, war dies der letzte Tropfen, der das Fass zum Überlaufen brachte. Ich gestikulierte wütend in den Wald. „Warum gehst du dann nicht? Keiner hält dich auf."

„Keiner von euch würde einen Tag ohne mich überleben." Er schüttelte verächtlich den Kopf. „Außerdem kann ich nicht gehen. Dafür haben die Götter gesorgt. Aber ich werde einen Weg finden."

„Viel Glück dabei", rief ich ihm über die Schulter zu, während ich noch verärgerter als zuvor durch den Wald davonstapfte. Ich warf den anderen Männern nicht einmal einen Blick zu, als ich das Lager wieder betrat, schnappte mir einfach meinen Bogen und meinen Köcher und pirschte mich zurück in den Wald. Zielübungen. Das war es, was ich brauchte.

Sobald ich in Position ging, spannte ich den Bogen und schoss einen Pfeil ab. Er flog zielgenau und traf den Baum genau an der Stelle, die ich beabsichtigt hatte, an einem runden Knoten im Baumstamm. Als der Pfeil gegen das Holz prallte, spannte ich einen weiteren und machte mich bereit erneut zu schießen.

„Nicht schlecht", sagte Jasin, als er sich mir durch die Bäume näherte.

Ich zog eine Augenbraue hoch und ließ meinen Pfeil los,

ohne mein Ziel auch nur anzusehen. Er traf den Baum fast an der gleichen Stelle. „Nicht schlecht?"

„Du bist definitiv gut, das muss ich dir lassen."

„Meinst du, du kannst es besser?", fragte ich.

Mit einem überheblichen Lächeln zog er seinen eigenen Bogen vom Rücken und spannte einen Pfeil. Mit blitzschnellen Bewegungen schoss er in den Baum, sein eigener roter Pfeil lag fast auf dem meinen. Als ich zusah, schoss er noch drei weitere Male und bildete einen Kreis um meine eigenen Pfeile. Was für ein Angeber.

Ich ließ mich nicht unterkriegen und feuerte meine eigene Salve ab, wobei ich jeden seiner Pfeile mit meinem eigenen in zwei Hälften teilte. Ich drehte mich mit einem schiefen Lächeln zu ihm um.

„Nennen wir es unentschieden", sagte er mit einem Augenzwinkern.

„Wenn du darauf bestehst", sagte ich und schüttelte den Kopf.

Er gestikulierte auf meine Taille. „Was macht das neue Schwert? Kannst du gut damit umgehen?"

„So langsam." Ich legte meinen Bogen auf einem hohen Felsen ab und zog meine Klinge heraus. Das Schwert lag perfekt in meiner Hand und das Gewicht war ideal für meine Größe, obwohl es viel kleiner war als das von Jasin.

Er zog sein eigenes Schwert. „Dann zeig mal, was du kannst."

Ich stürzte mich auf ihn, aber er war schnell, selbst mit seiner schwereren Waffe. Unsere Klingen prallten aufeinander, das Klirren des Metalls hallte durch den Wald, als wir uns einen Schlagabtausch lieferten. Ich war mir sicher, dass er sich zurückhielt, vor allem weil er wusste, wie stark er war, aber es war trotzdem eine gute Übung für mich. Und während wir kämpften, lösten sich meine Anspannung und Frustration langsam auf.

„Du bevorzugst deine rechte Seite", sagte er. „Sei vorsichtig damit."

Ich nickte und merkte es mir, dann holte ich zum Schlag aus. Er wirbelte schnell herum und im nächsten Moment ragte mein Schwert ein paar Meter entfernt aus dem Boden. Dann packte er mich von hinten, den freien Arm über meiner Brust und drückte mich fest an sich. Beinahe hätte ich mich gewehrt, aber dann waren seine Lippen an meinem Hals und der ganze Kampfgeist verließ mich.

„So leicht lässt du deine Deckung fallen?", fragte er, während seine Zähne in mein Ohrläppchen kniffen. „Oder wolltest du vielleicht, dass ich dich erwische?"

Ich trat ihm auf den Fuß und stieß mich von ihm weg, aber er lachte nur. Schwer atmend nutzte ich den Moment der Ablenkung, um ihm das Schwert wegzuschlagen. Dann kämpften wir Seite an Seite, wehrten die Schläge des anderen ab, obwohl er so viel erfahrener war als ich, dass es kaum ein fairer Kampf war.

Er stieß mich von den Füßen, aber ich riss ihn mit mir auf den Waldboden hinunter. Wir kippten um, bis ich mich auf ihm wiederfand und auf ihn hinunter starrte, während er wieder lachte.

„Wenn du unbedingt auf mich rauf wolltest, gibt es einfachere Wege", sagte er, während seine Hände auf meiner Taille ruhten.

Ich blickte ihm in die Augen, mein Herz schlug schnell und das nicht nur wegen unseres Streits. „Interpretiere nicht zu viel in diese Sache hinein."

„Nein? Das ist das zweite Mal, dass wir zusammen auf dem Boden liegen. Obwohl ich beim letzten Mal oben lag. Du wirst mir sagen müssen, welche Position du bevorzugst." Ich drückte gegen seine Brust um aufzustehen, aber er ergriff meine Handgelenke und zog mich zurück zu ihm. Die Wut von vorhin verwandelte sich schnell in Leidenschaft, als unsere Münder sich zu einem glühenden Kuss trafen. Alles, woran ich denken konnte, war sein starker Körper unter meinem und die Art, wie seine Arme meinen Rücken umschlangen und mich an sich drückten, als wollte er mich nie wieder loslassen.

„Kira?", rief Auric von irgendwo in der Ferne.

Jasin brach unseren Kuss ab und ließ mich los. „So gern ich das hier auch fortsetzen würde, ich glaube, unsere Gefährten rufen nach uns."

Die Realität holte mich wieder ein und ich setzte mich benommen auf. Ich schüttelte die Blätter von mir ab. „Gut. Wir sollten uns auf den Weg machen."

Jasin erhob sich und reichte mir die Hand, dann zog er mich für einen weiteren Kuss an sich. „Wir setzen das später fort."

Die anderen drei Männer saßen bereits auf ihren Pferden und warfen uns Blicke zu, die zeigten, dass sie genau wussten, was wir gerade getan haben. Ich versuchte, es nicht an mich heranzulassen. Jasin würde der Erste sein, der mich bekam und dagegen konnte ich nichts tun. Nur Auric versuchte überhaupt seinen Anspruch geltend zu machen, also worüber sollten sich Slade und Reven aufregen?

Ich beschloss mit Slade zu reiten, in der Hoffnung, dass dies einige der eifersüchtigen Blicke abhalten würde. Wie immer fühlte ich mich in seiner ruhigen, gelassenen Gegenwart wohler, als ob seine Nähe all die ängstlichen Gedanken, die in meinem Kopf herumschwirrten, beruhigte. Es fiel mir auch leicht mit ihm zu reden, viel leichter als mit den anderen.

„Slade, gibt es ein magisches Band, das dich jetzt an mich bindet? Oder könntest du gehen, wenn du wolltest?", fragte ich, als ich mich an Revens Worte erinnerte.

„Ich weiß es nicht", sagte er mit dieser tiefen, brummigen Stimme, die ich so sexy fand. „Ursprünglich hatten wir diesen überwältigenden Drang dich zu finden, aber das verging, sobald wir uns trafen. Ich vermute, dass jeder von uns jetzt gehen könnte, aber vielleicht nicht, wenn wir offiziell aneinandergebunden sind."

Ich nickte langsam. Wenn Slade recht hatte, dann hätte Reven jederzeit gehen können. Er benutzte die Magie nur als Ausrede. Vielleicht wollte ein kleiner Teil von ihm doch noch hier sein.

Während wir ritten, begann sich die Landschaft zu verändern. Der Wald um uns herum lichtete sich, die Bäume wurden spärlicher und der Boden wurde härter. Ich hatte gehört, dass ein großer Teil des Luftreichs aus Wüste bestand, aber zum Glück würden wir uns nicht sehr weit hineinbewegen. Zumindest jetzt noch nicht.

Um den Grenzübergang zu vermeiden - wo uns die Soldaten der Onyxarmee Ärger machen könnten -, ließ Jasin uns einen Umweg über einige steile Hügel machen, über die unsere Pferde nicht im Geringsten glücklich waren. Das unwegsame Gelände verlangsamte uns und es kam uns vor, als kämen wir überhaupt nicht voran, bis wir offiziell im Luftreich waren.

Nur wenige Minuten später warf Slades Pferd ein

Hufeisen ab und wir waren gezwungen, im ersten Dorf, das wir fanden, anzuhalten. Keiner von uns hielt das für sicher, aber wir hatten keine andere Wahl und zum Glück war der Ort so klein, dass nur wenige Soldaten dort waren. Slade brachte das Pferd sofort zum örtlichen Schmied, während der Rest von uns sich ein Zimmer für den Abend suchte.

Das Gasthaus war größtenteils leer und viel kleiner als das, in dem wir in der letzten Nacht übernachtet hatten, was uns sehr entgegenkam. Je weniger Leute uns sahen, desto besser.

„Wir hätten gerne ein Zimmer für den Abend", sagte Jasin zu dem Gastwirt, einem stämmigen Mann mit Schnurrbart.

„Natürlich. Wir haben viele Zimmer zur Verfügung. Wie viele braucht ihr denn?"

Jasin warf einen Blick zu Auric, der sagte: „Zwei, denke ich."

Der Wirt nickte, während er unsere Gruppe musterte. Doch dann hielt er inne und seine Augen weiteten sich. Plötzlich fiel er auf ein Knie und senkte den Kopf. „Eure Hoheit! Es tut mir leid, ich habe Euch zuerst nicht erkannt. Bitte verzeiht mir, Prinz Tanariel."

Ich starrte ihn verwirrt an, bis mir klar wurde, an wen er sich wandte.

Auric.

KAPITEL 25
AURIC

Ich wusste, dass wir niemals im Luftreich hätten anhalten dürfen.

Ich räusperte mich und versuchte, mir meine Panik nicht anmerken zu lassen. „Du musst dich irren. Ich bin nicht Prinz Tanariel, ich habe nur eine flüchtige Ähnlichkeit mit ihm. Bitte erhebe dich."

Der Gastwirt erhob sich langsam und senkte seine Stimme. „Gewiss. Euer Geheimnis ist bei mir sicher, Eure Hoheit."

Ich massierte mir den Nasenrücken. „Bitte nenn mich nicht so."

„Ich bitte um Verzeihung." Er klatschte in die Hände und lächelte die Gruppe an. „Nun denn. Ich bereite unsere besten Zimmer vor und sorge für etwas zu essen und zu trinken. Kann ich sonst noch etwas tun?"

„Das wäre großartig, danke", sagte Jasin, während er mich anfunkelte. Er hasste mich ohnehin schon und jetzt hatte er noch mehr Grund dazu. Nicht, dass ich ihn besonders mochte, aber ich wollte mich nicht mit ihm streiten, zumindest Kira zuliebe.

Und Kira ... Sie starrte mich an, als hätte sie mich noch nie zuvor gesehen. Mein Bauch kribbelte vor Schuld und Scham, weil ich sie betrogen hatte, auch wenn ich einen guten Grund hatte, meine Identität zu verbergen. Würde sie mich jetzt, da mein Geheimnis gelüftet war, anders betrachten, weil sie wusste wer ich wirklich war?

Der Gastwirt führte uns in zwei seiner besten Zimmer, die etwas größer und sauberer waren als die anderen, bevor er sich erneut entschuldigte und versprach, dass jemand ein paar Erfrischungen bringen würde. Ich drückte ihm eine Münze in die Hand und versicherte ihm, dass alles in Ordnung sei.

Kira drehte sich in dem Moment, als er weg war, mit zusammengekniffenen Augen zu mir um und fragte: „Du bist ein Prinz? Ich dachte, du hättest gesagt, du wärst nur ein entfernter Verwandter!"

Ich seufzte. „Ich sagte, ich sei niemand von Bedeutung in der Familie, was auch stimmt."

„Ich glaube nicht, dass es als unbedeutend gilt, der Fünfte in der Thronfolge des Luftreichs zu sein", schnauzte sie.

„Ich kann alles erklären", sagte ich schnell.

„Fang lieber an, Auric", sagte Jasin und verschränkte die Arme. „Oder sollen wir dich Prinz Tanariel nennen? Ist Auric überhaupt dein Name?"

Ich massierte mir den Nasenrücken. „Das ist mein zweiter Vorname. Keiner nennt mich Tanariel. Das war mein Großvater, nicht ich."

„Du bist also wirklich ein Prinz", sagte Kira.

Ich begegnete ihrem Blick. „Ja, das bin ich."

„Ich bin überrascht, dass ihn keiner von euch erkannt hat", sagte Reven aus der Ecke, wo er eines seiner Messer schwenkte.

„Du wusstest die ganze Zeit, wer er war?", fragte Kira, die sich sichtlich aufregte. „Und du hast nie daran gedacht zu erwähnen, dass er ein Prinz ist?"

Reven zuckte mit den Schultern. „Nicht mein Problem."

„Es ist unser aller Problem", sagte Jasin. „Auric hätte früher oder später erkannt werden müssen, was uns alle in Gefahr bringt. Er hätte es uns sagen müssen, lange bevor wir im Luftreich ankamen."

„Ja, das hätte er tun sollen", sagte Kira.

Bevor ich etwas erwidern konnte, stieß sie die Tür auf und stapfte hinaus. Ich verfluchte mich im Stillen dafür, ein Idiot zu sein und wollte ihr folgen, aber Slade stellte sich mir in der Tür in den Weg.

„Was ist hier los?", fragte er müde.

„Auric ist ein Prinz aus dem Luftreich", erklärte Jasin mit einem leisen Knurren.

Ohne Slades Antwort abzuwarten, eilte ich Kira hinterher, die sich in das andere, für uns reservierte Schlafzimmer geschlichen hatte. Ich schloss die Tür hinter mir und stellte mich ihr gegenüber. „Kira, ich weiß, dass du verärgert bist und du hast jedes Recht dazu. Aber bitte lass mich versuchen, es dir zu erklären."

„Du hast mich angelogen", sagte sie auf eine Weise, die mir das Herz schwer werden ließ.

„Ich habe nicht gelogen, kein einziges Mal. Alles, was ich dir gesagt habe, war wahr, ich habe nur ... bestimmte Dinge weggelassen."

Sie setzte sich auf die Kante eines der Betten. „Einige wirklich wichtige Dinge. Dinge, die du mir hättest erzählen müssen."

Ich setzte mich neben sie. „Wahrscheinlich, ja. Aber du musst verstehen, dass ich als das alles begann, keine Ahnung hatte, wer du oder die anderen waren. Ich wusste nicht, ob ich einem von euch trauen kann. Den Leuten zu erzählen, dass ich ein Prinz bin, ist als würde man mir eine Zielscheibe auf den Rücken heften. Ganz zu schweigen davon, dass die Leute mich anders behandeln, wenn sie wissen, wer oder was ich bin. Ich wollte nicht, dass das mit dir passiert, Kira. Ich wollte, dass du mich wie jeden anderen Mann kennenlernst, nicht wie einen Prinzen. Und nach der Reaktion aller darauf, dass ich ein Adliger bin, kannst du mir da vorwerfen, dass ich zögere, die Wahrheit zu enthüllen?"

„Ich verstehe, warum du es mir zuerst nicht gesagt hast, aber vertraust du mir jetzt immer noch nicht?", fragte sie.

„Doch, das tue ich. Und ich wollte es dir im richtigen Moment sagen, das verspreche ich."

Sie hob eine Augenbraue. „Wann sollte das denn sein?"

„Ähm." Ich schluckte den Kloß in meinem Hals hinunter. „Bevor wir den Lufttempel erreichen, ganz sicher."

Sie seufzte. „Ich weiß einfach nicht, wie ich dir noch vertrauen kann."

„Es tut mir leid, dass ich dir das vorenthalten habe, aber versuch bitte mich zu verstehen. Ich bin der jüngste Prinz und habe genug ältere Geschwister, um sicher zu sein, dass ich nie König sein werde. In meiner Familie bin ich der Außenseiter, der immer in der Bibliothek war, anstatt Bälle zu besuchen und sich mit Politik zu beschäftigen. Ich habe mich nie für irgendetwas davon interessiert und deshalb war ich für sie immer unbedeutend. Also ja, ich bin ein Prinz, aber gleichzeitig hat sich nichts an mir geändert."

Sie nickte langsam. „Verheimlichst du mir sonst noch etwas?"

„Nicht wirklich", sagte ich. „Es gibt nichts, was ich verheimliche. Nur Dinge, die ich noch nicht mit dir teilen möchte. Das kannst du doch sicher verstehen. Es gibt viele Dinge, die du uns auch nicht erzählt hast und ich kann mir nicht vorstellen, dass du dich über Reven aufregst, weil er nicht alle Details seiner Vergangenheit mit uns teilt. Aber mit der Zeit werde ich bereit sein, mich ganz zu öffnen."

Sie atmete aus. „Okay, ich verstehe was du meinst."

„Ich danke dir. Ich hatte wirklich nicht die Absicht dich zu täuschen, ich wollte nur sichergehen, dass mein Platz in der Gruppe gefestigt ist, bevor ich es allen erzähle."

„Warum sollte er nicht stabil sein?"

Ich räusperte mich und wandte den Blick ab. „Ich wurde schon oft daran erinnert, dass ich nicht zu den anderen passe."

„Ignoriere die anderen." Sie lehnte sich gegen meine Seite. „Ich möchte, dass du bleibst und das ist alles was zählt."

„Das willst du?" Ich nahm ihre Hand in meine. „Weil ich auch nicht gehen möchte. Das ist jetzt mein Leben." Langsam strich ich mit meinen Daumen über ihre Finger-knöchel. „Das ist ein weiterer Grund, warum ich nicht erwähnt habe, dass ich ein Prinz bin. In meinen Augen bin ich keiner mehr. Ich habe dieses Leben und diesen Titel aufgegeben, als ich mein Zuhause verließ, um dich zu suchen."

„Bereust du es, das alles hinter dir gelassen zu haben?"

„Nicht im Geringsten. Ich bin dein Gefährte und eines Tages werde ich der Goldene Drache sein. Das ist mehr, als ich mir je erträumt habe und alles, was ich mir jemals wünschen könnte."

Sie schmolz in meiner Umarmung dahin und unsere Lippen fanden leicht zueinander. Kira zu küssen war das Erstaunlichste, was ich je erlebt hatte. Wenn wir uns berührten, tanzten Funken zwischen uns, aber wenn wir uns küssten, blitzte unsere Verbindung wie ein Stromstoß auf. Ich konnte mir nur vorstellen, wie es sein würde, nachdem wir uns offiziell verbunden hatten.

Ihre Hand ruhte auf meinem Oberschenkel, als sie noch näherkam und das Gefühl schoss direkt in meine Leistengegend. Ich stöhnte auf, als ich sie an mich heranzog, meine Finger gruben sich in ihre Hüften, als ich den Kuss vertiefte. Diese Frau, bei den Göttern. Sie war wunderschön, aber das war nicht der Grund, warum ich sie schon jetzt so sehr mochte. Es waren ihre Intelligenz, ihre Liebenswürdigkeit und ihre innere Stärke, mit der sie mich für sich gewonnen hatte. Selbst jetzt akzeptierte sie mich so, wie ich wirklich war, obwohl ich den Fehler gemacht hatte, ihr nicht früher die Wahrheit zu sagen. Wie hatte ich nur so viel Glück gehabt, als einer ihrer Gefährten zu enden? Wenn ich dem Luftgott wieder begegnete, würde ich ihm sicher dafür danken, dass er mich ausgewählt hatte.

Ihre Hände streichelten meinen Kiefer, aber sie zog sich schließlich zurück. „Komm schon. Lass uns gehen und die anderen beruhigen."

Als wir in den anderen Raum gingen, hielt sie meine Hand, auch wenn die anderen Männer mich misstrauisch beäugten. „Also gut", sagte Kira, während sie zwischen ihnen hin und her blickte. „Auric war einmal ein Prinz, aber jetzt ist er einer von uns und das ist alles was zählt."

Jasin runzelte die Stirn und wandte den Blick ab, während Reven mit den Schultern zuckte, als wäre es ihm völlig egal. Slade sagte: „Von mir aus."

„Ich weiß, dass es für keinen von uns einfach ist und ich kann nicht erwarten, dass ihr alle miteinander auskommt, aber bitte versucht es wenigstens." Sie sah zwischen mir und Jasin hin und her. „Für mich."

„Gut", murmelte er.

„Natürlich", sagte ich und drückte ihre Hand.

Es klopfte an der Tür und der Gastwirt und eine junge Frau brachten große Tabletts mit Essen und zwei Flaschen Wein herein. Wenigstens würden wir heute Abend gut versorgt sein. Ich war immer noch nicht begeistert, dass meine wahre Identität auf diese Weise aufgedeckt worden war, aber zumindest war die Last von meinen Schultern genommen worden, und ich musste meine Identität nicht mehr vor Kira verheimlichen. Natürlich würde ich, sobald wir uns dem Lufttempel näherten, einige der anderen Dinge preisgeben müssen, vor denen ich Angst hatte sie offenzulegen - aber hoffentlich würde sie auch diese Seiten an mir akzeptieren.

KAPITEL 26

KIRA

Als wir durch die sanften Hügel des Luftreichs zogen, kamen wir an ein paar Bauernhöfen und sonst nur wenig vorbei und ich dachte an das, was am Abend zuvor geschehen war. Auric war ein Prinz. Selbst jetzt fiel es mir schwer, das zu begreifen. Noch schwieriger war es, zu akzeptieren, dass er all das aufgegeben hat, um mit mir zusammen zu sein.

Ich war nicht glücklich darüber, dass er mir etwas so Großes vorenthalten hatte, aber ich konnte es ihm auch nicht verübeln. Ich verstand seine Gründe, auch wenn ich sie nicht guthieß. Aber es war ja auch nicht so, dass die anderen Jungs so offen mit ihrer Vergangenheit umgegangen wären. Das war ich übrigens auch nicht. Aber ich fing an zu glauben, dass wir das nur überstehen würden, wenn wir anfingen, uns gegenseitig zu vertrauen.

Das war natürlich leichter gesagt als getan.

Meine Gedanken wurden unterbrochen, als ich begann Rauch zu riechen. Wir durchquerten ein großes Weizenfeld und ich sah in der Ferne zu unserer Linken schwarzen Rauch aufsteigen. Ein Lagerfeuer? Ich hoffte, dass es nur das war, aber wir hatten keine Zeit zum Anhalten, vor allem wenn es wahrscheinlich nichts zu bedeuten hatte.

Ein durchdringender, unmenschlicher Schrei zerriss die Luft, wie ich ihn seit sieben Jahren nicht mehr gehört hatte. Plötzlich wurde ich von purem Schrecken übergossen, als hätte man einen Eimer Eiswasser über meinem Kopf ausgekippt. Meine Arme schlossen sich um Revens Brust, als er unser Pferd zum Stehen brachte und nach einem seiner Messer griff.

„Was war das?", fragte Auric.

„Ein Drache", flüsterte ich.

Dann erschien er. Durch den schwarzen Rauch erhob sich das Ungeheuer auf seinen riesigen, blutroten Flügeln. Sark, der Purpurne Drache. Das Ungeheuer, das mich die meiste Zeit meines Lebens in Albträumen heimgesucht hatte.

Die anderen waren angespannt, aber wir konnten nirgendwo hinlaufen - wir waren auf einem freiem Feld, zu weit weg von allem, in dem wir uns hätten verstecken können. Wenn wir mit unseren Waffen und unserer Magie gegen Sark kämpfen müssten, hätten wir dann eine Chance?

Aber Sark blickte nicht einmal in unsere Richtung. Mit einem großen Flügelschlag, der den Rauch verwehte, warf er einen letzten Feuerstoß auf alles, was sich unter ihm befand, bevor er mit peitschendem Schwanz in Richtung Westen davonflog. Innerhalb von Sekunden war er nur noch ein dunkler Fleck am Himmel und dann war er verschwunden.

Reven setzte sein Pferd plötzlich in Bewegung und trieb uns vorwärts, auf den Rauch zu. Ich war hin- und hergeris-

ELIZABETH BRIGGS

sen, ob ich ihm sagen sollte, er solle in die entgegengesetzte Richtung reiten, oder ob ich ihn anbrüllen sollte, er solle sich beeilen. Die anderen folgten uns dicht auf den Fersen, als wir das Weizenfeld durchquert hatten und auf einen Bauernhof stießen. Der Rauch war hier stärker und bald sah ich Flammen vor uns aufflackern.

Ein kleines Haus in der Mitte des Bauernhofs stand völlig in Flammen. Viele der Flammen hatten bereits begonnen, auch auf die umliegenden Felder überzugreifen. Reven rief sofort Wasser herbei und löschte das Feld, um zu verhindern, dass es in Flammen aufging, dann sprang er von seinem Pferd und rief noch mehr Wasser herbei, um das Haus zu löschen.

Ich sprang ebenfalls vom Pferd, aber ich konnte nur entsetzt auf die Flammen starren. Es gab keine Schreie, aber die Luft roch nach verbranntem Fleisch, genau wie damals, als ich noch ein Kind war. Ich war in meiner düstersten Erinnerung und meinem schlimmsten Albtraum gefangen und es gab kein Entkommen.

Als die anderen eintrafen, konnte ich nur die Arme um mich legen und zittern, während auch sie versuchten, das Feuer zu löschen. Jasin kontrollierte die Flammen, so gut er konnte und versuchte, sie zum Erlöschen zu bringen. Auric beruhigte den Wind und saugte dem Feuer die Luft ab. Slade bedeckte das Haus mit Dreck und Erde. Aber am meisten tat Reven, der eine Welle nach der anderen herbeirief, um das wütende Inferno zu löschen.

Ich wünschte, ich könnte mehr tun, aber gleichzeitig war ich erleichtert, dass ich nicht näher herantreten musste. Es war schon schlimm genug, das noch einmal mit ansehen zu müssen. Sich den Flammen zu nähern, wäre unmöglich gewesen. Selbst als ich in sicherer Entfernung stand, zitterte ich und bekam kaum Luft und das nicht nur wegen des Rauchs. Wie sollte ich mich mit Jasin verbinden, wenn ich wusste, dass er sich in einen Drachen wie Sark verwandeln würde? Oder dass es mir auch diese dunklen Kräfte verleihen würde?

Ich war mir nicht sicher, wie lange die Männer brauchten, um das Feuer zu löschen, aber es kam mir wie eine Ewigkeit vor. Als sie fertig waren, war das Haus nur noch eine verkohlte Ruine und wenn jemand darin gewesen wäre, hätte er auf keinen Fall überleben können. Bei dem Gedanken an verkohlte, geschwärzte Leichen, wie es meine Eltern einst gewesen waren, stieg mir die Galle hoch. Egal, wie sehr ich mich bemühte, ich würde dieses Bild niemals aus meinem Kopf verbannen können.

Einer nach dem anderen kehrten die Männer an meine Seite zurück, alle rußverschmiert, mit schweißnassen Gesichtern und sie sahen genauso gequält aus, wie ich mich fühlte.

„Warum tut er so etwas?", fragte Auric mit müder Stimme.

Slade lehnte sich gegen sein Pferd und wischte sich das Gesicht ab. „Das machen die Drachen mit jedem, der im Verdacht steht zum Widerstand zu gehören."

„Waren da Leute drin?", fragte ich, obwohl ich die Antwort fast nicht wissen wollte.

Jasin ließ den Kopf sinken. „Wir kamen zu spät, um sie zu retten."

Ich nickte, während mir Tränen in den Augen brannten. Ich versuchte sie wegzublinzeln, aber es war sinnlos. Eine weitere Familie war von Sark ausgelöscht worden. Jasin rückte näher und versuchte, einen Arm um mich zu legen, aber ich stieß ihn weg.

„Fass mich nicht an", sagte ich und trat zurück. „Du wirst bald der Purpurne Drache sein. Genau wie er."

„Ich bin nicht wie Sark", sagte Jasin eilig. „Das musst du doch wissen."

Ich schüttelte den Kopf. Ich wusste, dass es keinen Sinn ergab, aber ich konnte nur daran denken, dass Jasin Flammen beschwor wie Sark. Flammen, mit denen man Leben zerstören konnte, wie sie es heute getan hatten. Wie sie es vor all den Jahren mit meiner Familie getan hatten.

„Lasst mich einfach in Ruhe", sagte ich, als ich in das Weizenfeld stolperte.

Erinnerungen an den Tod meiner Familie drängten sich in meinen Kopf, während ich davonlief. Die Flammen. Die Schreie. Die Gerüche. Bei den Göttern, die Gerüche. Dieselben Gerüche, die auch jetzt noch in der Luft lagen.

Ich musste von hier verschwinden.

KAPITEL 27

REVEN

„Ich gehe ihr nach", sagte Jasin und stürmte bereits auf das Feld hinaus.

Slade hielt den Soldaten an der Schulter fest. „Tu das nicht. Du bist die letzte Person, die sie jetzt sehen will."

Jasin runzelte die Stirn. „Aber warum? Ich bin nicht derjenige, der das Haus angezündet hat. So etwas würde ich nie tun!"

„Das weiß sie, aber sie kann im Moment nicht klar denken. Gib ihr einfach etwas Freiraum."

„Gut", sagte Jasin und ließ sich gegen einen kaputten Wagen sinken. „Ich hasse es nur, sie so traurig zu sehen."

„Das tun wir alle", sagte Auric.

Während sie herumstanden und Trübsal bliesen, schlüpfte ich zwischen den Bäumen hindurch, weil ich meinen eigenen Freiraum brauchte. Wie bei Kira hatten der Anblick und der Geruch des Feuers sowie der verfluchte Drache am Himmel viele schmerzhafte Erinnerungen in mir wachgerufen. Jetzt wünschte ich mir nichts sehnlicher, als von diesem Ort wegzukommen und den Ruß und die Asche von meinen Händen und meiner Kleidung zu waschen.

Ich hatte mein Bestes getan, um das Feuer zu löschen. Ich hatte getan, was ich konnte, um die Menschen darin zu retten. Aber ich hatte versagt. So wie ich versagt hatte, als ich meine Familie als Kind nicht vor Sarks Feuer retten konnte. Nur dass es jetzt noch schlimmer war, denn ich konnte Wasser beschwören. Aber meine Magie war immer noch nicht genug.

Es war eine deutliche Erinnerung daran, dass ich nicht hier sein sollte. Ich war kein Held. Die meiste Zeit meines Lebens war ich ein Schurke gewesen. Das würde sich nicht ändern. Je eher ich ging, desto besser wäre es für alle.

Ich entdeckte Kira vor mir, die zusammengesunken auf dem Boden lag und machte mich auf den Weg zu ihr, obwohl ich wusste, dass es eine schlechte Idee war. Nicht nur, weil sie etwas Abstand brauchte, sondern auch, weil ich mich nicht mit ihr einlassen wollte. Ich musste Abstand halten, damit ich leicht gehen konnte, wenn die Zeit gekommen war. Aber ich konnte den Anblick ihres Rückens, der zusammengekauert im Dreck lag, nicht ignorieren, weil ich wusste, dass sie genauso viel Schmerz empfand wie ich.

Als ich neben ihr aus dem Weizen auftauchte, sah sie erschrocken auf und lachte traurig. „Du bist der Letzte, von dem ich erwartet hätte, dass er nach mir sucht."

Ich verschränkte meine Arme. „Versteh mich nicht falsch. Ich bin nicht hier, um dich zu trösten."

Sie wischte sich über die Augen. „Warum bist du dann hier?"

„Ich konnte mir das Gezänk deiner Freunde nicht mehr

anhören und bin spazieren gegangen. Dabei bin ich zufällig über dich gestolpert."

„Ich verstehe", sagte sie, obwohl sie nicht überzeugt klang. Sie weinte aber nicht mehr, sondern betrachtete mich mit einem neugierigen Gesichtsausdruck. „Du hättest ja auch weitergehen können."

Ich zuckte lässig mit den Schultern. „Ich mag diesen Platz."

Die leiseste Andeutung eines Lächelns umspielte ihre Lippen. „Ich auch."

Während der nächsten Minuten wischte sie sich über ihr rußverschmiertes Gesicht und starrte in die Felder, während sich ihr Atem verlangsamte und ihre Schultern entspannten. Ich stand in kameradschaftlichem Schweigen neben ihr, obwohl ich gegen den Drang ankämpfen musste, meine Arme um sie zu legen und ihr zu sagen, dass alles gut werden würde. Sie brauchte mein Mitleid und meinen Trost sowieso nicht. Sie war bereits stark und mutig und brauchte niemanden, der sie rettete. Sie brauchte einfach nur einen Moment, um sich an all das zu erinnern.

Als sie sich aufrichtete, war sie wieder ganz ruhig. „Ich danke dir."

„Für was?", fragte ich.

„Dafür, dass du hier bei mir bist." Sie rückte näher, legte eine Hand auf mein schwarzes Ledergewand und sah mich mit diesen faszinierenden Augen an. „Dafür, dass du mir einen Moment Zeit gelassen hast, mich zu beruhigen und mir trotzdem gezeigt hast, dass ich nicht allein bin."

„Du interpretierst viel zu viel in mein Handeln." Ich sollte wirklich weggehen. Ich tat es nicht.

„Vielleicht", sagte sie, aber dann schob sie ihre Arme um meine Brust.

Mein ganzer Körper versteifte sich bei ihrer Berührung. Es dauerte einen Moment, bis ich begriff, dass sie mich *umarmte*. Bei den Göttern, wann hatte mich das letzte Mal jemand umarmt? Ich konnte mich nicht einmal daran erinnern. Waren es meine Eltern, bevor der Purpurne Drache sie mir weggenommen hatte? Oder war es Mara, bevor sie getötet wurde?

Meine Kehle schnürte sich zu, als plötzlich Gefühle in mir aufstiegen, die ich zu unterdrücken versuchte. Meine Trauer und mein Schmerz beim Anblick des brennenden Hauses und des Purpurnen Drachens mussten Kiras eigenen widerspiegeln, und vielleicht spürte sie das auf einer gewissen Ebene. Obwohl ich nicht darüber sprechen konnte und mir nicht sicher war, ob ich es jemals könnte, verstand ich besser als jeder andere, was sie durchmachte.

Meine Arme hoben sich aus eigenem Antrieb und umschlangen sie, zogen sie fester an meine Brust. Sie stieß einen leichten Seufzer aus und ließ sich in meine Umarmung sinken, wobei sie ihren Kopf an meiner Schulter abstützte. Die Zeit verflog, als wir uns in den Armen hielten und eine schreckliche Sehnsucht erfüllte mich, als ich langsam mit den Fingern durch ihr Haar fuhr. Ein paar Sekunden lang stellte ich mir vor, wie es wäre, wenn ich es mir erlauben würde, einer ihrer Gefährten zu werden und sie jederzeit so halten zu können.

Erschrocken über diesen Gedankengang löste ich mich abrupt von ihr und trat einen Schritt zurück, um etwas Abstand zwischen uns zu bringen. Ich hatte mich zu sehr auf meine Gefühle eingelassen, aber das war jetzt vorbei. Ich

schloss all diese Emotionen in den dunklen Nischen meines
Geistes weg, bis ich wieder ruhig und kühl wie Eis war.

„Wir sollten zurückgehen, bevor deine Freunde anfangen, dich zu vermissen", sagte ich.

Ich wandte mich ab und ging zu den anderen, bevor sie
den Mund öffnen und mich mit dem kleinsten Wort zum
Bleiben zwingen konnte. Sie ließ mich zu viel fühlen und das
war gefährlich. Wenn man sich um Menschen sorgte, war
man verletzlich und Gefühle machten einen schwach.

Das wusste ich nur zu gut.

KAPITEL 28
KIRA

An unserem siebten Reisetag erreichten wir endlich das Feuerreich.

Laut Jasin gab es keine Möglichkeit, den Grenzübergang hier zu umgehen. Dieser Teil des Feuerreichs war so weit das Auge reichte ummauert und der einzige Durchgang war eines der Tore, die alle von der Onyxarmee bewacht wurden.

Jasin zog seine schwarz-rote Uniform an, die er noch verstaut hatte und führte uns zum Tor. Soldaten der Onyxarmee in voller Rüstung, mit roten Abzeichen auf den Schultern musterten uns, als wir uns näherten. Bogenschützen standen auf den Mauern, bereit uns niederzustrecken, falls wir die Flucht ergreifen würden.

Ein Soldat, der einen Helm mit roten Drachenflügeln trug, trat vor und forderte uns mit einer Handbewegung auf, stehen zu bleiben. „Was wollt ihr im Feuerreich?", rief er.

„Ich begleite diese Leute nach Ashbury", sagte Jasin.

Der Soldat nahm seinen Helm ab. „Jasin, bist du das?"

„Gregil?" Jasin schenkte ihm ein Lächeln. „Schön, dich zu sehen. Was machst du denn hier draußen?"

Der Soldat gluckste leise. „Ich muss für dieses Quartal an der Grenze Dienst leisten. Du weißt ja, wie das läuft."

„Das weiß ich." Er deutete auf den Rest von uns. „Ich bringe nur ein paar Freunde und Verwandte nach Ashbury, um meine Eltern zu besuchen."

Gregil nickte. „Das sollte kein Problem sein, obwohl wir eure Sachen durchsuchen müssen."

Jasin stöhnte auf. „Müsst ihr das wirklich? Wir haben es ein bisschen eilig und du kennst mich doch."

„Tut mir leid, Befehl des Generals. Es sollte nicht lange dauern."

Wir wurden aufgefordert abzusteigen und zur Seite zu gehen, während vier Soldaten unsere Pferde nahmen und begannen, all unsere Sachen zu durchsuchen. Jeder Muskel in meinem Körper verkrampfte sich, als ich sie beobachtete, obwohl mir nichts Verdächtiges einfiel, das wir bei uns tragen könnten. Während sie uns durchsuchten, ging Jasin zur Seite und sprach leise mit Gregil. Reven verschränkte die Arme und tat so, als wäre es ihm gleichgültig, aber ich spürte, dass er so angespannt war, dass er jeden Moment in Aktion treten könnte. Auric sah besorgt aus und ich fragte mich, ob er Angst hatte, sie könnten sein Tagebuch finden. Slade hingegen schien in Anbetracht der Situation viel zu ruhig zu sein.

„Für normale Reisende habt ihr ganz schön viele Waffen", sagte eine Soldatin und warf uns einen misstrauischen Blick zu.

„Heutzutage kann man nicht vorsichtig genug sein",

sagte Slade beiläufig. „Es gibt überall Banditen. Besonders im Erdreich."

Sie schniefte. „Das mag sein. Im Feuerreich kümmern wir uns um solche Bedrohungen, damit unsere Straßen sicher sind."

Slade lächelte sie an, als wären sie gute Freunde. „Das habe ich schon gehört. Deshalb ziehe ich auch hierher."

Die Soldatin nickte, als würde das alles Sinn ergeben und setzte ihre Suche fort, aber ihr Misstrauen schien sich dank Slade gelegt zu haben. Doch während wir warteten, hörte ich jemanden hinter uns schreien und ein Mann rief: „Nein, bitte!"

Ich drehte mich zu dem Geräusch um, wo ein junger Mann von einem anderen Soldaten von einem Pferd gezerrt wurde. Der Mann schrie noch einmal, aber das Geräusch wurde unterbrochen, als der Soldat ihm ein Schwert in die Kehle stieß. Meine Augen weiteten sich und meine eigene Hand wanderte zu meinem Hals. Ich hatte gehört, dass die Onyxarmee im Feuerreich besonders brutal war, so wie der Drache, dem sie diente, aber es war etwas anderes, es selbst zu erleben.

„Ein Dieb", sagte die Soldatin. „Er hat bekommen, was er verdient hat."

„Natürlich", sagte Slade, doch seine Stimme hatte sich verändert und war härter geworden.

Als das Blut des Mannes die Straße unter uns befleckte, zwang ich mich, mich abzuwenden. Es gab nichts, was wir für ihn tun konnten. Selbst wenn wir versucht hätten ihm zu helfen, wären wir dabei nur auch getötet worden. Aber dieses Wissen war nur ein schwacher Trost.

Als sie uns endlich gehen ließen, stiegen wir wieder auf

unsere Pferde und durften durch die Tore treten. Auf der anderen Seite sah ich all die Vorbereitungen zur Verteidigung gegen die Elementarwesen, entdeckte aber auch noch mehr getrocknetes Blut und roch einen Hauch von Tod. Ich konnte mich erst wieder entspannen, als das Tor weit hinter uns lag.

Das Land hier war flach, mit weiten Ebenen, soweit das Auge reichte und einem endlosen Himmel voller großer, flauschiger Wolken. In der Ferne konnte ich kaum die Berge ausmachen, auf die wir zusteuerten. Der Feuertempel befand sich auf einem großen Vulkan auf der anderen Seite dieser hohen Gipfel und Auric schätzte, dass wir in zwei weiteren Tagen dort eintreffen würden.

Keiner von uns wusste, was uns erwartete, wenn wir die Tempel erreichten. Obwohl die Götter theoretisch immer noch verehrt wurden, hatten die meisten Menschen sie im Laufe der Jahre vergessen und stattdessen begonnen, die Drachen zu verehren und zu fürchten. Wir wussten, dass die Drachen ihre Kräfte von den Göttern erhielten, aber die Götter waren weit entfernt und immateriell, während die Drachen Wesen waren, die man sehen, hören und fürchten konnte. Nur wenige Menschen pilgerten noch zu den fünf Tempeln, obwohl Auric sagte, dass es immer noch Priester gab, die sich um die einzelnen Tempel kümmerten. Hoffentlich können sie uns weitere Hinweise geben oder einige dringend benötigte Antworten liefern.

Als wir uns den Bergen näherten, wurden die Ebenen felsiger und der Himmel verdunkelte sich mit dicken, schwarzen Wolken. Ich zog mir die Kapuze über den Kopf, als es zu regnen begann. Der Frühlingsregen war kühl und erfrischend nach einem langen Reisetag, bis er in einen heftigen Regenguss überging, der uns alle durchnässte.

„Ich dachte, im Feuerreich wäre es wärmer", murmelte Slade, der vor mir saß.

„Wir müssen raus aus dem Regen", sagte Auric. „Wir sollten uns auf den Weg zur Stadt am Fuße der Berge machen."

Jasin runzelte die Stirn, als er in die Richtung der Stadt blickte. „Das ist Ashbury. Das ist keine gute Idee. Jemand könnte mich dort erkennen. Außerdem ist es eine ziemlich große Stadt, die zweitgrößte nach der Hauptstadt des Feuerreichs, Flamedale."

Auric breitete seine Hände aus. „Wir können hier nicht wirklich campen."

Jasin schnaubte. „Klar können wir das. Was, ist es nicht gut genug für einen Prinzen?"

Auric starrte Jasin an, während der Regen weiter auf uns niederprasselte. Der Einzige, dem es nichts auszumachen schien, war Reven, der irgendwie trocken blieb, als würde das Wasser ihn einfach umrunden. Seine Kräfte wären im Moment sehr nützlich.

„Es kann nicht schaden, Vorräte zu besorgen und eine Nacht gut zu schlafen, bevor wir zum Feuertempel aufbrechen", sagte ich.

„Mehr Vorräte?", fragte Reven skeptisch.

„Nahrung, um genau zu sein. Ihr Jungs esst so viel wie ein kleines Dorf. Wir werden eine Menge davon brauchen, denn Jasin sagt, das Land um den Vulkan sei im Grunde genommen unbewohnbar."

Slade stieg ab und legte seine Hand flach auf den Boden.

Als er sich aufrichtete, schüttelte er den Kopf. „Hier gibt es keinen anderen Unterschlupf.“

„In Ashbury schon“, sagte ich.

Mit dem Versprechen auf eine warme Mahlzeit und ein warmes Bett, das uns anspornte, zogen wir mit gesenktem Kopf weiter in den Sturm hinein. Keiner von uns sprach ein Wort, als unsere Pferde durch das Unwetter preschten, genauso begierig darauf, ihm zu entkommen, wie wir es waren.

Als wir in Ashbury ankamen, war meine Kleidung völlig durchnässt. Diese Stadt war eine der größten, die ich je gesehen hatte und sie war von einer massiven Steinmauer umgeben, mit einem breiten Graben und einem lodernden Feuer, das selbst bei diesem Regenguss alle paar Meter hell brannte. Ganz zu schweigen von einer ganzen Reihe von Soldaten, die sich dort aufhielten.

Mit etwas Glück ließen uns die Wachen, die genauso unglücklich aussahen wie wir, durch das Tor, ohne uns zu kontrollieren. Ich war angespannt, als wir den Metalleingang passierten, weil ich befürchtete, dass wir Probleme bekommen würden, aber wir kamen ohne Zwischenfälle nach Ashbury. Die Stadt war voll von großen Steinbauten mit spitzer, kantiger Architektur, aber die Straßen waren im Moment fast leer.

Sobald wir das Innere der Stadtmauern erreicht hatten, hörte der Regen auf.

„Das passt ja“, sagte Jasin. „Sollen wir weitergehen oder hier anhalten?“

„Ich bin mir nicht sicher“, sagte Auric.

„Es kann jeden Moment wieder losgehen“, sagte Reven und blickte zum Himmel.

„Ich bin mir bei dir nicht sicher, aber ich vertraue dem Wassertypen", sagte Slade.

„Lass uns anhalten", sagte ich. Es war noch früh und wir kamen heute noch langsamer voran, aber wenn es wieder anfing zu schütten, würden wir gefangen sein. Außerdem brauchten wir wirklich mehr Nahrung- ich konnte nicht glauben, wie viel diese vier Männer aßen.

Wir fanden ein ruhiges Gasthaus, das nicht an einer Hauptstraße lag und in dem wir unauffällig übernachten konnten. Wir ließen unsere Pferde dort, aber es war noch zu früh, um zu essen oder zu schlafen, also beschlossen wir, unsere Einkäufe jetzt zu erledigen, während die Sonne an den Himmel zurückkehrte und die Stadt langsam wieder trocknete.

Wir machten uns auf den Weg zum Markt, wurden aber von einer großen Menschenmenge aufgehalten, die sich um eine erhöhte Plattform auf dem Marktplatz gebildet hatte. Soldaten in schwarzen Schuppenrüstungen hielten am Rande der Menge Wache, während weitere auf die Bühne traten. Jasin zog sich seine Kapuze tief ins Gesicht, während wir uns zwischen den Leuten bewegten, um zu sehen, was da gerade passierte.

„Was ist hier los?", fragte ich und bemühte mich, über die Menge um uns herum hinwegzusehen.

Reven sah mir in die Augen, sein Gesichtsausdruck war grimmig. „Eine Hinrichtung steht bevor."

KAPITEL 29
KIRA

Bei Revens Worten drehte sich mir der Magen um. Als ich auf die Plattform starrte, bemerkte ich etwas, das ich zuerst übersehen hatte - einen großen Scheiterhaufen. Sie wollten jemanden lebendig verbrennen. Aber wen wollten sie hinrichten und warum?

Jasins Augen huschten umher, seine Hand ruhte auf seinem Schwert. „Wir sollten von hier verschwinden."

„Dem stimme ich zu", sagte Slade. „Kira sollte nicht hier sein, wenn das passiert."

Ein riesiger Mann betrat die Plattform und ragte in seiner glänzenden Rüstung über die Menge, wobei die großen Drachenflügel auf seinem Helm in der Sonne aufblitzten. Im Gegensatz zu den anderen Soldaten waren seine Rüstung und sein Helm blutrot.

Jasin fluchte leise vor sich hin. „Das ist General Voor."

„Du kennst ihn?", fragte ich.

„Ich habe zwei Jahre lang unter ihm gedient." Er ergriff

meinen Arm. „Wir müssen wirklich verschwinden. Und zwar sofort."

Auric warf einen Blick auf die Soldaten am Rande der Menge. „Es ist zu spät. Wenn wir jetzt abhauen, ist es verdächtig."

Auf der Plattform begannen Soldaten, eine Reihe von Menschen herauszuziehen, die alle in einer Reihe zusammengebunden waren. Es waren mindestens zehn Personen, Männer und Frauen, junge und alte, die nach vorne stolperten. Einer von ihnen konnte nicht älter als zwölf oder dreizehn sein, während ein anderer eher um die sechzig aussah.

„Diese Leute wurden alle für schuldig befunden, Teil des Widerstands zu sein", rief General Voor, dessen Stimme hinter seinem Helm seltsam metallisch klang. „Auf Befehl des Schwarzen Drachen werden sie für ihre Verbrechen büßen. Mit Feuer."

Ich sah entsetzt zu, wie jeder Gefangene zum Scheiterhaufen gebracht und an die Pfähle gebunden wurde, die aus dem Scheiterhaufen ragten. Der Junge stolperte und fiel, und eine Frau, von der ich annahm, dass sie seine Mutter war, stürzte auf ihn zu um ihm zu helfen. Ein Soldat stieß sie hart zurück, während ein anderer das Kind grob in Richtung der Feuergrube schob. Die Menge blieb die ganze Zeit über still, obwohl ich ein paar Leute dabei erwischte, wie sie leise in ihre Hände weinten, während andere dem General unterstützend zunickten. Die Soldaten starrten uns die ganze Zeit vom Rand aus an, bereit einzugreifen, falls jemand aus der Reihe tanzte.

„Wir müssen ihnen helfen", platzte ich heraus und überraschte damit sogar mich selbst.

„Das können wir nicht", sagte Jasin mit zusammengebissenen Zähnen. „Mir gefällt das genauso wenig wie dir, aber wenn wir uns einmischen, bringen wir uns nur selbst in Gefahr.“

„Aber wir müssen doch etwas tun!“

„Das können wir nicht. Wir würden unsere Identität preisgeben und dabei wahrscheinlich getötet werden.“

„Ich stimme Jasin zu“, sagte Reven. „Wir müssen uns aus der Sache heraushalten und uns bedeckt halten. Außerdem ist es nicht unser Kampf.“

„Natürlich ist es das!“ Ich wandte mich an Slade und Auric. „Ihr denkt doch nicht auch, dass wir hier einfach stehen und zusehen sollten, wie diese Leute sterben?“

Slade strich sich langsam über den Bart, während er überlegte. „Ich stimme zu, dass wir ihnen helfen sollten, aber nur, wenn wir dich vorher sicher rausholen können.“

Ich schnaubte. „Ich gehe nirgendwo hin.“

Seine grünen Augen trafen meine. „Kira, mir gefällt das genauso wenig wie dir, aber meine Verantwortung ist es, dich zuerst zu beschützen.“

„Ich werde ihnen helfen, ob du dich mir nun anschließt oder nicht. Wenn du mich also beschützen willst, schlage ich vor, du bleibst an meiner Seite.“

Auric beäugte die Plattform, als wäre sie ein zu lösendes Rätsel. „Gibt es eine Möglichkeit, sie zu retten und gleichzeitig sicherzustellen, dass wir alle lebend herauskommen und unsere Kräfte nicht preisgeben?“

„Ich weiß es nicht“, sagte ich. „Aber dafür wurden uns diese Kräfte verliehen. Um den Schwarzen Drachen und seine Gefolgsleute aufzuhalten.“

Jasin fuhr sich mit einer fahrigen Hand durch sein kurzes, feuchtes Haar. „Vielleicht, aber wir sind noch nicht stark genug und es sind zu viele Soldaten. Und glaub mir, wir wollen unter keinen Umständen die Aufmerksamkeit von General Voor erregen."

„Wir müssen ein Ablenkungsmanöver starten", sagte Auric. „Jasin kann etwas in Brand stecken, um die Soldaten abzulenken und dann greifen wir an."

„Das ist eine wirklich schlechte Idee", murmelte Reven.

Ich warf ihm einen scharfen Blick zu. „Dann lass dir was Besseres einfallen, denn wir machen das mit oder ohne deine Hilfe."

„Gut." Jasin blickte sich um, als wüsste er wo wir waren. „Diese Stadt hat unterirdische Tunnel, die der Widerstand benutzt, um sich fortzubewegen. Hinter dem Laden dort drüben gibt es einen Eingang."

„Wohin führen die Tunnel?", fragte Reven.

„Zu verschiedenen Teilen der Stadt, aber auch über die Mauern hinaus."

„Woher weißt du das alles?", fragte Auric.

Jasin zögerte. „Das ist im Moment nicht wichtig."

Entschlossenheit kribbelte in mir, als sich der Plan in meinem Kopf zusammensetzte. „Wir lenken also die Wachen ab, befreien die Gefangenen und bringen sie zu den Tunneln, wo wir fliehen können?"

„Genau", sagte Jasin.

„Ach, das ist alles?", fragte Reven spöttisch und schüttelte den Kopf.

„Bist du sicher, dass du das tun willst?", fragte Slade mich.

Ich schluckte und warf einen Blick auf die Gefangenen auf der Plattform, die nun alle an die Pfähle gebunden waren und auf ihr Schicksal warteten. Mein ganzes Leben lang hatte ich mich aus Schwierigkeiten herausgehalten und meinen Kopf eingezogen, um zu überleben. Ich wollte nie für eine Sache kämpfen oder ein Imperium stürzen, ich wollte nur einen weiteren Tag überleben. Aber wenn ich die Welt vor dem Schwarzen Drachen retten sollte, konnte ich mich nicht ewig in den Schatten verstecken. Nicht, wenn ich für das kämpfen wollte, was richtig war.

Ich streckte meinen Rücken und richtete mich entschlossen auf. „Ja, ich bin mir sicher. Die Götter haben uns auserwählt, damit wir das Gleichgewicht in der Welt wiederherstellen können. Es ist an der Zeit, dass wir damit anfangen."

„Wenn wir das tun wollen, müssen wir uns beeilen", sagte Slade mit grimmigem Gesichtsausdruck. „Sie zünden gerade die Scheiterhaufen an."

„Bedeckt eure Gesichter und geht zu den Gefangenen. Ich werde für Ablenkung sorgen." Jasin riss etwas Stoff von seinem Hemdsärmel und band ihn um sein Gesicht, um alles unterhalb seiner Nase zu verdecken. Dann zog er seine Kapuze weiter herunter, sodass ich nur noch seine Augen sehen konnte.

Ich schlang meine Arme um ihn und drückte ihn kurz. „Sei vorsichtig."

Er lehnte seine Stirn kurz an meine. „Du auch."

„Wir werden auf sie aufpassen", sagte Slade und legte eine Hand auf meinen Rücken.

Jasin nickte ihm zu, bevor er in der Menge verschwand. Wir bedeckten unsere Gesichter, wie er es getan hatte und machten uns auf den Weg zur Bühne, wobei wir uns um die Leute vor uns herumschlängelten.

Jemand schrie, als ein leerer Wagen in der Mitte der

Menge in Flammen aufging. Panik machte sich in meiner Brust breit, obwohl ich wusste, dass es Jasins Ablenkungsmanöver war und ich zwang mich, ruhig zu bleiben. Die Menschen um uns herum begannen zu schreien und drängten sich vom Feuer weg, während Soldaten herbeieilten, um es zu untersuchen. Ich betete, dass Jasin heil davonkommen würde.

Leider hielten die Soldaten auf dem Podest kaum inne. General Voor wies einige Soldaten an, sich um den Brand zu kümmern, aber es blieb immer noch ein halbes Dutzend übrig, darunter der, der den Scheiterhaufen anzündete, auf dem die Gefangenen standen. Mit einer Handbewegung erzeugte Auric eine heftige Böe um den Scheiterhaufen, die das Feuer immer wieder löschte, während wir uns weiter durch die Menge drängten. Aber die Soldaten waren unerbittlich und schließlich entfachten sie ein richtiges Feuer.

Wir waren noch zu weit von der Plattform entfernt und ich befürchtete, dass wir zu spät kommen würden, aber dann hob Reven die Hand und plötzlich begann Wasser vom Himmel auf die Gefangenen zu fallen. Wenn ich es nicht besser wüsste, würde ich denken, es regnete, auch wenn es nur an einer Stelle war.

Als die Flammen des Scheiterhaufens gelöscht wurden, runzelte der General die Stirn. „Verflucht sei dieses Wetter", sagte er und zog sein Schwert. „Wir müssen uns mit diesen Verrätern auf andere Weise auseinandersetzen."

Während die anderen Wachen ihre Waffen vorbereiteten, stieß Slade ein leises Knurren aus und dann begann der Boden unter der Plattform zu beben. Ich hielt mich an seinem Arm fest, um nicht zu stolpern, während die

Menschen um uns herum schrien und versuchten, vor dem plötzlichen Erdbeben zu fliehen.

Sowohl die Soldaten als auch die Gefangenen stürzten zu Boden, als die hölzerne Plattform mit einem gewaltigen Knall auseinanderbrach und zu Boden stürzte. Wir vier stürzten uns auf das zerbrochene Holz und versuchten, uns nicht an den Splittern zu verletzen. Die Gefangenen waren alle noch an ihre Pfähle gefesselt und in einem ungünstigen Winkel gelandet, aber ein kurzer Blick zeigte, dass sie noch am Leben waren.

Auric und ich begannen, die Gefangenen zu befreien, indem wir mit unseren Schwertern die Fesseln durchtrennten, während Slade und Reven uns den Rücken freihielten, während die Soldaten auf die Beine kamen. Der General versuchte ebenfalls aufzustehen, doch Auric warf ihn mit einem kräftigen Luftstoß zurück.

„Kommt mit uns!", rief ich den Gefangenen zu, als sie befreit waren. Ich zählte insgesamt zwölf von ihnen, einige mit leichten Brandwunden, andere mit Prellungen oder Schnittwunden, aber alle waren am Leben. Sie stolperten mir von der zerstörten Plattform hinterher, sahen benommen und verängstigt aus, aber wenigstens bewegten sie sich. Auric, Reven und Slade bildeten einen Kreis um uns und wehrten die Soldaten ab, die versuchten, uns anzugreifen.

Die Menge hatte sich durch das Feuer und das Erdbeben ausgedünnt und die wenigen Leute, die noch übrig waren, hielten uns nicht auf, als wir uns durch sie hindurchdrängten. Ich führte die Gefangenen in Richtung des Ladens, auf den Jasin gezeigt hatte und hoffte, dass wir in die richtige

Richtung liefen, zumal immer mehr Soldaten hinter uns her stürmten.

Ich entdeckte Jasin an der Straßenecke vor uns und hätte fast vor Erleichterung aufgeschrien, weil er in Sicherheit war. Er winkte uns nach vorne und rief: „Beeilt euch!"

Jasin führte unsere zusammengewürfelte Gruppe in eine Gasse hinter den Geschäften, wo er einen großen Blumentopf zur Seite schob und ein Metallgitter im Boden freilegte. Er riss das Gitter auf und ich gab den Gefangenen ein Zeichen, zuerst hineinzugehen, während meine anderen Gefährten die anrückenden Soldaten abwehrten.

„Rein mit euch, schnell!", sagte Jasin, während er den Gefangenen in das Loch hinunterhalf. „Kira, du auch."

Ich machte mich auf den Weg zu ihm, doch dann sah ich, wie Reven an die Wand gedrängt wurde und gegen fünf Soldaten auf einmal kämpfte, darunter General Voor. Mein Attentäter bewegte sich wie ein Tänzer, ein Wirbel aus schwarzer Kleidung und Klingen, aber selbst mit all seinem tödlichen Geschick waren es zu viele, und ihre Panzerung war schwer zu durchdringen. Das Schwert des Generals streifte Revens Oberschenkel, sodass er gegen die Wand zurückfiel, und der Schrecken schnürte mir die Kehle zu.

Ich zog mein Schwert und rammte es in den Rücken des Soldaten, der mir am nächsten war, um Reven zu retten, bevor es zu spät war. Ich schlug den nächsten Soldaten zurück und warf mich vor Reven, bevor der General ihn mit seinem Schwert durchbohren konnte. Meine Klinge traf die des Generals und ich starrte in seine wutentbrannten Augen unter dem roten Flügelhelm, bevor er mir mit seiner gewaltigen Kraft das Schwert aus der Hand schlug.

Reven packte mich plötzlich und schob mich hinter sich,

während er seine Zwillingsklingen erhob, um erneut gegen General Voor zu kämpfen. Es gelang ihm, den Mann zurückzudrängen und dann ertönte ein gewaltiges Grollen über uns. Ein Windstoß warf mich und Reven zurück, als ein Teil des Ladens neben uns auseinanderbrach und sich eine Mauer aus Trümmern zwischen uns und General Voor bildete. Slade und Auric standen hinter uns und hatten uns wahrscheinlich gerade das Leben gerettet.

„Komm schon!" Jasin packte mich am Arm und zog mich zu den Tunneln, während die anderen uns folgten. Auric half dem humpelnden Reven, doch dann schoss von irgendwoher ein Pfeil herab und traf meinen Prinzen in die Schulter, sodass er aufschrie. Mir wurde bei diesem Geräusch ganz anders ums Herz, aber er wurde nicht langsamer.

Einer nach dem anderen ließen wir uns in die Tunnel fallen, wo die Gefangenen in der Dunkelheit auf uns warteten. Slade war der Letzte und als wir alle in Sicherheit waren, ließ er den Boden über uns schließen, sodass die Soldaten uns nicht folgen konnten - und wir darin gefangen waren.

KAPITEL 30
SLADE

J asin zündete eine Fackel an und beleuchtete viele
verängstigte Gesichter. „Geht es allen gut?"

„Ich glaube schon", sagte die ältere Frau. Alle
standen hinter ihr und ich hatte das Gefühl, dass sie
ihre Anführerin war.

Kira untersuchte die Wunde an Revens Bein mit einem
Stirnrunzeln, aber er schob sie beiseite. „Mir geht es gut",
sagte er.

Sie legte ihre Hände auf seinen Oberschenkel, nahe der
Wunde und heilte ihn wahrscheinlich so gut sie konnte. „Dir
geht es nicht gut. Wir müssen dich zusammenflicken,
sobald wir an einem sicheren Ort sind." Dann wandte sie
sich Auric zu, um den Pfeil in seiner Schulter zu
untersuchen.

„Danke, dass du uns gerettet hast. Mein Name ist Daka."
Die ältere Frau legte den Kopf schief, als sie uns beobachtete. „Gehört ihr auch zum Widerstand?"

Kira warf einen zögernden Blick auf uns vier. „Ich nehme an, das tun wir."

Daka nickte langsam. „Die Götter müssen auf unserer Seite sein. Sie haben uns bei der Flucht geholfen, mit dem Wind und dem Regen und dem Erdbeben."

„Und mit dem brennenden Wagen", fügte Jasin grinsend hinzu.

„Ja, natürlich. Wir dürfen nicht vergessen, dass der Feuergott über uns wacht, wenn wir in Not sind."

Die anderen Gefangenen nickten und während sie vorher niedergeschlagen aussahen, leuchtete jetzt Hoffnung in ihren Augen. Keiner von ihnen wusste, dass wir all diese Dinge verursacht hatten, was ein gutes Zeichen dafür war, dass die Soldaten es auch nicht wussten. Und ich nahm an, dass wir in gewisser Weise im Auftrag der Götter unterwegs waren.

„Aber wohin gehen wir?", fragte ein Mann. Er hatte seinen Arm um eine Frau gelegt, die sich an ihn lehnte. „In Ashbury sind wir nirgendwo mehr sicher."

„Wir müssen die Stadt verlassen", sagte die Frau an seiner Seite.

„Etwa einen Tagesritt nördlich von hier gibt es ein Versteck des Widerstands", sagte ich. Ich hätte nie gedacht, dass ich noch einmal mit dem Widerstand zu tun haben würde, aber es schien, als sei mein Leben unweigerlich mit ihm verbunden. „Ich kann euch eine Karte zeichnen."

Kiras Augenbrauen schossen in die Höhe und ich wusste, dass sie Fragen an mich hatte, aber das würde noch warten müssen. Auric holte seine Karte und etwas Papier aus seinem Notizbuch, und während Jasin mit seiner Fackel über mir stand, um mir Licht zu geben, skizzierte ich, woran ich mich erinnerte. Das, was die Frau, die ich einst geliebt hatte, mir vor all den Nächten auf ihrer eigenen Karte gezeigt hatte.

Ich reichte Daka die Karte. „Ich hoffe, das hilft."

Sie betrachtete sie im Schein der Lampe. „Ich danke dir. Ich denke, wir werden das hier finden können. Wir verdanken euch allen unser Leben und noch so viel mehr."

Jasin entfernte das Tuch um seinen Mund und wischte sich damit das Gesicht ab. „Los. Sie werden bald einen anderen Eingang zu diesen Tunneln finden, also müssen wir weitergehen."

Plötzlich keuchte eine junge Frau auf und trat zurück. „Du. Du bist der Soldat, der meinen Bruder getötet hat!" Sie drückte sich mit dem Rücken an die Steinwand des Tunnels, ihr Gesicht war blass. „Er ist einer von ihnen! Von der Onyxarmee. Er wird uns ausliefern!"

Kira starrte Jasin an, der eine Grimasse zog, sprach dann aber leise zu der hysterischen Frau. „Ja, er war einmal Teil der Onyxarmee, aber jetzt ist er einer von uns. Ich schwöre, dass wir nur versuchen euch zu helfen. Und wir müssen jetzt gehen."

„Komm", sagte Daka und nahm die Hand der anderen Frau. „Was geschehen ist, ist geschehen. Lass uns jetzt einen Weg in die Sicherheit finden, damit wir eine Zukunft haben."

Die jüngere Frau starrte Jasin mit Schrecken in den Augen an, nickte dann aber zögernd. Jasins Schultern sackten ab, als sie sich schließlich abwandte.

Unsere Gruppe ging langsam durch die engen Tunnel hinter Jasin her, der zu wissen schien, wohin er ging. Revens Hinken verlangsamte ihn und als ich ihm helfen wollte, wusste ich, dass es ziemlich schlimm sein musste, da er nicht gegen meine Hilfe protestierte. Kira sah mit besorgtem Blick zu mir herüber, als der Attentäter sich an mich lehnte. Sie würde in der Lage sein, ihn zu heilen, aber wir mussten erst sicherstellen, dass die Soldaten uns nicht entdeckten.

Als wir die erste Kreuzung erreichten, hielt Jasin inne und überlegte, wo wir uns befanden, bevor er uns auf einen der abzweigenden Wege führte.

„Weißt du, wohin du gehst?", fragte Kira.

„So ungefähr", sagte er.

„Scheint eher, dass wir uns immer mehr verirren", murmelte Reven.

Wir liefen gefühlte Stunden, obwohl es schwer zu sagen war, denn hier unten gab es nichts außer dem Stein und der Dunkelheit. Andere würden sich an so einem Ort vielleicht klaustrophobisch fühlen, aber ich nicht. Ich wäre ein guter Bergmann gewesen, aber Schmied zu sein, hatte ich immer als meine wahre Berufung empfunden. Metall nach meinem Willen zu formen, war meine Stärke, noch bevor mir Kräfte verliehen wurden. War ich mein ganzes Leben lang für dieses Schicksal bestimmt gewesen, oder war ich wegen meiner Vorliebe für Metall und Stein auserwählt worden? Ich nehme an, ich würde den Erdgott fragen müssen, wenn ich ihm noch einmal begegne.

Jasin blieb erneut stehen, diesmal an einer Stelle, an der sich der Tunnel in drei verschiedene Wege aufteilte. Er runzelte die Stirn und schaute sich um, als ob er nach einem Hinweis suchte. „Ich weiß, dass es nicht der linke ist, aber ich kann mich nicht erinnern, ob der mittlere oder der rechte aus der Stadt herausführt."

Reven hatte recht, Jasin würde uns in die Irre führen und

wir hatten keine Zeit zu verlieren. Ich stützte mich mit der Hand an einer der Wände ab und schloss die Augen. Meine Sinne dehnten sich immer weiter aus, entlang der Steine und Felsen, bis sich in meinem Kopf eine vage Karte der Tunnel bildete. Als ich meine Hand wegnahm und die Augen öffnete, begann ich, den mittleren Weg hinunterzugehen. „Hier entlang."

Ich führte uns durch die Tunnel und strich ab und zu mit den Fingern über den rauen Stein, um mich zu vergewissern, dass ich auf dem richtigen Weg war. Als die Wände immer enger wurden und die Luft frischer roch, wusste ich, dass wir fast am Ziel waren.

An der letzten Abzweigung blieb ich stehen und wandte mich an die Mitglieder des Widerstands. „Wenn ihr diesem Tunnel folgt, führt er euch in die Berge, wo ihr entkommen könnt."

„Danke", sagte Daka, bevor sie sich an den Rest meiner Gefährten wandte. „Ich danke euch allen."

Sie schlurfte den Tunnel hinunter und in die Dunkelheit, während der Rest der Widerstandsmitglieder ihr folgte. Als sie weg waren und ich sicher war, dass sie es schaffen würden, wandte ich mich an die anderen. „Sollen wir ihnen folgen?"

„Wir müssen zurück in die Stadt und unsere Pferde und Vorräte holen", sagte Auric mit schwacher Stimme. Wahrscheinlich hatte er starke Schmerzen von dem Pfeil in seinem Rücken.

„Das könnte gefährlich sein", sagte Jasin. „Außerdem sind wir jetzt auf der anderen Seite der Stadt."

„Wir müssen bald irgendwo anhalten", sagte Kira.

„Sowohl Reven als auch Auric müssen sofort geheilt werden, sonst können sie nicht mehr lange laufen."

„Mir geht es gut", murmelte Reven, aber er sackte gegen mich und sein Gesicht war blass.

Jasin fuhr sich mit der Hand über den Kiefer, während er nachdachte. „Vielleicht gibt es hier in der Nähe einen Ort, an den wir gehen können."

„Einen sicheren Ort?", fragte Kira.

„Wahrscheinlich." Er ging den Weg zurück, den wir gekommen waren.

„Weißt du, wie man von hier aus dorthin kommt?", fragte ich.

„Ja, ich weiß genau, wo wir jetzt sind."

„Und wohin gehen wir?", fragte Reven.

Jasin blickte ihn an. „Nach Hause."

KAPITEL 31
KIRA

Wir traten aus den Tunneln in einen Raum, der der Lagerraum einer Bäckerei zu sein schien. Die Luft roch nach frischem Brot und etwas Süßem, was meinen Magen knurren ließ, aber wir hatten keine Zeit zu verlieren. Reven und Auric wurden mit jeder Sekunde schwächer und obwohl ich mein Bestes getan hatte, um ihre Blutungen zu stoppen und die Schmerzen zu lindern, brauchte ich etwas mehr Zeit mit ihnen an einem sicheren Ort, um sie vollständig zu heilen. Vorausgesetzt natürlich, dass ich das konnte. Meine Heilkräfte waren noch weitgehend unerprobt und untrainiert. Aber ich würde alles tun, was nötig war, um sie beide am Leben zu erhalten.

Als wir den Lagerraum verließen, nickte uns der Bäcker diskret zu, sagte aber kein Wort. Gehörte er auch zum Widerstand? Als ich in Stoneham lebte, hatte ich nie viel über diese Gruppe nachgedacht und immer angenommen, dass sie irgendwo weit weg war, aber vielleicht waren sie die ganze Zeit um mich herum, ohne dass ich es wusste.

Einschließlich Slade, wie es schien. Wenn wir einen Moment allein waren, würde ich ihn fragen müssen, woher er von dem Versteck des Widerstands wusste.

Wir traten aus der Bäckerei in den strömenden Regen, wo die Nacht hereingebrochen war. Als ich mir die Kapuze über den Kopf zog, rutschte Auric aus und wäre fast gestürzt, aber Jasin fing ihn auf und half ihm weiterzugehen. Auch Slade trug zu diesem Zeitpunkt bereits den größten Teil von Revens Gewicht. Ich wünschte, ich könnte mehr tun, als mir nur Sorgen um sie zu machen. Wenigstens waren die Straßen dank des Regens leer.

„Hier entlang", sagte Jasin, als er in eine Straße mit einer Reihe von Häusern abbog.

Wir hielten vor dem vierten Haus an, das im gleichen kantigen Stil wie die anderen gebaut war, mit einem spitzen Dach und roten Verzierungen. Davor stand ein rosa blühender Baum, das einzig Fröhliche an diesem tristen Tag. War dies Jasins Zuhause? War ich im Begriff, seine Eltern kennenzulernen? Noch etwas, das ich meiner Liste der Sorgen hinzufügen könnte.

Jasin hielt an der Haustür inne, als ob er zögerte, dann klopfte er an die Tür. Eine schöne Frau in den Vierzigern, mit langem, gewelltem kastanienbraunem Haar und Jasins Wangenknochen, öffnete die Tür und keuchte. „Jasin! Was machst du denn hier?"

„Können wir reinkommen?", fragte er.

Ihre dunklen Augen musterten uns alle und sie öffnete die Tür weiter. „Aber natürlich. Kommt rein und trocknet euch ab."

Wir traten in das Haus, das warm war und schwach nach einem gemütlichen Feuer roch. Die Einrichtung war

dunkel und zweckmäßig, und es gab nur wenige Schmuckstücke, außer einem Schwert, das an einer Wand hing und
einem Gemälde an der anderen. Ein Schauer durchlief mich,
als ich das Gemälde näher betrachtete, das wunderschön
war, auch wenn es den Schwarzen Drachen und seine vier
Gefährten darstellte, die auf dem Gipfel eines Berges saßen
und majestätisch in die Wolken blickten, hinter denen die
Sonne unterging. Es war sowohl atemberaubend anzusehen
als auch erschreckend.

„Das ist ja eine Überraschung", sagte Jasins Mutter. „Wir
dachten, du wärst weiter südlich stationiert."

„Jasin? Ich dachte, ich hätte deine Stimme gehört." Ein
Mann mit dunklem, leicht ergrautem Haar betrat den Raum.
Er hielt inne, als er den Rest von uns sah, zweifellos ein
unerwarteter Anblick. Vier Fremde, völlig durchnässt und
zwei von ihnen waren verletzt. Ich verübelte ihm sein
Zögern nicht.

„Leute, das ist meine Mutter, Ilja und mein Vater, Ozan.
Mama, Papa, das sind ... ein paar Freunde von mir." Jasin
warf einen Blick auf den Rest von uns, bevor er sich mit
grimmiger Miene wieder seinen Eltern zuwandte. „Wir
haben ein bisschen Ärger und brauchen einen Ort, an dem
wir den Abend verbringen können. Ist es okay, wenn wir
hierbleiben?"

„Was für Ärger?", fragte Ozan mit zusammengekniffenen Augen.

Ilja winkte ihn ab. „Natürlich könnt ihr bleiben. Seid ihr
alle mit Jasin in der Onyxarmee?"

„Nicht direkt", sagte Slade.

„Ich werde euch alles erklären, aber die beiden sind

verletzt und wir müssen erst einmal ihre Wunden behandeln“, sagte Jasin.

„Sie können Berins Schlafzimmer benutzen“, sagte Ilja.

Sie führte uns einen Flur mit dunklem Steinboden hinunter und öffnete die erste Tür. Wir traten in einen kargen Raum mit einem Bett, das groß genug für zwei Personen war und nur wenig mehr. Es sah aus, als wäre es schon lange nicht mehr benutzt worden, aber Ilja holte ein paar Decken und Kissen heraus und machte das Bett für uns bereit.

„Danke, Mama“, sagte Jasin. „Lassen wir sie allein und ich erzähle euch, was ich so gemacht habe.“

Jasin nickte mir und Slade zu, begleitete seine Mutter aus dem Zimmer und schloss die Tür hinter ihnen. Slade half mir, Reven und Auric auf das Bett zu heben, während beide bei der Bewegung stöhnten. Es war nicht leicht, denn sie waren beide große, kräftige Männer, und ihre Waffen und Stiefel machten es nur noch schwieriger.

Auric hatte immer noch einen Pfeil im Rücken, sodass er sich auf den Bauch legen musste. „Heile zuerst Reven“, sagte er, aber seine Stimme war schwach.

„Mir geht es gut“, sagte Reven mit zusammengebissenen Zähnen.

„Halte Auric fest“, sagte ich zu Slade. „Ich ziehe den Pfeil heraus.“

Slade nickte und stützte sein Gewicht auf Aurics Schultern, um ihn in Position zu halten. Ich war mir nicht sicher, was ich da tat, obwohl ich schon viele Tiere auf der Jagd von Pfeilen befreit hatte, und das hier konnte nicht viel anders sein. Hoffte ich.

Ich atmete scharf ein, dann zog ich den Pfeil mit einem

schnellen, geraden Ruck heraus. Auric zuckte und stöhnte und Blut strömte aus der Wunde. Ich legte schnell meine Hand darüber, um die Blutung zu stoppen, aber sein Hemd war im Weg.

Obwohl die Blutung nachließ, spürte ich, dass ich mehr Hautkontakt brauchte, wenn ich ihn vollständig heilen wollte.

„Wir müssen ihm das ausziehen", sagte ich zu Slade, während ich an Aurics Hemd zerrte.

Neben uns hatte Reven die Augen geschlossen und ich hoffte, dass es ihm gut ging, aber zuerst musste ich Auric helfen. Unter lautem Stöhnen von Auric half Slade mir, ihm Mantel und Hemd auszuziehen, zusammen mit seinen Waffen, Stiefeln und allem anderen außer seiner Hose. Aber auch Reven sah sehr blass aus und ich machte mir Sorgen, dass er bereits zu viel Blut verloren hatte.

„Reven auch", sagte ich und Slade nickte.

Wir zogen auch Reven den größten Teil seiner Kleidung aus und mussten seine Hose wegen der Wunde an seinem Oberschenkel aufschlitzen. Ich versuchte mich nicht von all dem muskulösen, nackten Fleisch vor mir ablenken zu lassen und konzentrierte mich stattdessen darauf, was ich tun konnte, damit es den beiden besser ging.

„Leg dich zu ihnen ins Bett", schlug Slade vor. „Deine Berührung ist es, die sie heilt."

Ja, natürlich. Ich zog das meiste meiner eigenen Kleidung aus, bis ich nur noch mein dünnes Unterhemd trug, was besser war, da meine Sachen ohnehin mit Blut und Wasser durchtränkt waren. Zuerst fühlte ich einen Hauch von Schüchternheit, so wenig in ihrer Gegenwart zu tragen, obwohl sie mich in den letzten Nächten bereits in meinem

Unterhemd gesehen hatten. Aber dann schob ich dieses Gefühl beiseite. Sie waren meine Gefährten und sie würden bald viel mehr von mir sehen, aber noch wichtiger war, dass es mir egal war, wie wenig ich trug, denn alles was zählte, war Reven und Auric zu heilen.

Ich kroch auf das Bett zwischen die beiden, während Slade zusah. Seine grünen Augen schienen fast schwarz zu werden, als ich zwischen ihre Körper glitt und dann sah er schnell weg.

„Ich werde mich darum kümmern, unsere Pferde zu holen", sagte er mit heiserer Stimme. Er verließ den Raum, bevor ich antworten konnte.

War er eifersüchtig? Oder erregt? Ich war mir nicht sicher, aber darüber konnte ich im Moment nicht nachdenken. Sowohl Reven als auch Auric lagen ruhig und mit geschlossenen Augen da, und ich konnte nicht erkennen, ob sie wach waren oder nicht.

Ich nahm zuerst ihre beiden Hände und fuhr mit den Fingern über ihre Haut. Die Hand von Reven war schwielig, die von Auric war weich und beide waren größer als meine. Ich war mir nicht sicher, wie meine Heilung funktionieren sollte, also dachte ich einfach daran, wie sehr ich mir wünschte, dass sie wieder gesund würden. Meine Gefühle brannten in meiner Brust und überraschten mich mit ihrer Intensität. Ich kannte die Männer erst seit ein paar Tagen, aber ich mochte sie schon sehr.

Ich war mir nicht sicher, ob die Heilung funktionierte und beschloss, dass ich mehr tun musste. Ich drehte mich zu Reven um, dessen Gesicht noch blasser war als sonst. Es war ein Wunder, dass er es bis hierhergeschafft hatte, aber vielleicht hatte meine Heilung in den Tunneln geholfen. Ich untersuchte die Wunde und zögerte, dann legte ich meine Hände auf seinen Oberschenkel. Die Reste seiner zerfetzten schwarzen Hose verbargen die große Beule zwischen seinen Beinen, aber nur knapp. Ich versuchte sie nicht anzustarren, aber meine Augen fanden immer wieder den Weg zu dieser Stelle.

Ich zwang alles was ich fühlte, in meine Berührung, als ich mit meinen Händen über seine nackte Haut fuhr und die harten Muskeln unter meinen Fingerspitzen spürte. Nach ein paar Augenblicken begann sich die Wunde zu schließen. Es funktionierte!

Er stöhnte und drehte seinen Kopf zu mir, seine Augen waren auf meine gerichtet. Er sagte kein Wort, als ich weiter seinen Oberschenkel streichelte, und er hielt mich auch nicht auf, als meine andere Hand in seinem Nacken ruhte und sich in sein seidiges schwarzes Haar bewegte.

„Was machst du mit mir?", fragte er schließlich.

„Ich heile dich." Ich ließ meine Finger über seine Wange gleiten und berührte leicht seine Lippen. Bei den Göttern, er war wunderschön. Ich hatte so selten die Gelegenheit, ihm so nahe zu sein oder ihm in die Augen zu sehen, ohne dass er sich abwandte. Aber ausnahmsweise bewegte er sich nicht.

„Ist das alles?", fragte er.

Mein Atem stockte. Wenn ich meine Lippen zu seinen brachte und ihn küsste, würde er mich aufhalten? Oder würde er meinen Kuss erwidern? Wenn ich meine Hand leicht bewegte, um seine Beule zu berühren, würde er sich zurückziehen oder mich im Gegenzug berühren?

Bevor ich meinen Mut zusammennehmen konnte, um es zu versuchen, nahm er meine Hand in seine und seine

Augen verengten sich. „Du hast mich heute beschützt und wärst dabei fast getötet worden. Tu das nie wieder."

Ich riss meine Hand weg. „Ich konnte dich nicht sterben lassen."

„Mir wäre es gut gegangen. So wie es mir jetzt gut geht." Er rollte sich auf die Seite und wandte sich von mir ab. „Mach dir keine weiteren Umstände."

Ich starrte auf seinen Rücken, fragte mich, was das zu bedeuten hatte und versuchte, mich nicht zurückgewiesen zu fühlen. Aber ich hatte nicht die Energie, mir über sein Verhalten Gedanken zu machen, nicht wenn Auric mich ebenfalls brauchte.

Dann wandte ich mich Auric zu. Seine Atmung war flach und die Pfeilwunde auf seinem Rücken - seinem sehr gut ausgeprägten Rücken - war tief. Ich legte meine Hände auf seine Schulter und seufzte, als sich unsere Haut berührte. Als sich Wärme von meinen Fingerspitzen ausbreitete, rieb ich langsam seine Schulter und fuhr mit meinen Händen seinen Rücken hinunter, um meine Heilung auf seinen ganzen Körper auszudehnen. Jedenfalls redete ich mir das ein. Vielleicht wollte ich ihn auch einfach nur berühren.

Seine Augen flatterten auf und er drehte seinen Kopf, um mich anzulächeln. „Hm, das ist schön."

Ich nahm meine Hand weg und schaute auf seine Schulter hinunter, die jetzt wieder verheilt war, als wäre sie nie verletzt gewesen. „Wie fühlst du dich?"

„Als wäre ein Pferd über mich hinweg gerannt", sagte er mit einem leisen Kichern.

„Das klingt ganz richtig", brummte Reven.

Ich ließ mich zwischen den beiden nieder, ihre Körper dicht an den meinen gepresst. „Ihr braucht beide Ruhe und mehr Heilung, also werden wir eine Weile hier liegen, denn Hautkontakt scheint das Beste zu sein."

„Ich will mich nicht beschweren", sagte Auric, als er sich auf die Seite rollte und sich an mich schmiegte. Er küsste mich, während eine meiner Hände wieder auf seine nackte Brust wanderte und ich das Gefühl seiner angespannten Muskeln unter seiner glatten Haut genoss.

Reven sagte kein Wort, aber er drehte sich auf die andere Seite und starrte mich mit seinen dunklen, gefährlichen blauen Augen an. Ich war so versucht ihn zu küssen, aber ich war mir nicht sicher, ob er das von mir wollte. Stattdessen legte ich meine Hand auch auf seine starke Brust, und er legte widerwillig einen Arm um meine Taille.

Mit beiden Männern um mich herum schloss ich die Augen und spürte, wie sich eine seltsame Zufriedenheit in mir breitmachte. Das überwältigende Verlangen nach den beiden war auch da, aber es war mehr als nur Lust. Es fühlte sich richtig an, als ob sie beide an meine Seite gehörten. Es könnte nur noch besser sein, indem Jasin und Slade auch hier wären.

KAPITEL 32
KIRA

Nachdem sowohl Auric als auch Reven in einen tiefen Schlaf gefallen waren, schlüpfte ich aus dem Bett, zog mich wieder an und verließ leise das Schlafzimmer. Aus dem vorderen Zimmer drangen Stimmen und der Geruch von etwas Leckerem zu mir. Ich freute mich darauf, Jasins Familie kennen zu lernen, auch wenn ich mir wünschte, es geschähe unter besseren Umständen. Außerdem war ich neugierig darauf, wo er aufwuchs und freute mich darauf, einen Blick in seine Vergangenheit zu erhaschen.

Als ich den Hauptraum betrat, verstummte das Gespräch und alle drehten sich zu mir um. Jasin saß mit seinen Eltern an einem Esstisch aus schwarzem, glänzendem Stein und als er mich sah, sprang er auf. Slade war nirgends zu sehen, also musste er noch immer die Pferde holen. Ich hoffte, dass er in Sicherheit war.

Jasin trat an meine Seite und nahm meine Hand, um mich zum Tisch zu führen. „Mama, Papa, das ist Kira.

Meine ... Verlobte." Er schaute mich mit hochgezogenen Augenbrauen an als würde er fragen, ob das in Ordnung war.

Ich lächelte ihn an und legte den Kopf schief. Verlobt war wohl das, was der Wahrheit am nächsten kam, da wir ihnen nicht genau sagen konnten, was wirklich zwischen uns geschah. „Es ist sehr schön euch beide kennenzulernen."

„Bitte leiste uns Gesellschaft", sagte Ilja. „Wir sind dabei zu Abend zu essen und freuen uns, dass du hier bei uns sein kannst."

„Danke", sagte ich.

Jasin zog mir einen Stuhl heran und ich setzte mich, wobei ich mir ein kleines Lächeln nicht verkneifen konnte. Die letzten Wochen waren schwierig und teilweise unvorstellbar gewesen und noch vor Stunden waren wir um unser Leben gerannt, aber dieser Moment fühlte sich erfrischend normal an. Es war schön so zu tun, als ob die einzige Sorge die mich beschäftigte, darin bestand seine Eltern dazu zu bringen, mich zu mögen. Wenn ich die Augen schloss, konnte ich mir sogar vorstellen, dass Jasin mein Verlobter war und dass wir bald heiraten und uns irgendwo niederlassen würden. Nur war das nicht richtig, denn ich vermisste die anderen Männer, die mein Herz teilten, aber trotzdem war es eine schöne Vorstellung, in die ich mich für den Moment flüchten konnte.

Ilja begann, Nudeln mit Tomatensoße und winzigen Rindfleischstückchen zu servieren, eine Spezialität des Feuerreichs, die ich seit Jahren nicht mehr gegessen hatte. Auch ein mit Knoblauch und Butter bestrichener Laib Brot wurde herumgereicht und ich bedauerte, dass die anderen nicht da waren, um dieses Festmahl mit uns zu teilen. Hoffentlich würde es genug Reste für alle drei geben.

Ich nahm einen Bissen und es war das Beste, was ich seit Wochen gegessen hatte. „Das ist köstlich. Jetzt weiß ich, woher Jasin seine Kochkünste hat."

„Danke", sagte Ilja. „Obwohl ich mir nicht sicher bin, ob ich die Lorbeeren dafür ernten kann."

„Stimmt, so etwas Gutes hat er mir noch nie gemacht", sagte ich mit einem verspielten Lächeln.

Jasin schnaubte. „Nur, weil wir auf Reisen waren. Für ein solches Essen braucht man eine richtige Küche und frische Zutaten und …"

Ich legte meine Hand auf seine. „Ich weiß, das war nur ein Scherz."

„Warst du auch in der Onyxarmee?", fragte Ozan in einem unverblümten Ton. Anders als Ilja lächelte er uns nicht an, sondern starrte mich mit dunklen, unerschütterlichen Augen an.

„Nein, das war ich nicht", sagte ich und blickte unsicher zu Jasin hinüber.

„Wo habt ihr euch denn kennengelernt?", fragte Ilja.

„Ich habe sie in einem kleinen Dorf im Erdreich kennengelernt", sagte Jasin. „Ich bin in ihrer Stadt aufgetaucht und es gab sofort eine Verbindung zwischen uns."

Er begegnete meinen Augen mit einem Grinsen und ich lächelte zurück, als diese Verbindung, von der er sprach, aufflammte. Es stimmte, selbst wenn ich Angst vor ihm hatte oder unsicher über unser Schicksal war, hatte ich mich immer zu ihm hingezogen gefühlt.

Ilja schenkte Ozan ein wissendes Lächeln, aber er beobachtete uns weiterhin mit einem mürrischen Gesichtsausdruck. „Ozan und ich waren beide bei der Armee, stationiert in Emberton", sagte sie. „So haben wir uns kennengelernt. Natürlich schied ich aus dem Dienst aus als ich meine Jungs bekam und Ozan nahm einen festen Posten in dieser Stadt an, um in unserer Nähe zu bleiben."

„Unsere gesamte Familie hat immer in der Onyxarmee gedient", sagte Ozan. „Mein Vater. Sein Vater." Er sah Jasin eindringlich an. „Und meine Söhne."

„Ich habe viele Jahre lang gedient", murmelte Jasin. „Ich habe meine Pflicht erfüllt."

„Ich kann nicht glauben, dass du gegangen bist", sagte Ozan in einem fast wütenden Ton. „Was hast du dir dabei gedacht?"

„Ich habe gedacht, dass es für mich an der Zeit ist, etwas zu ändern", sagte Jasin. „Die Armee war schließlich nichts für mich."

„Nichts für dich?", schrie Ozan fast. „Wie kannst du das sagen, nachdem was mit deinem Bruder passiert ist?"

„Ozan...", sagte Ilja und legte ihm eine Hand auf den Arm.

Er schüttelte sie ab und blickte Jasin an. „Und was ist mit dem Ärger, in dem du jetzt steckst?"

„Ich habe dir doch schon gesagt, dass ich darüber nicht sprechen kann", sagte Jasin.

Er war sonst immer so frech, aber wenn er seinem Vater gegenüberstand, schreckte er zurück.

„Natürlich kannst du das nicht. Sag mir nicht, dass die Armee hinter dir her ist?"

Jasin starrte auf seinen Teller und presste die Lippen zu einer dünnen Linie zusammen. Als er nicht antwortete, machte das Ozans Gesicht nur noch wütender.

Ilja streckte ihm erneut die Hand entgegen. „Ozan, bitte. Lass uns einfach unser Essen genießen."

„Nein, ich kann hier nicht sitzen und mir das anhören." Ozan sprang auf. „Ein Sohn tot und der andere ein Deserteur." Er warf Jasin einen letzten strengen Blick zu. „Du bringst Schande über unsere Familie."

Ohne ein weiteres Wort verließ er den Raum.

Fassungsloses Schweigen senkte sich über den Tisch, bis Ilja sagte: „Es tut mir leid. Er braucht einfach etwas Zeit, um sich zu beruhigen."

„Es ist unsere Schuld, dass wir hier so unerwartet aufgetaucht sind", sagte ich und schaute Jasin an, der mit schmerzverzerrtem Gesicht auf sein Essen starrte. „Wir sind gleich morgen früh wieder weg."

Sie winkte mit einer Hand. „Es ist kein Problem, wirklich."

Die Haustür ging auf und ich verkrampfte mich, bis ich Slades große Gestalt sah, die den Türrahmen ausfüllte. Er schloss die Tür hinter sich und war durchnässt von dem Regen, der draußen immer noch in Strömen fiel. „Ich habe die Pferde in die Nähe gebracht und unsere Sachen geholt."

„Danke." Ich wollte zu ihm eilen und ihn umarmen, so erleichtert ihn wohlbehalten zurückzusehen, aber das konnte ich vor Ilja nicht tun, ohne noch mehr Fragen aufzuwerfen.

Slade setzte sich für den Rest des Essens zu uns, obwohl wir danach nur noch wenig sprachen. Jasins sonst so lebhaftes Wesen war durch die Worte seines Vaters getrübt worden und ich sehnte mich danach, mit ihm allein zu sein, damit ich versuchen konnte, ihn aufzumuntern.

Als wir mit dem Essen fertig waren, half ich Ilja beim

Aufräumen in der Küche, während Jasin und Slade mit leiser Stimme darüber sprachen, wo er die Pferde untergebracht hatte und was für morgen geplant war.

„Es tut mir immer noch leid wegen meines Mannes", sagte Ilja, als sie die Teller abstellte. „Manchmal wird er von seinem Temperament übermannt. Ich wünschte, unser erstes Abendessen mit dir wäre besser verlaufen."

Ich nickte. „Darf ich fragen, was mit eurem anderen Sohn geschehen ist?"

„Er wurde im Kampf gegen den Widerstand außerhalb von Flamedale getötet. Es sollte ein einfacher Einsatz sein, aber es war eine Falle. Sein ganzer Trupp wurde von diesen Verrätern abgeschlachtet." Ihre Stimme wurde boshaft, bis sie zu ihrem Bild mit den Drachen hinüberblickte. „Den Göttern sei Dank, dass Sark gekommen ist und sich mit seinem Feuer für uns gerächt hat."

„Es tut mir so leid", sagte ich, obwohl meine Kehle wie zugeschnürt war. Jasins Familie war dem Schwarzen Drachen absolut treu ergeben und unterstützte ihre Herrschaft. Kein Wunder, dass Jasin sich der Onyxarmee angeschlossen hatte, als er jünger war. Wie könnte er auch anders, in diesem Haushalt? Aber wenn sie herausfanden, was wir wirklich waren, war ich mir nicht sicher, wie sie reagieren würden.

KAPITEL 33
KIRA

Während Slade im vorderen Teil des Hauses schlief, sah ich nach Reven und Auric, die immer noch weggetreten waren, aber stabil wirkten. Als ich sicher war, dass es ihnen gut ging, ging ich zu Jasin in sein altes Schlafzimmer.

Wie das von Berin war auch dieses Zimmer spärlich eingerichtet, obwohl es mehr Gemälde im Stil des vorderen Zimmers und eine leere Leinwand in der Ecke enthielt. Das erste Bild zeigte einen Mann, der Jasin sehr ähnlich sah und ein Schwert schwang, während er die schwarz geschuppte Rüstung der Onyxarmee trug. Das andere Bild zeigte den Purpurnen Drachen im Flug mit ausgebreiteten Flügeln, während er Feuer auf etwas unter ihm spie.

„Hast du das gemalt?", fragte ich.

„Ja, habe ich", sagte Jasin mit einem gewissen Zögern in der Stimme. Als ob er sich Sorgen machte, was ich von ihnen halten würde.

„Sie sind wunderschön." Ich betrachtete sie genauer und bemerkte das geschickte Design und die Mischung der Farben. Ich verstand nicht viel von Kunst, aber ich wusste, dass Jasin gut war, auch wenn mich das Motiv eher verstörte. „Du bist sehr begabt."

Er setzte sich auf die Bettkante und begann seine Stiefel auszuziehen. „Danke. Ich wollte einmal Künstler werden, aber natürlich hielten meine Eltern das nicht für einen geeigneten Beruf. Meine Zukunft lag in der Armee und in nichts anderem, sonst hätten sie mich verstoßen."

„Den Eindruck hatte ich auch. Das ist schade, denn die sind wunderschön." Ich riss meinen Blick von dem Drachenbild los und betrachtete das andere. „Ist das dein Bruder?"

„Ja. Berin war da ungefähr so alt wie ich jetzt."

Ich betrachtete das hübsche, entschlossene Gesicht des Kriegers. „Du siehst aus wie er."

„Tue ich das? Er war fünf Jahre älter als ich und ich habe immer zu ihm aufgeschaut. Ich dachte, er sei perfekt. Meine Eltern taten das auch. Als er starb … war es eine Katastrophe."

Ich drehte mich wieder zu Jasin um. „Deine Mutter sagte, er starb im Kampf gegen den Widerstand."

„Das tat er, ja." Er wandte den Blick ab, sein Gesicht schmerzte. „Und als ich das hörte, meldete ich mich freiwillig, um auch gegen sie zu kämpfen."

„So hast du von den Tunneln erfahren."

„Eigentlich haben Berin und ich sie schon als Kinder gefunden und darin gespielt. Aber als ich anfing den Widerstand zu jagen, merkte ich, dass auch ihre Leute die Tunnel benutzten, um sich zu verstecken und zu fliehen. So habe ich sie aufgespürt. Und ich war verdammt gut darin."

Ich schluckte und erinnerte mich an die Frau von heute Abend, die Jasin erkannt hatte. „Die Vergangenheit ist die Vergangenheit. Das hast du doch gesagt, oder?"

„Vielleicht, oder vielleicht verlässt uns die Vergangenheit nie", sagte er und seine Stimme wurde rau. „Du hast keine Ahnung, wie viele schreckliche Dinge ich getan habe. Wie viele Menschen ich getötet habe. Zum Beispiel den Bruder dieser Frau. Ich erinnere mich nicht an sie, aber es ist wahrscheinlich, dass ich sein Leben beendet habe."

Ich rückte näher an ihn heran und legte meine Hände auf seine Schultern. „Du bist nicht mehr dieser Mensch. Schon bevor der Feuergott zu dir kam, wolltest du die Onyxarmee verlassen."

Seine Kehle bebte als er schluckte. „Ich konnte nicht bleiben. Ich habe etwas getan, das ich nicht vergessen kann. Etwas, das ich mir nie verzeihen kann."

„Was ist passiert?", fragte ich.

Er schwieg eine Zeit lang und sah mir dabei nicht in die Augen. „General Voor fand eine Stadt nahe der Grenze zum Luftreich, die seiner Meinung nach ausschließlich aus Mitgliedern des Widerstands bestand. Er schickte meinen Trupp, um sie alle zu töten. Männer. Frauen. Kinder. Sogar ihre Haustiere. Jedes Lebewesen ging in Flammen auf. Wir brauchten nicht einmal Sark dafür." Ein Schaudern durchlief seinen ganzen Körper. „Ich hatte mir geschworen, die Armee danach zu verlassen, aber ich war zu feige. Erst als der Feuergott mich besuchte, hatte ich den Mut dazu."

Ich neigte seinen Kopf nach oben und zwang ihn, mir in die Augen zu sehen. „Vielleicht hat er dich deshalb auserwählt. Um dir diese zweite Chance zu geben."

Er stieß ein bitteres Lachen aus. „Oder vielleicht hat er mich gewählt, weil ich genau wie Sark bin."

„Du bist überhaupt nicht wie Sark." Ich drückte ihm einen Kuss auf die Stirn. „Heute Nacht hast du geholfen, diese Menschen vor der Hinrichtung zu retten. Sark würde so etwas nie tun."

„Ich bin mir nicht sicher, ob die Rettung von ein paar Leuten heute Nacht, meine vergangenen Sünden wieder gutmachen kann." Er lehnte seinen Kopf an meinen Bauch und ich strich ihm sanft über das Haar.

„Das war nur der Anfang von etwas Größerem. Und wenn wir erst einmal verbunden sind, wirst du ein viel besserer Purpurner Drache sein, als Sark es je war."

Jasin zog sich zurück und schenkte mir ein Lächeln, in dem ein Hauch seiner üblichen Flirterei lag. „Darauf freue ich mich schon."

„Ein Drache zu sein oder sich mit mir zu verbinden?"

„Beides." Seine Hände ruhten auf meiner Taille, seine Daumen strichen über den Stoff meines Kleides und bei seiner Berührung spürte ich ein Aufflackern der Lust.

„Ich auch", sagte ich, bevor ich mich herunterbeugte und seine Lippen fand. Ich küsste ihn sanft um ihm zu zeigen, dass ich ihm seine Vergangenheit verzieht und eine Zukunft mit ihm haben wollte, aber daraus wurde bald mehr. Die Leidenschaft übernahm die Oberhand und vertiefte unseren Kuss, so als könnten wir nicht genug voneinander bekommen.

Wir küssten uns mit einem fast verzweifelten Bedürfnis, als die Hitze zwischen unseren Körpern aufloderte. Er zog mich auf seinen Schoß, sodass sich mein Kleid um meine

Taille wölbte, während ich mich rittlings auf ihn setzte. Ich keuchte auf, als seine harte Länge gegen meinen Körper drückte, während seine Hände meine nackten Beine berührten. Seine Finger glitten langsam über meine Haut, immer höher und höher, bis sie auf meinen Schenkeln ruhten, so nah an dem Punkt, an dem ich ihn so sehr spüren wollte.

Gemeinsam zogen wir mein Kleid aus und warfen es beiseite, sodass ich nur noch mein fast durchsichtiges Unterhemd trug. Seine großen Hände ruhten auf meiner Taille und unsere Münder fanden sich wieder, aber dann zerrte ich an seinem Hemd und wollte es ausziehen. Mit einer sanften Bewegung hob er es über seinen Kopf und enthüllte die gebräunte, muskulöse Brust, die ich schon vorher gesehen hatte, ganz zu schweigen von seinen ebenso gut geformten Armen. Ich strich mit den Händen über seinen Bauch, spürte die Kraft unter meinen Fingerspitzen und begann dann, seine Schultern und Arme zu erkunden. Mit jeder Berührung wollte ich mehr von ihm.

Ich griff nach seiner Hose, aber er fing meine Hand ab und hielt mich auf.

„Ich bin bereit", sagte ich zu ihm.

„Ich nicht", sagte er.

Ich blinzelte ihn an. „Du ... willst mich nicht?"

„Oh nein, ich will." Er bewegte seine Hüften leicht und rieb seinen harten Schaft zwischen meinen Beinen. „Glaub mir, ich will es wirklich. Aber nicht heute Nacht."

„Das verstehe ich nicht."

Er streichelte mein Gesicht, während er mir in die Augen blickte. „Wir sollten warten, bis wir den Feuertempel erreichen."

„Warum? Ich dachte, du wolltest vorher noch etwas üben."

„Jetzt nicht mehr." Er zog mich aufs Bett und zog die Decke über uns, dann nahm er mich in die Arme. „Wenn wir zusammen sind möchte ich, dass du weißt, dass es mir nicht nur um Sex geht. Mit dir wird es noch viel mehr sein."

Ich kuschelte mich an ihn. „Ich weiß, Jasin. Es tut mir leid, dass ich vorher an dir gezweifelt oder mir Sorgen um deine Vergangenheit gemacht habe."

Er berührte meine Lippen mit seinen Fingern. „Du hattest Recht an mir zu zweifeln. Bevor ich dich getroffen habe, war ich verloren. Man hatte mir gesagt, dass mein Leben eine bestimmte Richtung haben sollte, obwohl es sich nie richtig anfühlte. Ich ließ zu, dass andere mich so formten wie sie es wollten, anstatt für das einzutreten, woran ich glaubte. Ich habe Dinge getan, auf die ich nicht stolz war. Ich habe mich nie auf etwas oder jemanden eingelassen. Aber all das änderte sich, als ich geschickt wurde, um dich zu suchen. Der Feuergott mag mir diese Kräfte gegeben haben, aber du hast mir ein Ziel gegeben. Du hast mir etwas gegeben, für das ich kämpfen kann. Und du bedeutest mir mehr als du ahnst."

Bei seinen Worten wurde mir warm ums Herz. „Du bist mir auch wichtig, Jasin."

„Und jetzt schlaf", sagte Jasin und drückte mir einen Kuss auf die Stirn. „Denn sobald wir den Feuertempel erreichen, wirst du nicht mehr viel Schlaf bekommen, bei all den unartigen Dingen die ich mit dir anstellen werde."

„Das hört sich gut an." Ich verlagerte mein Bein so, dass es über ihm lag und wollte unsere Körper so eng wie möglich aneinanderpressen. Obwohl ich immer noch vor

Verlangen nach ihm brannte, war es genauso gut in seinen Armen gehalten zu werden und zu wissen, dass er sich um mich sorgte, so wie ich mich um ihn sorgte. Alle Zweifel die ich einmal an ihm gehabt hatte, waren verschwunden. Ich war bereit für alles, was uns im Feuertempel erwarten würde.

KAPITEL 34
JASIN

S teh auf!", flüsterte jemand.

Meine Augen öffneten sich mit einem Ruck. Ich war sofort wach, griff nach meinem Schwert und war bereit zu kämpfen. Jemand bewegte sich in meinem Schlafzimmer, ich erkannte eine dunkle Gestalt im spärlichen Licht der Morgendämmerung. Ich bereitete mich auf einen Angriff vor, bis ich erkannte wer es war. Meine Mutter.

Ich entspannte mich ein wenig, bis ich mich daran erinnerte, dass Kira im Bett neben mir lag und nur ihr leichtes Unterhemd trug. Meine Mutter wusste, dass wir uns ein Zimmer teilten und sie wusste definitiv von meinem Ruf bei den Frauen, aber es war etwas ganz anderes, wenn deine Mutter dich mit einer Frau im Bett erwischte.

„Beeil dich", sagte meine Mutter, bevor sie mir mein Shirt ins Gesicht warf.

Ich zog es mir über den Kopf. „Was ist los?"

Kira regte sich neben mir, stieß dann einen Aufschrei aus

und zog die Decke hoch, um sich zuzudecken, als sie sah, wer mit uns im Zimmer war.

Mama spähte durch die Vorhänge auf die Straße hinaus. „Dein Vater hat etwas Schreckliches getan. Ihr müsst sofort verschwinden."

„Erzähl es mir." Ich schnappte mir meine Stiefel und begann sie anzuziehen, während Kira sich schnell ihr Kleid überzog.

Meine Mutter drehte sich mit einem Stirnrunzeln um. „Er ist gegangen, um General Voor von dir zu erzählen. Sie werden jeden Moment hier sein, um dich als Deserteur zu verhaften."

Ich fluchte leise vor mich hin, während ich aufsprang und mir meine Waffen umschnallte. Der Schmerz über den Verrat meines Vaters saß tief, aber daran konnte ich jetzt noch nicht denken. Ich musste mich konzentrieren. Mich an mein Training erinnern. Alle rausholen. Am Leben bleiben.

Als Kira und ich angezogen waren, gingen wir zur Vorderseite des Hauses und fanden die anderen, die ebenfalls ihre Sachen bereit machten. Alle sahen benommen und erschöpft aus, aber stark und wach. Slade war bereit zu gehen und Auric und Reven schienen beide dank Kiras Magie vollständig geheilt zu sein.

„Es ist das Beste, wenn ihr hinten rausgeht", sagte meine Mutter und gab uns ein Zeichen ihr zu folgen.

„Wie konnte er das nur tun?", fragte ich schließlich, als wir die Hintertür erreichten.

„Er kann nicht klar denken. Ich habe versucht ihn zur Vernunft zu bringen, aber er wollte nicht hören." Sie schüttelte den Kopf. „Es tut mir so leid, Jasin."

Ich zog meine Mutter in eine feste Umarmung, während

mein Herz in meiner Brust hämmerte. Als ich mich von ihr löste, drehte sie sich zu Kira um, um auch sie zu umarmen.

„Ich bin so froh, dass ich dich kennenlernen durfte", sagte Mama, bevor sie Kira ein Päckchen in die Hand drückte. „Ich habe etwas Essen für euch alle eingepackt. Bitte kümmere dich für mich um Jasin."

„Das werde ich", sagte Kira. „Ich verspreche es."

Wir eilten durch die Tür und hinaus in das frühe Morgenlicht. Unsere Pferde warteten bereits draußen am Zaun angebunden und mit unseren Sachen beladen. Slade hatte sie gestern Abend geholt und wusste, dass wir vielleicht jeden Moment abreisen mussten.

Ich hob Kira auf mein Pferd, stieg dann hinter ihr auf und legte meinen Arm fest um ihre Taille. Eine Sekunde lang hielt ich sie einfach nur fest und atmete ein, während ich versuchte nicht daran zu denken, dass mein Vater mich als Deserteur verraten hatte. Kira legte ihre Hand auf meine und drückte sie.

„Das Nordtor ist in der Nähe", sagte ich, während ich die Zügel meines Pferdes aufnahm.

„Lasst uns gehen", sagte Auric.

Wir trieben unsere Pferde vorwärts, aber wir kamen nicht weit. Am Ende der Straße wartete bereits eine Reihe von berittenen Soldaten auf uns. Mein Vater stand an der Spitze - mit General Voor an seiner Seite. Der Anblick war wie ein Dolch in meiner Brust, obwohl es mich nicht überraschte, dass er sich gegen mich gewendet hatte. Ich war immer der enttäuschende Sohn gewesen.

„Da sind sie", sagte mein Vater. „Ich wusste, dass sie hierherkommen würden."

„Halt", brüllte der General und mir lief ein Schauer über

den Rücken. Wie oft hatte ich ihn schon Befehle schreien hören? Wie oft hatte er mich dazu gebracht Dinge zu tun, die ich später bereute?

Wir waren gezwungen anzuhalten und unsere Waffen zu ziehen. Mein Schwert war zu groß um es zu nutzen, während ich mit Kira ritt, aber ich zog mein Messer, während mein Pferd mit den Füßen stampfte. Auric, Reven und Slade machten sich ebenfalls bereit an unserer Seite zu kämpfen.

„Geht uns aus dem Weg, dann wird niemand verletzt", rief ich. „Wir wollen nicht gegen euch kämpfen."

„Ergib dich, Jasin", rief Voor. „Stell dich und nimm die Strafe für Deserteure auf dich, und wir lassen deine Frau am Leben."

Ein Anflug von Wut ließ mich rotsehen und ich hätte ihn fast angegriffen, weil er Kira überhaupt erwähnt hatte. „Niemals."

„Ihr könnt diesen Kampf nicht gewinnen", sagte General Voor und schüttelte seinen großen behelmten Kopf.

„Wollen wir wetten?", fragte Reven, wobei seine Stimme kalt und tödlich war.

General Voor starrte Reven an, bevor er seinen Blick über die anderen schweifen ließ. „Sie ... Sie waren gestern bei der Hinrichtung dabei. Sie haben diesen Verrätern des Widerstands zur Flucht verholfen." Er stieß ein raues Lachen aus. „Ozan, es scheint, dass dein Sohn nicht nur ein Deserteur, sondern auch ein Verräter ist."

„Ist das wahr?", fragte mich mein Vater. „Der Widerstand hat deinen Bruder getötet. Wie konntest du ihnen helfen?"

Mit seinem Selbstvertrauen, seiner Leidenschaft und

221

seiner Wut hatte mein Vater mir immer Respekt und gleichzeitig Angst eingeflößt. General Voor war genauso. Ich habe sie bewundert, bin ihnen gefolgt und habe ihnen gehorcht. Jahrelang tat ich was sie wollten, weil ich dachte, ich hätte keine andere Wahl, oder weil ich dachte, sie wüssten es besser als ich. Jetzt wurde mir klar, dass ich einen anmaßenden, kontrollierenden Tyrannen von einem Vater gegen einen anderen eingetauscht hatte. Aber ich war kein Feigling mehr und ich befand mich nicht mehr in ihrer erdrückenden Gewalt. Kira und die anderen hatten mir gezeigt, dass es Zeit war für mich selbst und meine Überzeugungen einzustehen.

Ich starrte meinen Vater und General Voor an. „Ich habe die Armee verlassen, weil ich keine Befehle mehr befolgen konnte, von denen ich wusste, dass sie falsch waren. Und ich habe diesen Menschen geholfen, weil es das Richtige war."

„Du bist wirklich ein Verräter", sagte mein Vater und spuckte auf den Boden. „Mögen Sarks Flammen deine Knochen in Asche verwandeln."

„Holt sie euch", sagte General Voor.

Auf seinen Befehl hin stürmten die Soldaten auf ihren Pferden auf uns zu. Wut brannte heiß in mir und es war mir egal, ob jemand von meiner Magie wusste. Wenn mein Vater Flammen wollte, würde ich ihm ein paar verdammte Flammen zeigen.

Ich streckte meine Hand aus und Feuer sprang aus dem Boden vor uns empor und bildete eine lodernde Mauer zwischen uns und den Soldaten. Als sie so hoch wie mein Haus war, riss ich an den Zügeln, um mein Pferd umzudrehen. „Hier lang!"

Während die Soldaten schrien und vor den Flammen zurückwichen, führte ich die anderen durch die leeren

Straßen des frühen Morgens zum Nordtor. Auch dort würden Soldaten stationiert sein, aber es war der nächstgelegene Fluchtweg und wir mussten schnell aus dieser Stadt herauskommen.

Unsere Pferde galoppierten durch die steinernen Straßen auf unser Ziel zu. Ich hielt Kira fest, als ich unsere Gruppe anführte und betete, dass ich mich an den schnellsten Weg erinnerte. Ihre anderen Gefährten ritten dicht auf unseren Fersen hinterher.

Gerade als ich dachte, wir wären entkommen, tauchte General Voor mit zwei weiteren Soldaten vor uns auf. Slade schnippte mit der Hand und eine Steinmauer stürzte über den Soldaten zusammen, sodass sie zu Boden gingen. Ich nickte ihm kurz zu, während wir weiter durch die Straßen preschten.

Ich entdeckte das schwere Steintor vor uns und war erleichtert, dass es bereits geöffnet war. Händler und andere Reisende fuhren bereits mit ihren Karren hindurch und zwangen uns, langsamer zu werden während wir um sie herum manövrierten.

„Haltet sie auf!", rief ein Soldat hinter uns.

Die Wachen am Tor sprangen auf und griffen zu ihren Schwertern und Bögen. Zwei von ihnen stürmten auf uns zu, doch Auric schleuderte sie beide gegen die Mauer zurück. Mit einem Schrei trieben wir unsere Pferde an und schafften es durch das Tor, aber wir waren noch nicht sicher - zumindest nicht vor den Bogenschützen oben auf der Mauer, die sich bereit machten, auf uns zu schießen.

„Ich habe das im Griff", sagte Reven.

Als die Pfeile flogen, zog er das gesamte Wasser aus dem Graben und ließ es direkt nach oben fliegen, wo es in der

Luft gefror und eine hohe Eiswand zwischen den Bogenschützen und uns bildete. Beeindruckend.

„In die Berge!", rief ich.

Unsere Pferde trabten den rauen, felsigen Hang hinauf,
wo die Bäume und das Gestrüpp bald die Sicht auf uns
versperrten, obwohl ich keinen Zweifel daran hatte, dass die
Soldaten uns bald nachjagen würden. Ich schaute immer
wieder zurück, in der Erwartung, den General oder meinen
Vater zu sehen, aber der Weg hinter uns blieb frei.

Wir trieben unsere Pferde an, bis die Sonne hoch am
Himmel stand und Kira hielt die ganze Zeit über meine
Hand. Obwohl es mich innerlich verbrannte, weil ich
wusste, dass mein Vater mich verraten hatte und ich nie
wieder nach Hause zurückkehren konnte, war es das alles
wert - für sie.

KAPITEL 35
KIRA

Nach einem langen, anstrengenden Tag, an dem wir auf dem Weg zum Vulkan, Berge rauf und runter geritten waren, fand Slade eine Höhle, in der wir uns für die Nacht verstecken konnten. Bis jetzt hatten wir keine Anzeichen der Onyxarmee hinter uns entdeckt, aber das bedeutete nicht, dass sie uns nicht folgten. Unsere einzige Hoffnung war, zum Feuertempel zu gelangen und zu beten, dass wir dort in Sicherheit sein würden - oder dass wir Jasins Drachenform freisetzen und uns den Weg nach draußen bahnen konnten.

Wir aßen die Nudelreste, die Ilja für uns eingepackt hatte, aber anstatt am Lagerfeuer zu sitzen und zu plaudern, zogen sich alle Männer in verschiedene Ecken der Höhle zurück oder schlichen nach draußen, um mit ihren Gedanken allein zu sein. Zu meiner Überraschung stellte ich fest, dass ich das Gegenteil von Einsamkeit wollte und ihre Gesellschaft vermisste. Nach fast zwei Wochen mit diesen

Männern hatte ich mich allmählich daran gewöhnt, sie immer an meiner Seite zu haben.

„Kann ich mich hierhersetzen?", fragte ich Slade, der gerade seine Axt schärfte.

„Natürlich." Er legte seine Axt ab und tätschelte den Platz auf der Decke neben sich.

Mit einem müden Seufzer ließ ich mich neben ihn sinken. „Danke. Es war ein langer Tag."

„Es war eine lange Woche."

„Stimmt. Aber zwischen dem Kampf gegen Soldaten, der Hilfe bei der Flucht von Gefangenen und dem Bergauf- und Bergablaufen fühle ich mich besonders müde." Ich stützte mich auf meine Hände und streckte meine Beine aus. „Glaubst du, die Mitglieder des Widerstands sind heil davongekommen?"

„Ich hoffe es. Unsere Flucht heute Morgen hat vielleicht dazu beigetragen, die Soldaten abzulenken, die ihnen gefolgt wären."

Daran hatte ich nicht gedacht, aber ich nickte. „Woher wusstest du von dem Versteck des Widerstands?"

Er fuhr sich mit der Hand über seinen dunklen Bart. „Ich war mal Mitglied des Widerstands."

„Tatsächlich?" Ich blinzelte ihn an. „Hast du mit ihnen gegen die Onyxarmee gekämpft?"

„Nein, nichts dergleichen. Ich habe Waffen hergestellt und einige von ihnen versteckt, wenn sie in Schwierigkeiten waren. Das war alles."

„Wie bist du mit ihnen in Kontakt gekommen?"

„Ein Freund überredete mich ihnen zu helfen, aber ich versuchte, meine Beteiligung so gering wie möglich zu halten.

Ich wollte meiner Stadt, meiner Familie und meinen Freunden keinen Ärger bereiten." Er runzelte die Stirn, als er auf seine Axt blickte. „Aber der Ärger hat mich trotzdem gefunden."

„Ich weiß was du meinst", sagte ich seufzend. „Irgendwann sollten wir den Widerstand vielleicht aufsuchen und ihn überzeugen, uns zu helfen. Es könnte gut sein, ein paar Verbündete zu haben."

„Wir können es versuchen, aber der Widerstand überlebt, indem er sich versteckt hält. Vielleicht sind sie nicht daran interessiert uns zu helfen."

Ich dachte an meine Eltern und fragte mich wieder, ob sie auch Mitglieder des Widerstands waren oder ob sie wirklich wegen mir getötet wurden. Oder beides.

„Darüber machen wir uns wohl später Gedanken." Ich legte meine Hand auf seinen Arm. „Aber danke für alles, was du in Ashbury getan hast."

„Das war doch nichts." Er sah mir in die Augen, und etwas in mir regte sich, als ich sein schroffes, gutaussehendes Gesicht bewunderte. Ich wollte mit den Fingern durch seinen Bart streichen und sehen, ob er so weich war, wie er aussah. Ich wollte diese sinnlichen dunklen Lippen küssen. Als er mich ansah, glaubte ich, ein ähnliches Verlangen in ihm aufglimmen zu spüren, doch dann wandte er sich ab und schärfte wieder seine Axt.

Da ich spürte, dass unser Moment vorbei war, stand ich auf und ging zu Auric hinüber, der eine Karte studierte, die er flach auf einen großen Felsen gelegt hatte.

„Wie fühlst du dich?", fragte ich ihn. „Irgendwelche Probleme mit deiner Schulter?"

„Nein." Er dehnte seinen Rücken und seine Arme. „Wenn

ich es nicht besser wüsste, würde ich denken, ich wäre nie verletzt gewesen."

„Gut." Ich lehnte mich an seine Seite und schaute auf die Karte. „Wie nah sind wir dran?"

„Ich glaube, wir sind ungefähr hier", sagte er und deutete auf eine Stelle in der Bergkette, die das Feuerreich durchquerte. Er fuhr mit dem Finger zu einem großen schwarzen Gipfel hinüber. „Der Tempel des Feuergottes ist hier, in der Nähe des Vulkans Valefire, am Rande des östlichen Meeres. Ich schätze, wir sollten ihn morgen Nachmittag erreichen."

Ich nickte und schlang meine Arme um meinen Körper. Eine verwirrende Mischung von Gefühlen wirbelte in mir auf bei dem Gedanken, morgen das Ende dieser Reise zu erreichen. Ich war hin- und hergerissen zwischen Nervosität, Angst, Aufregung und Besorgnis. Ich hatte keine Ahnung was mich im Tempel erwartete und ich war mir nicht sicher, ob ich auf das vorbereitet war, was uns dort erwarten würde.

Auric musste mein Unbehagen gespürt haben, denn er schenkte mir ein warmes Lächeln. „Mach dir keine Sorgen. Im Tempel sollte es Priester geben, die dich durch den Prozess führen. Hoffentlich können sie uns auch mehr Informationen geben."

„Das wäre gut", sagte ich, obwohl ich nicht sehr begeistert war.

„Hast du Bedenken mit Jasin zu schlafen?"

„Ein wenig." Ich blickte zu Jasin hinüber, der allein dasaß und in das Feuer starrte, das er entzündet hatte. „Nicht, weil ich es nicht tun will. Aber es ist mein erstes Mal und es lastet eine Menge Druck auf mir."

„Ich verstehe." Er nahm meine Hände in seine. „Ich denke, Jasin wird sich gut um dich kümmern."

„Stört es dich, dass du mich mit ihm teilen musst?"

„Nein, aber im Luftreich ist es üblich, dass die Menschen mehrere Partner haben." Er zuckte mit den Schultern. „Natürlich wäre ich gerne der Erste gewesen und Jasin wäre nicht meine Wahl, um dich mit ihm zu teilen, aber er ist loyal. Was auch immer er in seiner Vergangenheit getan haben mag, du bist ihm sehr wichtig. Das kann jeder sehen."

„Danke. Ich sollte wahrscheinlich mit ihm reden."

„Ja, das solltest du." Er gab mir einen schnellen Kuss, dann ließ er meine Hände los und widmete sich wieder seiner Karte.

Ich gesellte mich zu Jasin ans Feuer und setzte mich neben ihn, wobei ich versuchte, mir meine Angst vor den Flammen nicht anmerken zu lassen. „Es tut mir so leid, was heute Morgen passiert ist."

Er nickte, sein Gesicht war ernst. „Ich hätte nie gedacht, dass mein Vater so etwas tun würde. Ich kann nur hoffen, dass meine Eltern mir eines Tages verzeihen und verstehen werden, warum ich diesen Weg gewählt habe. Das scheint aber unwahrscheinlich zu sein."

Ich lehnte mich an ihn und legte meinen Kopf auf seine Schulter. „Du hast getan, was du für das Beste hieltest. Ich bin stolz auf dich, auch wenn sie es nicht sind."

Er drückte mir einen Kuss auf den Scheitel. „Das ist alles, was ich hören muss."

Wir saßen in kameradschaftlichem Schweigen, während die Flammen vor uns knisterten und züngelten, bis ich sagte: „Auric sagte mir, dass wir morgen den Tempel erreichen."

„Gut. Ich bin bereit." Er zog sich zurück und sah mir in die Augen. „Bist du es auch?"

„Ich denke schon. Ich bin immer noch wegen vieler Dinge nervös, aber ich will es tun."

Er zog eine Augenbraue hoch. „Nervös, weil du mit mir zusammen sein wirst?"

„Ja, und wegen des ganzen Feuers." Ich schluckte. „Ich konnte das brennende Haus nicht ertragen. Was soll ich denn im Feuertempel machen? Oder wenn du ein Drache bist, oder ich über meine eigene Feuermagie verfüge?"

Er legte einen Arm um mich. „Ich werde nicht zulassen, dass dir etwas zustößt, das verspreche ich. Und sobald du diese Magie besitzt, werde ich dich ausbilden. Ich gebe es nur ungern zu, aber ich bin in den letzten Tagen, dank unseres Trainings viel besser geworden."

„Ja, das bist du. Die Flammenwand von vorhin hat mich sehr beeindruckt."

Sein überhebliches Lächeln kehrte zurück und etwas von der Melancholie wich aus seinen Augen. „Hattest du Angst?"

„Nein, hatte ich nicht", sagte ich, überrascht von meiner Antwort.

Er atmete lange aus. „Ich weiß, dass du mir nicht immer vertraut hast - sowohl mit meinem Feuer als auch mit deinem Herzen - und das bedeutet mir sehr viel."

„Ich vertraue dir", sagte ich und meinte es ernst. Obwohl mich sein früherer Ruf bei Frauen zunächst beunruhigt hatte, spürte ich seine Leidenschaft für mich mehr als bei allen anderen Männern. Jasin war nicht der Typ, der sich zurückhielt - er sagte, was er fühlte, oft ohne vorher nachzu-denken und das war eines der Dinge, die ich an ihm liebte.

Bei ihm musste man sich nie Sorgen machen, woran man war.

Er drückte seine Lippen auf meine. „Ich bin bereit für morgen. Ich will dir gehören und ich will, dass du mir gehörst.“

„Ich auch.“

Er zog mich an sich und küsste mich mit all der aufgestauten Leidenschaft, bis ich mich zurückziehen musste, um ihn nicht auf die Decke zu zerren, um das fortzusetzen, was wir gestern Abend begonnen hatten, auch wenn die anderen Jungs zusahen. Obwohl es mir eigentlich nichts ausmachen würde, wenn die Jungs zusehen würden. Oder mitmachten.

Bei diesem Gedanken schaute ich zu Auric und Slade hinüber, aber sie schauten uns beide nicht an, als wollten sie uns etwas Privatsphäre geben. Aber das vierte Mitglied unserer Gruppe war nirgends zu sehen.

„Wo ist Reven?“, fragte ich, als ich mich von Jasin löste.

Jasin zuckte mit den Schultern. „Vielleicht draußen?“

Ich seufzte. „Ich sollte mal nach ihm sehen.“

Ich schlüpfte durch den niedrigen Eingang der Höhle in das kleine Tal nach draußen. Unter der winzigen Sichel des Mondes stand Reven neben seinem Pferd und packte etwas aus einer seiner Taschen aus. Nein, er packte nichts aus, er packte etwas hinein.

„Was tust du da?“, fragte ich.

Er drehte seinen schwarzhaarigen Kopf zu mir. „Ich gehe.“

Mein Magen sank so schnell zu Boden, dass mir fast schwindlig wurde. „Was? Warum?“

„Ich hatte nie vor, Teil dieses Teams zu sein. Die letzte Nacht hat mir das wieder vor Augen geführt.“

„Letzte Nacht hast du diesen Leuten geholfen. Du hast mein Leben gerettet. Und danach ..." Ich machte einen Schritt auf ihn zu. „Ich begann zu glauben, dass ich dir etwas bedeute. Und unsere Mission. Was hat sich geändert?"

„Was sich geändert hat ist, dass du dein Leben für mich riskiert hast."

„Ich verstehe nicht ... Warum ist das schlecht?"

„Du hättest dich dabei fast umbringen lassen. Und heute hat mich General Voor deswegen erkannt und damit die ganze Gruppe in Gefahr gebracht." Er schüttelte den Kopf, seine Stimme triefte vor Abscheu. „Sich um Menschen zu sorgen macht einen schwach. Ich hätte schon vor langer Zeit gehen sollen."

Meine Kehle schnürte sich zu und es fiel mir schwer zu sprechen. Er verließ uns wirklich, gerade als ich dachte, dass er anfing wirklich ein Teil der Gruppe zu werden - und dass er Gefühle für mich hatte. „Was ist mit dem Wassergott?"

Er zuckte mit den Schultern, während er seinen Rucksack schloss. „Er kann jemand anderen zu seinem Drachen machen. Vielleicht lässt er dich dieses Mal einen besseren auswählen."

Der Gedanke, dass jemand anderes der Azurblaue Drache und das vierte Mitglied meines Teams sein könnte, war zu schrecklich, um es auch nur in Erwägung zu ziehen. Meine ganze Seele lehnte diesen Gedanken ab. „Und wenn ich dich auswähle?"

Er warf mir einen scharfen Blick zu. „Das ist keine Option."

„Aber wir brauchen dich." Ich trat näher heran und legte eine Hand auf seine Brust. „Ich brauche dich."

Er schaute mir in die Augen und ich sah darin so etwas wie Sehnsucht, was mich glauben ließ, dass er vielleicht doch bleiben würde. Dass all dies nur seine Art war, sein Herz zu schützen und dass er nichts davon ernst meinte, nicht wirklich. Als er meine Hand nahm, wuchs meine Hoffnung, aber er ließ sie nur fallen.

„Du wirst jemand anderen finden müssen, der sich um dich sorgt", knurrte er. „Ich habe keine Lust, zu einem Feind der Onyxarmee zu werden. Ich mache viele Geschäfte mit ihnen."

Ich stolperte zurück, schockiert und verletzt von seinen Worten. „Ist das alles, was dich interessiert? Deine Geschäfte?"

„Mir geht es ums Überleben. Und ich muss mich um mich selbst kümmern und um niemanden sonst. Das solltest du auch tun."

„Aber du weißt, wofür wir kämpfen. Wie kannst du einfach weggehen?" Ich wollte schreien und weinen und ihn anflehen zu bleiben. „Auf wessen Seite stehst du eigentlich?"

Er zog sich die Kapuze über den Kopf. „Ich stehe auf niemandes Seite, nur auf meiner eigenen. Ich dachte, das hättest du inzwischen begriffen."

„Reven, das bist nicht du. Du bist ein guter Mann. Das weiß ich."

„Genau da liegst du falsch." Er schwang sich auf sein schwarzes Pferd und sah auf mich herab. „Du versuchst ständig, einen Helden aus mir zu machen, aber du musst das mal in deinen hübschen Kopf bekommen: Es gibt keine Helden auf dieser Welt und wenn es welche gäbe, wäre ich keiner von ihnen."

„Dann geh", sagte ich und zitterte fast vor Wut und Unglauben. „Wenn du so denkst, will ich dich hier sowieso nicht haben."

„Glaub mir, ohne mich bist du besser dran."

Und damit ritt er in die Dunkelheit, während ich ihm nachstarrte, zu geschockt und untröstlich, um mich zu verabschieden.

KAPITEL 36
AURIC

I ch faltete die Karte zusammen und legte sie weg, dann holte ich mein Notizbuch hervor, um meine täglichen Aufzeichnungen über unsere Reise zu machen. Die anderen hielten es für Zeitverschwendung, aber eines Tages könnten meine Aufzeichnungen jemand anderem nützlich sein, vielleicht den nächsten Leuten, die in unsere Fußstapfen treten.

Ich ging näher an das Feuer heran, in das Jasin mit grüblerischer Miene starrte, um mehr Licht zu bekommen. Normalerweise war er kein Grübler - das war eher Revens Stil -, aber nach den heutigen Ereignissen hatte er guten Grund dazu.

Ich überlegte einen Moment, bevor ich mich neben ihn setzte. Jasin und ich kamen nicht immer gut miteinander aus, aber das wollte ich ändern. „Jasin, es tut mir leid, was mit deinen Eltern passiert ist."

Er legte den Kopf leicht schief. „Danke."

„Falls es etwas wert ist, ich weiß wie es ist, der jüngste Bruder und der enttäuschende Sohn zu sein."

„Ach ja?" Er gluckste leise. „Aber ich wette, dein Vater würde dich nie so hintergehen."

„Da bin ich mir nicht sicher. Ich nehme an, wir werden es herausfinden, wenn wir das Luftreich erreichen." Unbehagen machte sich in mir breit, als ich über unseren nächsten Schritt nach dem Feuertempel nachdachte. „Ich bezweifle, dass ich mich nach meiner Rückkehr vor ihnen verstecken kann. Wie auch immer, es ist eine Schande, dass du so etwas erleben musstest."

Bevor er etwas erwidern konnte, stürmte Kira in die Höhle, ihr Gesicht war errötet und ihre Augen tränten. Jeder von uns sprang auf die Füße.

„Geht es dir gut?", fragte Slade.

„Reven ist weg", sagte sie.

„Was soll das heißen, weg?", fragte Jasin.

Sie schlang ihre Arme um sich. „Er ist gegangen. Er will keiner meiner Gefährten sein."

Die anderen sahen genauso schockiert aus, wie ich mich fühlte. Kira verlassen? Das war unmöglich. Auch wenn wir uns noch nicht offiziell verbunden hatten, konnte ich mir nicht vorstellen, irgendwo anders als an ihrer Seite zu sein und sie zu unterstützen, wo immer ich konnte. Wie konnte Reven nicht dasselbe fühlen?

Ich nahm sie in meine Arme und drückte sie fest an mich. „Es tut mir leid."

Als sie ihren Kopf an meiner Schulter anlehnte, kam Jasin zu uns und umarmte sie von hinten. „Er ist ein Idiot", sagte er.

„Ich wusste, dass er gehen wollte, aber ich hätte nie

gedacht, dass er es wirklich tun würde", sagte Slade. Er blieb zurück, sah aber zögernd aus, als wollte er mitmachen, war sich aber nicht sicher, ob er es tun sollte.

Kira zog sich zurück und wischte sich über ihre feuchten Augen. „Was sollen wir jetzt tun?"

„Das Einzige, was wir tun können", sagte ich. „Weitermachen."

KAPITEL 37

KIRA

Ich schaute zum hundertsten Mal hinter uns, in der Hoffnung, Revens dunkles Profil oder sein schwarzes Pferd zu sehen, aber er war nicht da.

„Er kommt nicht zurück", sagte Auric. „Es tut mir leid, Kira."

Seufzend schlang ich meine Arme um Auric und legte meinen Kopf an seine Schulter. „Vielleicht, aber es ist schwer zu akzeptieren, dass er wirklich weg ist."

Er lenkte das Pferd um einen großen Felsbrocken. „Ich weiß. Aber jetzt kannst du jemanden finden, der wirklich hier sein will."

Ich versuchte es so zu sehen, aber ich wurde das Gefühl nicht los, dass Revens Weggang eine große Lücke in meinem Herzen hinterlassen hatte. Ich hatte geglaubt, wir hätten begonnen, etwas Echtes zu entwickeln, aber ich hatte mich offensichtlich geirrt. Obwohl er sich von mir distanziert hatte, fühlte ich zu ihm die gleiche Verbindung wie zu den anderen Männern. Zuerst konnten wir so tun, als wäre es nur die Magie, die uns zusammenbrachte, aber jetzt nicht mehr. Die Tatsache, dass Reven gehen konnte bewies, dass es keine Magie gab, die ihn oder die anderen Männer zwang, bei mir zu bleiben.

Als wir uns Valefire, dem Vulkan, in dem sich der Feuertempel befand, näherten, wurde die Landschaft kahl und bedrohlich. Die dichten Sträucher und dürren Bäume lichteten sich und das Land wurde schwarz von der einst ausgetretenen Lava. Dampf und kochendes Wasser traten immer wieder aus Löchern im Boden aus und wir mussten zahlreiche tiefe Krater umrunden, je näher wir dem Hang des Vulkans kamen.

Ich hatte erwartet, dass der Valefire wie ein hoher Berg aussehen würde, aber stattdessen war er eher ein Hügel mit einer flachen Spitze, aus der eine große weiße Rauchfahne in den strahlend blauen Himmel stieg. Dahinter war der Ozean zu erkennen, zusammen mit noch mehr dichtem Rauch.

Jasin hielt sein Pferd plötzlich an und starrte in den Himmel. „Der Vulkan ... er bricht aus."

„Das kann nicht sein", sagte Auric. „Der Vulkan sollte eigentlich ruhen."

„Das tat er bis vor Kurzem. Früher gingen die Menschen bis zum Krater und warfen Opfergaben für den Feuergott hinein."

„Sind wir in Gefahr?", fragte ich.

„Ich bezweifle, dass der Feuergott uns jetzt noch aufhalten will", sagte Slade.

Auric schaute auf den Vulkan. „Wir sollten sicher sein, denn es scheint keine allzu heftige Eruption zu sein."

„Wo ist der Tempel?", fragte ich.

„Er ist ganz oben", sagte Jasin mit grimmiger Miene.

Ich nickte. „Dann gehen wir weiter."

Das Gelände wurde noch unwegsamer, als wir den Fuß des Vulkans erreichten. Es war nichts Lebendiges in Sicht, nicht einmal Unkraut. Der geschwärzte Boden wies seltsame seilartige Muster auf, die, wie ich erkannte, von einem früheren Ausbruch stammten, bei dem sich der Lavastrom verhärtet und gefestigt hatte. Der Vulkan erhob sich hoch über uns mit seiner wirbelnden weißen Rauchwolke. Nur widerwillig ließen wir unsere Pferde zurück und nahmen nur das mit, was wir für den Aufstieg brauchten. Der Hang war voller schwarzer vulkanischer Formationen, Hügel und Krater übersät, und wir stolperten ihn weiter hinauf. An verschiedenen Stellen schoss noch mehr Dampf aus den Erdlöchern und die Luft wurde schwer vor Hitze und roch nach faulen Eiern. Ich hustete und hielt mir Mund und Nase mit einem Tuch zu, während meine Augen zu brennen begannen und mir der Schweiß von der Stirn tropfte.

Der Aufstieg war brutal und manchmal dachte ich, ich könnte aufgeben, aber ich hielt durch und wurde von meinen drei Gefährten ermutigt. Wir machten kurze Wasserpausen und sonst nichts, selbst als unsere Muskeln zu schmerzen begannen und die Sonne langsam hinter uns unterging. *Nur noch ein paar Schritte,* sagte ich mir immer wieder, bis wir endlich den Gipfel erreichten.

Der Boden war flach und glatt, bevor er plötzlich in einen Krater in der Mitte abfiel. Aus dem Krater stieg ein unheimliches orangefarbenes Licht auf, das ein beeindruckendes Gebäude aus schwarzem, glasigem Stein mit hohen, spitzen Türmen beleuchtete. Eine schöne Frau, die ich auf Mitte vierzig schätzte, stand davor und trug ein rotes Seidengewand mit schwarzen Verzierungen. Sie hatte blassblondes Haar und verbeugte sich tief, als wir uns näherten. „Seid gegrüßt, Aufgestiegene."

Ich blickte die anderen misstrauisch an. „Hast du uns erwartet?"

„Ja. Seit dem Ausbruch von Valefire, vor etwas mehr als einem Monat, wussten wir, dass der Feuergott sich rührt und neue Drachen aufsteigen." Sie ließ ihren Blick über die Männer schweifen. „Wer von euch ist vom Feuergott auserwählt worden?"

„Ich war es", sagte Jasin und trat vor.

„Zeig mir seine Gabe."

Jasin breitete seine Handfläche aus und beschwor einen Feuerball in der Mitte. Die Frau lächelte und sah zu, wie die Flammen züngelten, dann erzeugte sie einen ähnlichen Ball in ihrer Hand, der uns zum Staunen brachte.

„Wie ...?", fragte er.

„Mein Name ist Calla und ich bin die Hohepriesterin des Feuergottes." Sie schloss ihre Hand und die Flamme verschwand. „Wie dir, wurde auch mir ein Hauch seiner Macht verliehen, um ihm zu dienen."

„Heißt das, du bist auch ein Drache?", fragte Auric.

„Nein, das ist deine Bestimmung und nicht meine." Sie runzelte die Stirn, als sie wieder zwischen uns hin und her blickte. „Ich habe allerdings vier Männer erwartet."

Meine Kehle schnürte sich bei dieser Erinnerung zu. „Einer von ihnen wollte nicht hier sein."

„Das macht nichts. Du brauchst heute nur den Aufsteiger des Purpurnen Drachen." Sie gestikulierte in

Richtung der hohen Tür des Tempels, ihre langen Ärmel wehten um sie herum. „Bitte tretet doch ein."

Wir folgten ihr in einen riesigen Eingangsraum mit einer großen Kuppel und Dutzenden von Fackeln, die immer heller zu flackern schienen, je näher wir kamen. Ich versuchte, das Aufflackern der Angst bei diesem Anblick zu ignorieren und ging weiter auf eine große Drachenstatue zu, die aus demselben glatten, schwarzen Stein gefertigt zu sein schien, wie der Rest des Tempels. Davor warteten vier ältere, gutaussehende männliche Priester auf uns, die ähnliche Gewänder wie Calla trugen. Sie alle verbeugten sich tief, als wir näherkamen.

„Das sind die Priester des Feuergottes", sagte Calla und lächelte die vier Männer an. „Und meine Gefährten."

Ich hatte gehört, dass die Hohepriesterinnen den Wegen der Geistergöttin und des Schwarzen Drachen folgten und sich in derselben Tradition vier Gefährten nahmen, aber ich war mir nie sicher gewesen, ob das wahr oder nur ein Gerücht war. Vielleicht konnte sie mir einen Rat geben, wie ich mit vier Männern mit starken Persönlichkeiten umgehen sollte.

Wir tauschten alle unsere Namen aus, während die Priester mich und Jasin mit Ehrfurcht und Neugierde anstarrten.

„Es ist mir eine Ehre, euch kennenzulernen", sagte Blane, der erste Priester.

„Wir haben schon sehr lange auf euch gewartet", sagte ein anderer Priester namens Derel.

„Ach ja?", fragte ich. „Wie?"

„Es ist an der Zeit, dass ihr die Wahrheit über die

Drachen erfahrt", sagte Calla. „Aber zuerst braucht ihr wahrscheinlich ein paar Erfrischungen."

Sie führte uns in einen anderen großen Raum mit einem langen schwarzen Tisch, der bereits für ein Festmahl vorbereitet war. Wir ließen uns erschöpft auf die steinernen Stühle sinken und zwei der Priester schenkten uns Rotwein und kühles Wasser ein, während die anderen uns glasiertes Rindfleisch mit Gemüse und Nudeln servierten. Ich kippte eifrig ein ganzes Glas Wasser hinunter, bevor ich mich auf mein Essen stürzte.

„Was kannst du uns über die Drachen erzählen?", fragte ich, als meine Müdigkeit dank des köstlichen Essens zu schwinden begann.

Calla saß mir gegenüber und nahm einen Schluck Wein. „Der Schwarze Drache und ihre Gefährten beherrschen die Welt seit sechshundertdreißig Jahren, aber das war nicht immer so."

Auric lehnte sich vor, begierig nach ihrem Wissen. „Was meinst du damit?"

„Vor Tausenden von Jahren schufen die Götter Elementarwesen und Menschen. Sie glaubten, wir könnten in Harmonie existieren. Aber sie haben sich geirrt. Als die Menschen begannen, in die Ländereinen der Elementarwesen vorzudringen, verteidigten die Elementarwesen sich und wir waren ihrer Magie nicht gewachsen. Die Götter schufen die fünf Drachen als ihre Vertreter und segneten diese auserwählten Menschen mit den Kräften der Elementarwesen, um die Welt zu schützen und das Gleichgewicht zu wahren. Die Drachen fungierten als Vermittler zwischen den beiden Gruppen und viele Jahre lang herrschte Frieden."

Jasin machte eine Pause zwischen den Bissen. „Ich dachte, die Drachen sollten über uns herrschen."

„Ursprünglich nicht", sagte Blane, während er mein Wasser nachfüllte. „Sie waren Friedenswächter und Beschützer, keine Herrscher. Stattdessen hat sich jedes Reich selbst regiert. Bis Nysa."

„Der Schwarze Drache", sagte Slade leise, während mir bei ihrem Namen ein Schauer über den Rücken lief.

„Was hat sich mit ihr verändert?", fragte Auric.

Calla faltete die Hände vor sich. „Vor Nysa wurde alle fünfzig Jahre eine neue Gruppe von Drachen gewählt. Auf diese Weise konnte keiner der Drachen zu viel Macht erlangen. Aber Nysa hat einen Weg gefunden unsterblich zu werden und zu verhindern, dass neue Drachen ausgewählt werden."

„Wie?", fragte Slade.

„Das weiß niemand. Zuerst dachten die Priester, die Götter hätten ihr eine längere Herrschaft geschenkt, weil sie mit ihrer Arbeit zufrieden waren. Aber dann hörten die Götter auf, mit ihren Priestern zu sprechen und schienen ganz aus der Welt zu verschwinden. Einige glaubten, sie hätten uns aufgegeben oder die Kontrolle an die Drachen übergeben. Andere dachten, sie würden schlafen oder tot sein. Aber vor zwanzig Jahren besuchte mich der Feuergott und er sagte mir, ich solle mich auf eure Ankunft vorbereiten. Vor vierzig Tagen begann er sich wieder zu rühren."

„Das war mein Geburtstag", sagte ich. „Als all dies begann."

Sie nickte. "Neue Drachen wurden immer am zwanzigsten Geburtstag des Schwarzen Drachen ausgewählt. Aus welchem Grund auch immer sind die Götter wieder erwacht und haben euch alle ausgewählt."

Jasin nickte langsam. „Der Feuergott kam zu mir und sagte mir, ich solle Kira finden und sie in diesen Tempel bringen. Was nun?"

Calla schenkte uns beiden ein wissendes Lächeln. „Du und Kira müsst in den Altarraum gehen und euch verbinden, während die anderen hier warten. Seid ihr bereit zu beginnen?"

„Ich denke schon", sagte ich plötzlich nervös, während ich zu Auric und Slade hinüberblickte.

„Eure anderen Gefährten werden gut versorgt sein, ihr braucht euch also keine Sorgen zu machen", sagte Derel.

„Danke", sagte Auric. „Ich frage mich, ob ihr irgendwelche alten Texte über die Götter oder die Drachen habt, die ich mir ansehen könnte."

„Sicher", antwortete Blane.

Ich erhob mich und meine drei Gefährten standen ebenfalls sofort auf. Ich blickte zu Jasin hinüber, mein Herz schlug wie wild. Es war so weit.

Auric schlang seine Arme um mich, bevor er sich Jasin zuwandte und ihm zunickte. „Viel Glück."

„Behandle sie gut", brummte Slade zu Jasin, bevor er mir kurz zunickte. Die vier Priester führten sie in einen anderen Raum und ließen mich und Jasin mit Calla allein.

„Folgt mir", sagte Calla, als sie uns aus dem Speisesaal zurück in den Hauptraum führte. Sie geleitete uns zu einer hohen schwarzen Tür mit zwei eingemeißelten Drachen. „Seit etwa sechshundert Jahren hat niemand mehr diesen Raum benutzt, aber wir haben alles für euch vorbereitet." Sie blieb vor der Tür stehen und lächelte uns beide an.

„Nehmt euch so viel Zeit, wie ihr braucht. Wenn ihr euch verbunden habt, geht durch die andere Tür."

Jasin streckte die Hand aus und nahm meine. Ich hielt sie fest und schluckte den Kloß in meinem Hals hinunter, als sich die Tür für uns öffnete.

KAPITEL 38
REVEN

Mein Pferd bewegte sich langsam über das felsige, feindliche Gelände, während meine Gedanken aufgewühlt waren. Ich war den anderen in einigem Abstand gefolgt, um sicherzustellen, dass sie es unbeschadet zum Feuertempel schafften, aber jetzt war meine Pflicht erfüllt. Ich konnte gehen.

Ich *sollte* gehen.

Aber warum tat ich es nicht?

Ich würde es gern auf die Magie schieben, aber ich war letzte Nacht weit genug weggeritten, um mich zu vergewissern, dass mich nichts dazu zwang, mit Kira zusammen zu sein. Die Götter hatten mich zu ihr geführt, aber das war auch schon alles. Es gab nichts, was uns jetzt noch aneinanderband.

Ich holte tief Luft, lenkte mein Pferd vom Vulkan weg und trieb es nach Westen. Kira brauchte mich nicht mehr. Sie war zweifellos schon im Feuertempel und machte es sich mit Jasin gemütlich. Sobald sie fertig war, konnte sie sich einen anderen Mann als ihren Azurblauen Drachen suchen.

Ich konnte es nicht sein. Der Vorfall in Ashbury hatte das nur allzu deutlich gemacht.

Wenn ich die Augen schloss, konnte ich mir immer noch deutlich vorstellen, wie Kira sich vor mich warf, um mich vor den Soldaten zu schützen und dabei fast getötet wurde. Damals hatte mich ein heftiger Anflug von Panik überkommen, genauso wie jetzt bei dem Gedanken, dass sie meinetwegen sterben würde. Wie die letzte Frau, die ich geliebt hatte.

Mara war meinetwegen getötet worden und ich hatte mir geschworen, das nie wieder geschehen zu lassen. Vor Jahren war ich nicht in der Lage gewesen sie zu retten und jetzt hätte ich beinahe auch Kira im Stich gelassen. Deshalb musste ich gehen. Sich um jemanden zu sorgen, machte einen schwach und brachte ihn nur in Gefahr. Je eher Kira aufhörte, sich um mich zu sorgen, desto besser.

Meine grüblerischen Gedanken wurden unterbrochen, als ich einige dunkle Gestalten auf den Vulkan zureiten sah. Soldaten. Sie müssen uns von Ashbury aus hierher gefolgt sein.

Nicht mein Problem, sagte ich mir. *Nicht mein Kampf.*

Ich trieb mein Pferd vorwärts und nahm mir vor, Abstand zu den gepanzerten Männern zu halten. Kira und ihre verbliebenen Gefährten würden in der Lage sein, sie abzuwehren, vor allem, wenn Jasin ein Drache geworden war. Sie brauchten mich nicht. Und ich brauchte und wollte sie gewiss nicht.

Warum also hatte ich das Gefühl, den größten Fehler meines Lebens zu begehen?

KAPITEL 39

KIRA

J asin und ich traten in einen weiteren gewölbten Raum
aus demselben schwarzen Stein, in dem Fackeln um
eine erhöhte Plattform herum brannten. In der Mitte
stand ein großes Bett mit roter und schwarzer Seiden-
bettwäsche und vielen weichen Kissen. Wenn ich vorher
noch Zweifel daran hatte, was wir hier tun sollten, so waren
sie jetzt verflogen.

Ich fuhr mit meiner Hand an der glatten Wand entlang,
während ich mich langsam auf die Plattform zubewegte.
„Dieser Stein ist wunderschön."

Jasin stieg ohne zu zögern die Stufen zum Bett hinauf
und begann, seine Waffen und Rüstungen abzulegen. „Es ist
Obsidian. Vulkanisches Glas. Im Feuerreich werden viele
Schmuckstücke daraus hergestellt. Ich habe allerdings noch
nie ein ganzes Gebäude gesehen."

Ich folgte ihm auf den Altar und rang meine Hände, weil
ich mich unwohl fühlte. „Und was jetzt?"

Er hob eine Augenbraue. „Muss ich dir erklären, wie das funktioniert?"

„Nein", sagte ich und meine Wangen erröteten. „Es ist nur alles so ... gezwungen."

Ein finsterer Gesichtsausdruck legte sich über seine Lippen. „Wenn du das nicht willst ..."

„Ich will es", sagte ich schnell und nahm seine Hände. „Entschuldigung, gezwungen war das falsche Wort. Es ist einfach schwer in Stimmung zu kommen, wenn man weiß, dass da draußen sieben Leute darauf warten, dass wir loslegen. Und was wird passieren, wenn wir es tun? Reven ist weg. Das Feuer macht mir immer noch Angst. Die Onyxarmee ist uns auf den Fersen." Ich schüttelte den Kopf. „Ich fühle mich nicht bereit, zum Schwarzen Drachen zu werden. Vielleicht werde ich es nie sein."

Er zog mich in seine Arme. „Zweifelst du an mir?"

„Nein." Ich stieß ein nervöses Lachen aus. „Diese Situation ist nur nicht sehr romantisch."

„Vielleicht kann ich dir dabei helfen."

Er nahm mein Kinn und verschloss meinen Mund mit einem heißen Kuss. Die Leidenschaft entflammte sofort bei seiner Berührung, als ob sie sich in mir aufgestaut hätte und nun endlich freigesetzt werden konnte. Als er mich intensiver küsste, schlang ich meine Arme um ihn und verlangte verzweifelt nach mehr.

Sein Mund wanderte meinen Hals hinunter und sandte ein köstliches Kribbeln durch meinen Körper. „Vergiss alle anderen. Heute Abend geht es nur um dich und mich. Und ich wollte das schon sehr lange tun."

„Wirklich?", fragte ich atemlos.

„Seit dem ersten Mal, als ich im Wald auf dich gefallen

bin." Seine Lippen berührten mein Schlüsselbein. „Erzähl mir nicht, du hättest den Funken zwischen uns nicht auch gespürt."

„Das habe ich. Ich spüre es."

Er trat einen Schritt zurück und fasste nach dem Saum seines Hemdes, wobei seine Augen meine nicht losließen. Als er den Stoff hochhob, ließ ich meinen Blick auf seine Brust fallen und beobachtete, wie sich seine Muskeln bei der Bewegung wölbten. Er warf das Hemd beiseite, bevor seine Hände zur Vorderseite seiner Hose wanderten. Er hielt inne und eine seiner Augenbrauen wölbte sich, als würde er darauf warten, dass ich ihn aufhalte. Als ich mich nicht bewegte, zog er sie aus und schob sie beiseite, woraufhin ich den Atem anhielt.

Er trug nichts darunter.

„Gefällt dir, was du siehst?", fragte er mit diesem überheblichen Grinsen, das ich so liebte.

Ich konnte nur nicken und ihn anstarren, meine Kehle war trocken. Ich hatte schon den einen oder anderen nackten Mann gesehen und einmal hätte ich fast mit einem geschlafen, aber Jasin war wirklich in jeder Hinsicht von den Göttern gesegnet. Ich nahm seinen Anblick ganz in mich auf, meine Augen folgten dem V seiner Hüften bis zu dem großen Schwanz, der zwischen seinen muskulösen Schenkeln hervorlugte. Vielleicht war ich diejenige, die gesegnet war.

In der Hoffnung ihm zu zeigen, dass ich genauso begierig darauf war wie er, zog ich mein Kleid aus, sodass ich nur noch mein Unterhemd trug. Er hatte mich schon einmal darin gesehen, aber seine Augen verfolgten meine Bewegungen trotzdem mit großem Hunger. Langsam hob ich das Hemd über meinen Kopf, sodass ich genauso nackt dastand wie er.

„Bei den Göttern, du bist wunderschön", sagte Jasin. „Ich könnte dich stundenlang anschauen."

„Willst du nur schauen?", fragte ich mit einem neckischen Lächeln.

„Oh nein. Ich werde viel mehr tun als das." Er legte seine Hände auf meine Hüften, seine Finger waren warm auf meiner nackten Haut. „Ich werde dich berühren. Ich werde dich schmecken. Und dann werde ich dich zu meinem Eigentum machen."

Er nahm mich in seine starken Arme und hob mich hoch, dann setzte er mich sanft auf dem Bett ab und legte sich auf mich. Wir lagen Haut an Haut und ich spürte, wie sich sein harter Schwanz zwischen meine Schenkel schob. In einem Anfall von Verlangen wölbte ich mich ihm entgegen und mein Atem ging schneller.

„Ich bin bereit", sagte ich und schaute in sein hübsches Gesicht.

Er kicherte leise, als er meinen Hals kraulte. „Oh, jetzt bist du ungeduldig?" Seine Lippen tanzten über meine Haut, als wollten sie mich necken. „Wir haben gerade erst angefangen."

Sein Mund wanderte nach unten, bis er meine Brüste fand, wo meine Nippel bereits hart für ihn waren. Ein leises Stöhnen entkam mir, als seine Zunge träge über die eine angespannte Knospe glitt, während seine Fingerspitzen die andere umkreisten. Als er die Brustwarze in den Mund nahm, wurde mir sofort heiß. Mein Kopf fiel zurück und meine Finger verhedderten sich in seinem dichten Haar, während er sich mit jeder Brust Zeit ließ und mich langsam verrückt nach ihm werden ließ.

„Jasin", keuchte ich. „Bitte."

Ich war mir nicht sicher, worum ich bettelte, aber Jasin bewegte sich bei meinen Worten nach unten. Seine Lippen zeichneten die Unterseite meiner Brüste nach, wanderten meinen Bauch hinunter und strichen über meine Hüften. Mit jeder Berührung wurde mein Verlangen größer und größer, bis sich mein ganzer Körper vor Verlangen zusammenkrampfte. Erst dann spreizte er meine Beine weit und tauchte seinen Kopf zwischen meine Schenkel.

Bei der ersten Berührung seines Mundes keuchte ich auf und wäre fast vom Bett gesprungen. Seine Hände umfassten meine Hüften und hielten mich fest, während seine Zunge langsam über meine Falten glitt. Mit seinem warmen Atem auf meiner Haut, seinen rauen Bartstoppeln zwischen meinen Schenkeln und seinen Fingern, die sich zu meinem Hintern bewegten und mich wie eine Opfergabe an seine Lippen hoben, kochte das Vergnügen in mir auf.

Als sein Mund meine empfindlichste Stelle fand, umklammerte ich das Laken und schrie auf. Als einer seiner Finger in mich eindrang, dachte ich, ich würde sicher sterben. Es war zu viel und doch wollte ich nicht, dass er aufhörte. Er war derjenige, der mich anbetete, aber ich war diejenige, die wimmerte und um Erlösung bettelte. Als er einen zweiten Finger in mich gleiten ließ, brach mein Höhepunkt wie ein Freudenfeuer in einer dunklen Nacht über mich herein und ich konnte nichts anderes tun, als mich ihm zu ergeben.

Während mein Körper zitterte, bewegte sich Jasin

langsam an mir hoch und bedeckte meine Haut mit seiner eigenen. „Jetzt bist du bereit!"

Er schob meine Schenkel weiter auseinander und schob sich zwischen sie, dann nahm er sich selbst in die Hand und rieb seinen Schwanz langsam zwischen meinen Falten, bis er schön glitschig war. Mir war fast schwindelig vor Vorfreude und ich wollte ihn schon wieder anflehen, als er sich in mich hineinschob.

Bei den Göttern, war er groß. Und herrlich warm, als würde ich nach einem langen, harten Tag in ein heißes Bad sinken. Ich spürte jeden Zentimeter, als er tiefer eindrang und er beobachtete die ganze Zeit über mein Gesicht, um zu sehen ob ich Schmerzen hatte. Aber nichts in mir schmerzte, außer diesem brennenden Bedürfnis in mir, das gestillt werden musste.

„Mehr", schaffte ich zu sagen.

Er schenkte mir ein selbstzufriedenes Grinsen und vergrub sich mit einem leichten Stoß in mir. Ich schrie auf, nicht vor Schmerz, sondern vor dem plötzlichen Vergnügen, so vollständig gedehnt und ausgefüllt zu werden. Unsere Blicke trafen sich und die Verbindung zwischen uns, die ich schon seit unserer ersten Begegnung gespürt hatte, brannte noch heißer.

Jasin sah mir in die Augen, während er sich mit langsamen, sanften Stößen in mir zu bewegen begann. Zuerst war der Druck intensiv und fast unangenehm, während sich mein Körper an seine Größe anpasste, aber dann wich er schnell den wunderbarsten Empfindungen. Meine Hüften begannen im Takt seiner Stöße zu wippen, während die köstliche Spannung zwischen meinen Beinen wuchs.

Als ob er mein Verlangen spürte, drückte er mich an sich

und eroberte meinen Mund, während meine Hände die harten Konturen seines Rückens berührten. Er stieß tief in mich hinein, unsere Körper bewegten sich in einem sanften Rhythmus, der mein Herz fast zum Platzen brachte, weil sich alles in diesem Moment so richtig anfühlte. Ich war für Jasin bestimmt, so wie er für mich bestimmt war. Und bald würde ich diesen Moment auch mit meinen anderen Männern teilen.

Doch dann setzte sich Jasin auf seine Fersen und zog meine Hüften nach oben, sodass sich mein Rücken wölbte, als er tiefer in mich eindrang und mich in einem Winkel berührte, der mich Sterne sehen ließ. Er griff mit einer Hand zwischen uns und begann gleichzeitig mich zu streicheln. Mit jedem Stoß ließ er die Flamme höher und höher schlagen, bis ich dachte, ich würde wirklich verbrennen.

„Komm für mich, Kira. Zeig mir, dass du mir gehörst."

Mit seiner anderen Hand auf meinem Hintern, um meine Hüften zu kontrollieren, entlockte Jasin mir einen explosiven Orgasmus, bei dem ich stöhnte und mich unter ihm wand wie eine wilde Bestie. Ich klammerte mich an ihn und drückte ihn fest an mich, während er immer schneller zustieß und sich ebenfalls der Lust hingab.

Plötzlich züngelten Flammen über Jasins Haut und ich schrie bei diesem Anblick auf, aber wir waren beide zu weit fortgeschritten, um etwas dagegen tun zu können. Er stöhnte und beugte sich über mich, presste unsere Körper aneinander, als wir beide unsere Erlösung fanden. Sein Mund beanspruchte den meinen, während das Feuer uns verschlang, so hell, dass es die ganze Kammer erleuchtete. Aber es verbrannte meine Haut nicht.

Intensive Flammen durchströmten mich so stark, dass

ich jede Spur von mir selbst verlor und einfach zu Feuer, Licht und Hitze wurde. Doch dann überkam mich ein überwältigendes Gefühl von Jasin, als wären wir wirklich eins, wie zwei Hälften eines Ganzen, die nach viel zu langer Zeit endlich wieder zusammengefügt worden waren. Ich kannte ihn, so wie er mich kannte. Und er gehörte mir.

Als ich wieder zu mir kam, hielt Jasin mich in seinen Armen, während die letzten Schauer der Lust aus unseren Körpern wichen. Das Feuer war verschwunden, als wäre es nie da gewesen.

„Was war das?", fragte ich.

Jasin drückte mir einen sanften Kuss auf die Lippen. „Ich glaube, wir sind jetzt miteinander verbunden."

KAPITEL 40
SLADE

Ich starrte auf die kahlen schwarzen Steinmauern, als ob mich die Bewunderung der Architektur des Tempels, tatsächlich von meinen Gedanken ablenken könnte. Auric beugte sich über ein Buch und plauderte mit einem der Priester darüber, als wäre es die faszinierendste Sache der Welt. Ich nahm an, das war seine Art, mit der Tatsache umzugehen, dass Kira auf der anderen Seite der Mauer gerade mit Jasin schlief.

Ich verschränkte die Arme. Warum störte es mich so sehr? Es ist ja nicht so, dass ich stattdessen mit ihr da drin sein wollte. Okay, vielleicht wollte ich das, aber ich sollte das nicht wollen. Auric und Jasin waren beide in sie verliebt, das war offensichtlich. Reven war verschwunden, nachdem er in der Nacht wie ein Schurke geflohen war. Und dann war da noch ich. Ich mochte Kira sehr, aber ich war mir nicht sicher, ob ich ihr jemals mein ganzes Herz schenken könnte. Oder mich an den Gedanken gewöhnen konnte, sie mit drei anderen Männern zu teilen.

Ich hatte gehört, dass es in den Luft- und Wasserreichen üblich war, mehrere Partner zu haben, aber nach dem, was ich mit Faya durchgemacht hatte, versetzte mir der Gedanke Schmerzen in der Brust. Das hier wäre natürlich etwas anderes - Kiras Gefährten waren offen dafür, dass wir sie alle teilten und es war Teil unserer göttlichen Pflicht -, aber ich befürchtete, dass es trotzdem zu Herzschmerz und Ärger führen würde.

Trotzdem würde ich niemals wie Reven einfach gehen. Ich würde bleiben und meine Pflicht erledigen, um das Schicksal zu erfüllen, das die Götter mir auferlegt hatten und um Kira zu beschützen, wo immer ich konnte. Ich würde nur irgendwie gleichzeitig auch mein Herz schützen müssen.

Das Geräusch von Schritten und einer zuschlagenden Tür erregte unser aller Aufmerksamkeit. Auric klappte das Buch zu und warf mir einen misstrauischen Blick zu. Ich schnappte mir meine Axt und führte unsere Gruppe zurück in die Haupthalle. Die Soldaten strömten in den Raum, angeführt von dem Mann in der roten Rüstung mit dem geflügelten Helm.

Die Onyxarmee war gekommen um uns zu holen.

KAPITEL 41

JASIN

Kira fuhr mit ihrer Hand über die dunklen Stoppeln in meinem Nacken, während sie mich mit einem zufriedenen Lächeln ansah. „Das hätten wir schon vor langer Zeit tun sollen."

„Ich bin froh, dass wir gewartet haben. Ich wollte, dass unser erstes Mal zusammen etwas bedeutet."

„Es war perfekt."

Ich drückte einen Kuss auf Kiras Hals, während sie sich an mich schmiegte. Perfekt war nicht genug, um zu beschreiben, was wir gerade erlebt hatten. Ich war schon mit vielen Frauen zusammen gewesen, aber der Sex war noch nie so gut gewesen. Andererseits hatte ich auch noch nie so etwas für jemanden empfunden.

Ich liebte Kira. Ich wusste es schon seit einer Weile, vielleicht seit unserem ersten Kuss, vielleicht sogar schon vorher. Ich merkte, dass sie mich auch mochte, aber ich war mir nicht sicher, ob sie schon bereit war, diese Worte zu hören oder sie mir zu erwidern. Aber das war egal, denn ich spürte die Liebe zwischen uns jedes Mal, wenn wir uns berührten, wie eine ewige Flamme die flackerte, aber nie erlöschen würde. Jetzt, da wir uns offiziell verbunden hatten, war sie noch stärker.

Bei diesem Gedanken erinnerte ich mich an den ganzen Grund, warum wir hier waren, was man in der Hitze des Gefechts leicht vergessen konnte. „Am liebsten würde ich dich die ganze Nacht hierbehalten und immer wieder mit dir schlafen, aber die anderen warten schon."

Sie seufzte und kuschelte sich enger an mich. „Wahrscheinlich hast du recht, aber lass uns noch ein paar Minuten warten."

„Mit Vergnügen." Ich ließ eine Hand über ihren Rücken gleiten. „Bist du wund? Brauchst du etwas?"

„Nein, es geht mir gut. Ich fühle mich nur überall warm." Sie hielt inne und ein seltsamer Ausdruck huschte über ihr Gesicht. „Glaubst du, ich habe jetzt Feuermagie?"

„Ich weiß es nicht. Kann sein. Fühlst du dich irgendwie anders?"

„Nicht wirklich."

„Das habe ich anfangs auch nicht." Ich hielt inne und erinnerte mich an die Flammen, die über uns hinweggefegt waren. „Ich frage mich, ob ich mich jetzt in einen Drachen verwandeln kann. Ich dachte wohl, der Feuergott würde vor uns erscheinen oder so."

„Ich auch. Vielleicht wollte er uns etwas Privatsphäre geben." Sie richtete sich auf um zu sitzen und lenkte meinen Blick auf ihre vollen Brüste. „Calla sagte, wir sollten durch diese Türen gehen, wenn wir fertig sind."

Die Versuchung, sie zurück aufs Bett zu werfen und diese Brüste mit Küssen zu bedecken war zwar groß, aber dafür würde später noch genug Zeit sein. „Lass uns gehen."

Widerwillig verließen wir das Bett, zogen uns wieder an und gingen zu den Doppeltüren im hinteren Teil des Zimmers. Sie waren dicker als die, durch die wir gekommen waren und als wir näherkamen, öffneten sie sich mit einem heißen Luftstoß.

Die Türen führten nach draußen in die Nähe des Vulkankraters, der die Nacht vor uns in orangefarbenes Licht tauchte. Ich näherte mich langsam dem riesigen, kreisrunden Loch, aus dem die intensive Hitze kam, während Kira sich zurückhielt. Ich konnte es ihr nicht verübeln, dass sie misstrauisch war, aber die Neugierde trieb mich voran und hielt die Angst in Schach. Feuer konnte mir nichts mehr anhaben und die Chance, in einen aktiven Vulkan hineinzuschauen, konnte ich mir nicht entgehen lassen.

Ich gelangte an den Rand des Kraters, wo sich ein steinerner Ring um ihn herum gebildet hatte, fast wie eine Mauer, die die Lava einschloss. Der Krater reichte tief in die Erde hinein, wo dunkles Magma brodelte, blubberte und aufflammte. Ich konnte nur ehrfürchtig darauf starren, fasziniert von seiner Schönheit und Kraft.

Plötzlich schoss ein gewaltiger Lavastrom in die Luft und ich fiel zurück. Die Hitze wurde so intensiv, dass ich nicht sicher war, ob ich es aushalten würde. Ich kletterte zurück zu Kira, die ehrfürchtig zu ihm hinaufstarrte. Als ich ihrem Blick folgte, sah ich warum.

Aus dem Krater erhob sich ein kolossaler Drache aus sich bewegender, fließender Lava mit hellen Feuerblitzen als Augen. Der größte Teil seines Körpers blieb im Vulkan, aber sein Kopf und sein langer Hals überragten uns, während seine Krallen den Rand des Kraters mit einem Aufprall erfassten, der den Boden unter uns erschütterte.

Als sich seine gewaltigen Flügel hinter ihm ausbreiteten und Lava in die Luft schleuderten, fiel ich vor Ehrfurcht auf die Knie. Als er mich das letzte Mal besucht hatte, sah der Feuergott anders aus, aber in seiner wahren Gestalt war er noch beeindruckender und furchterregender. Wie bei den anderen Göttern kannte niemand seinen Namen. Es hieß, die Namen der Götter seien in einer für Menschen unverständlichen Sprache geschrieben und als ich ihn jetzt sah, glaubte ich das. Er war fremdartig und unverständlich und doch vertraut zugleich, als ob diese Magie in mir erkannte, dass sie einst zu ihm gehört hatte.

„Das habt ihr gut gemacht, meine Kinder", dröhnte eine überwältigende Stimme aus seinem geschmolzenen Mund, der mit großen, scharfen, von Lava triefenden Reißzähnen besetzt war. „Aber eure Reise ist noch lange nicht vorbei."

Niemand würde mich jemals als demütig bezeichnen, aber zum ersten Mal in meinem Leben fühlte ich mich so, zusammen mit einem Gefühl des Stolzes, sein Kind genannt zu werden. Ich neigte mein Haupt. „Was wünschst du dir von uns?"

Seine feurigen Augen brannten sich in meine. „Du bist der neue Purpurne Drache, mein Vertreter in dieser Welt. Diene mir gut und beweise, dass ich weise gewählt habe."

Ich schluckte und nickte langsam, während ich die große Verantwortung auf meinen Schultern spürte. „Was muss ich tun?"

„Die anderen werden von dir Führung und Leitung erwarten und du musst ihnen helfen, das Gleichgewicht zu finden. Keines der Elemente existiert allein. Selbst jetzt bin ich von meinen Brüdern umgeben. Die Luft über mir. Die Erde unter mir. Das Wasser neben mir. Vergiss das niemals."

Das würde nicht einfach sein, vor allem wenn ich die Hälfte der Zeit in Kämpfe verwickelt war. Ganz zu schweigen davon, dass wir immer noch nicht wussten, wohin Reven verschwunden war oder ob er jemals zurückkehren würde. „Ich werde es versuchen. Aber ich muss dich fragen, warum hast du mich ausgewählt?"

Seine großen Flügel flatterten und ließen Funken in die Luft fliegen. „Jeder der Götter legt Wert auf unterschiedliche Eigenschaften. Ich suche nach Tapferkeit, Leidenschaft und Energie."

„Es muss Dutzende von Männern geben, die diese Eigenschaften viel besser verkörpern als ich."

„Du missverstehst mich." Sein langer, reptilienartiger Kopf senkte sich, während sich seine Augen auf Kira konzentrierten. „Wir suchen den Partner, der diese Qualitäten am besten in ihr zum Vorschein bringt."

Kiras Gesicht erblasste, als die Krallen des Gottes sich ihr näherten. „Hast du auch mich ausgewählt?", fragte sie, obwohl ich Angst in ihrer Stimme hörte. Ich war beeindruckt, dass sie es trotz ihrer Angst vor Feuer soweit geschafft hatte, aber sie hat es gut gemeistert, alles in allem.

„Nein." Er legte den Kopf schief, als er sie musterte. „Du brauchst keine Angst zu haben."

Sie senkte den Kopf, während ihr der Schweiß über die Schläfe rann. „Es tut mir leid. Ich habe Angst vor Feuer, seit meine Eltern vom Purpurnen Drachen getötet wurden."

„In gewisser Weise wurden sie es und in gewisser Weise auch nicht."

Kira warf mir einen verwirrten Blick zu. „Sie wurden nicht von ihm getötet?"

„Die Leute die dich aufgezogen haben, wurden getötet. Die Menschen die dich erschaffen haben, leben noch." Kiras Hand wanderte zu ihrer Kehle. „Sie leben?", flüsterte sie. „Wer sind sie?"

„Diese Reise wird dich zu ihnen führen, aber vielleicht wird dir nicht gefallen was du findest." Plötzlich bäumte er sich auf und breitete seine großen, flammenden Flügel aus. „Nur gemeinsam könnt ihr den Schwarzen Drachen und seine Gefährten aufhalten. Geht jetzt. Eure Gefährten brauchen euch."

Bevor wir reagieren konnten, stieg der Feuergott wieder in die Lava hinab und verschwand. Sofort verdunkelte sich der Himmel und die Hitze wurde wieder erträglicher. Ich wischte mir den Schweiß von der Stirn und stand zittrig auf, dann drehte ich mich zu Kira um. Sie sah aus, als wollte sie mich etwas fragen, doch dann lenkte ein entfernter Schrei und ein gewaltiges Grollen unsere Aufmerksamkeit auf sich.

Die Worte des Feuergottes erklangen in meinem Kopf, als wir in einen schnellen Lauf zurück zu den Tempeltüren ausbrachen.

In der vorderen Halle war offensichtlich eine Schlacht geschlagen und verloren worden. Zahlreiche Soldaten der Onyxarmee füllten den Raum und die Drachenstatue - die, wie ich jetzt erkannte, den Feuergott und nicht Sark darstellte - war umgekippt. Auric und Slade waren von den Soldaten gefangen genommen worden und lagen auf den Knien, die Hände auf dem Rücken gefesselt und mit Schwertern an der Kehle. Calla lag auf dem Boden und blutete aus einer Wunde an ihrer Brust, während ihre vier Priester über ihr schwebten und den Mann anstarrten, der sein großes Schwert auf sie richtete. General Voor.

Als wir eintraten, drehten sich alle Personen im Raum zu uns um. „Da sind sie", sagte der General. „Ergebt euch und wir lassen die Priester am Leben."

Beim Anblick von Callas Blut, der umgestürzten Statue und der Gefangenschaft meiner Freunde explodierte die Wut in mir. Wie konnten sie es wagen, diesen heiligen Ort zu betreten und die Priester hier anzugreifen. Diese Soldaten waren einst Männer gewesen, an deren Seite ich gekämpft hatte, aber jetzt sah ich in ihnen nur noch den Feind. Der Feuergott wollte Leidenschaft und Tapferkeit? Das würde ich ihm geben. Hitze flammte in mir auf und ich nahm sie an, ließ sie über mich hereinbrechen, bis ich bei lebendigem Leib brannte. Blutrote Schuppen kräuselten sich auf meiner Haut, während sich mein ganzer Körper ausdehnte, veränderte und *mehr* wurde. Meine Finger wurden zu Krallen. Meine Zähne wurden zu Reißzähnen. Feuer brannte in meiner Kehle, während mein langer Schwanz zuckte. Mit einem gewaltigen Brüllen breitete ich meine großen Flügel aus.

Ich war ein Drache.

KAPITEL 42
KIRA

Bis auf den General fielen alle Soldaten im Raum auf die Knie, keuchten und schrien. „Der Purpurne Drache!", riefen einige von ihnen, während andere fragten: „Wie ist das möglich?"

Jasins neue Gestalt war furchteinflößend und ehrfurchtgebietend und ich spürte ein Aufflackern von Angst, bis er mich ansah und seine Augen das gleiche warme Braun hatten wie zuvor, als er noch ein Mensch war. Und obwohl er Sark, der mich so lange in meinen Albträumen heimgesucht hatte, sehr ähnlichsah, war er immer noch Jasin, der Mann, dem ich nur wenige Minuten zuvor mein Herz und meinen Körper geschenkt hatte.

Ich legte meine Hand auf seine Seite und spürte die glatten, warmen Schuppen unter meinen Fingern, bevor ich mich an den General wandte. „Der Feuergott hat einen neuen Purpurnen Drachen gewählt. Geh jetzt oder du wirst seinen Zorn spüren."

„Das ist unmöglich", sagte General Voor. „Sark ist der Purpurne Drache."

„Nicht mehr lange", knurrte Jasin mit einer Stimme, die ich kaum wiedererkannte. „Lasst sie frei."

Die Soldaten schienen zu zögern, blickten zwischen Jasin und dem General hin und her und wussten nicht, wem sie gehorchen sollten. Der General richtete sein Schwert auf uns. „Wir dienen den wahren Drachen, nicht diesen Betrügern. Tötet sie. Tötet sie alle!"

Zwei Soldaten griffen Jasin an, aber er schlug sie mit seinen gewaltigen Krallen weg. Andere erhoben ihre Schwerter gegen Auric und Slade und Panik schwoll in meinem Herzen an. Ohne nachzudenken, streckte ich die Hand aus und Flammen schossen aus meinen Handflächen und setzten beide Soldaten in Brand. Die Männer schrien und ich starrte verwundert auf meine Hände. Ich hatte es geschafft. Ich hatte Feuer benutzt. Und ich hatte nicht die geringste Angst.

Jasin hatte mir sowohl seine Magie als auch seinen Mut gegeben.

Slade und Auric sprangen auf und versuchten die Priester zu schützen, obwohl ihre Hände immer noch gefesselt waren. Ich bereitete mich darauf vor, mehr Feuer auf die anderen Soldaten zu richten, doch dann spürte ich eine Klinge, die sich in meinen Hals bohrte und eine große Präsenz hinter mir.

General Voor packte mich am Arm und drückte mich mit dem Schwert an meiner Kehle gegen seine Brust. Blut tropfte an meinem Hals herunter und er war so stark, dass ich mich nicht zu bewegen wagte. Alle im Raum erstarrten und meine drei Gefährten starrten auf mich und den General. Auric sah besorgt aus, Slade hatte einen steinernen Gesichtsausdruck und Jasin, nun ja, es war schwer zu sagen mit seinem neuen Reptiliengesicht, aber ich wusste, dass er wütend war, weil das Band zwischen uns stark glühte.

„Ergib dich, oder ich töte sie", rief der General.

„Lass die Hände von ihr", sagte eine kühle Stimme hinter uns.

General Voor schrie auf, als mich ein Schwall Blut überspülte. Ich brauchte eine Sekunde, um zu erkennen, dass es nicht mein eigenes war. Er ließ mich los und stolperte zurück, während mein Herz in meiner Brust pochte, als ich mich wegdrehte um mich dem Mann zu stellen, von dem ich so verzweifelt hoffte, dass er mein Retter war.

Reven hielt eines seiner Schwerter in der Hand und hatte Mordlust in seinen eisblauen Augen stehen. Er stach Voor ein zweites Mal in die Brust, dann sah er zu, wie er zu Boden fiel. Sobald der General auf dem Boden aufschlug, stürzte ich auf Reven zu, warf meine Arme um ihn und vergrub mein Gesicht in seiner Brust.

„Du bist zurückgekehrt", sagte ich, während mein Herz vor Erleichterung und Glück fast zersprang.

Mit seiner freien Hand drückte er mich fest an sich und blickte auf mich herab. „Das bin ich."

„Warum?"

Er zuckte mit den Schultern. „Ich wusste, du würdest meine Hilfe brauchen. Sieht aus, als hätte ich recht gehabt."

„Ist das der einzige Grund?", flüsterte ich.

Er nahm mein Kinn in seine Hand und strich mit seinen Lippen ganz sanft über meine. „Vielleicht gab es auch noch andere Gründe."

Nach dem Tod ihres Generals und dem Anblick eines großen Drachens ergaben sich die Soldaten. Jasin verwandelte sich mit einem kräftigen Schuppenwurf und einem Hitzeschwall zurück in seine menschliche Gestalt. Er schritt auf mich und Reven zu. „Geht es dir gut?", fragte er mich.

„Es geht mir gut", sagte ich und berührte meinen Hals. Es tat nicht mehr weh und ich hatte das Gefühl, dass die Wunde bereits von selbst heilte.

Er warf Reven einen scharfen Blick zu und ich erwartete, dass er etwas Unhöfliches oder Wütendes sagen würde, aber stattdessen sagte er: „Schön, dass du wieder da bist. Mach so etwas nicht noch einmal." Reven nickte nur zur Erwiderung.

Wir drei eilten zu Auric und Slade hinüber, die bereits die Fesseln an ihren Händen gelöst hatten. Auric zog mich zu einem Kuss heran und flüsterte: „Ich bin so erleichtert, dass du in Sicherheit bist." Ich drehte mich zu Slade um, der seine muskulösen Arme schützend um mich legte und mich fest umarmte. Er drückte mir einen sanften Kuss auf den Scheitel, bevor er mich losließ.

Calla stöhnte und ich ließ mich neben sie fallen, meine Panik kehrte zurück. Sie war blutüberströmt, ebenso wie die Priester, die mit besorgten Gesichtern versuchten ihre Wunden zu versorgen. Sie waren ihre Gefährten, so wie meine Männer die meinen waren.

Ich nahm Callas Hand in meine. „Du wirst wieder gesund."

Sie hustete und umklammerte ihre blutige Brust. „Nein, werde ich nicht. Aber das ist nicht wichtig. Ich habe meine Aufgabe erfüllt. Vor zwanzig Jahren hat mich der Feuergott zu seiner Hohepriesterin auserwählt, so wie er dich auserwählt hat, Jasin." Ihr Blick wanderte zu ihm, bevor er zu mir zurückkehrte. „Er sagte mir, ich solle in den Feuertempel kommen, um mich auf die nächsten Drachen vorzubereiten. Ich habe fast mein ganzes Leben auf diesen Tag gewartet und es ist mir eine Ehre zu wissen, dass ich euch beiden helfen konnte."

Jasin kniete sich neben sie und nahm ihre andere Hand.

„Du hast dem Feuergott treu gedient."

Ihre Augen flatterten zu. „Ich danke dir."

Als sie dahinschwand, krampfte sich mein Herz zusammen und etwas brannte in mir wie eine Glut. Durch unsere Berührung fühlte ich eine Verbundenheit mit ihr, wie ein Zwillingsfeuer, das in uns beiden hell aufflammte. Ich nahm Jasins andere Hand in meine und schloss damit den Kreis zwischen uns und spürte es auch in ihm.

Das Geschenk des Feuergottes steckte in jedem von uns.

Während ich Kraft aus Jasin schöpfte, ließ ich sie in Calla hineinfließen und betete, dass der Feuergott uns helfen möge, seine auserwählte Priesterin zu heilen. Unsere Hände begannen mit dem gleichen unheimlichen orangefarbenen Licht des Vulkans zu glühen, als ob Lava unter unserer Haut flösse und die Hitze wurde so intensiv, dass ich fast losgelassen hätte. Aber ich hielt weiter fest und eine Sekunde später keuchte Calla und öffnete ihre Augen. Die vier Priester um uns herum schrien auf und eilten ihr zur Seite.

„Du hast sie geheilt", sagte Blane, während die anderen sowohl mich als auch den Feuergott lobten.

„Mit Jasins Hilfe", sagte ich.

„Der Feuergott hat uns alle wirklich gesegnet", sagte Derel.

„Danke", sagte ein anderer, dessen Namen ich vergessen hatte.

„Es scheint, dass der Feuergott noch mehr Arbeit für dich hat", sagte Jasin zu Calla.

„Ich danke euch beiden", sagte Calla und setzte sich mit einem Lächeln auf. Sie strich mir über die Wange und tat dasselbe bei Jasin. „Ich werde euer Geschenk in Ehren halten und tun was ich kann, um euch zu helfen."

„Wenn es allen gut geht, müssen wir jetzt von hier weg", sagte Reven mit seinem typischen trägen Tonfall. „Der Purpurne Drache - der andere - ist auf dem Weg hierher."

Die Angst schnürte mir die Kehle zu, aber Jasin legte einen Arm um mich. „Wir können ihn bekämpfen", sagte er. „Ich kann ihm jetzt auch als Drache entgegentreten."

„Nein, das können wir nicht", sagte Auric. „Er ist immun gegen Feuer, genau wie du. Wir haben keine Chance, solange sich nicht noch mehr von uns verwandeln können."

„Er hat recht, wir müssen fliehen", sagte Slade.

Calla stand mit der Hilfe von zwei ihrer Männer auf. „Ihr müsst euch beeilen. Geht hinten am Krater raus und dann auf dieser Seite des Vulkans nach unten. Er führt zum Meer, zu einer Anlegestelle, wo ein Schiff auf euch wartet. Damit könnt ihr ins Luftreich und zum nächsten Tempel fahren."

Sie hatte sich wirklich auf unsere Ankunft vorbereitet und alles vorausgesehen, was wir brauchen könnten. „Danke", sagte ich und umarmte sie schnell. „Ich hoffe, wir sehen uns wieder."

„Das werden wir."

„Was ist mit unseren Pferden?", fragte Auric. „Und allem anderen?"

„Wir werden sie hierherbringen und uns für euch um sie kümmern", sagte der vierte Priester. „Wenn es sicher ist, sorgen wir dafür, dass sie zu euch gebracht werden."

„Jetzt geht, schnell", sagte Calla. „Wir haben keine Zeit mehr."

KAPITEL 43

KIRA

W ir packten unsere wenigen Habseligkeiten und eilten durch den Tempel, vorbei an dem Bett, in dem Jasin und ich uns geliebt hatten und durch die Türen hinaus auf den Gipfel des Vulkans. Der Vulkan glühte noch immer von der Lava tief in seinem Inneren, aber der Feuergott war diesmal nicht zu sehen. Wir umrundeten den großen Krater und kämpften uns durch die Hitze, die uns zu ersticken drohte, aber ich hatte keine Angst davor. Nicht mehr.

Das heißt, bis ich die Lava sah, die den Berg hinunterfloss. Sie blubberte und brodelte und glitt langsam zum Fuß des Vulkans, wo sie mit einer Rauchwolke auf das Meer traf und langsam zu neuem Land erstarrte. *Eine Mischung aus allen Elementen*, dachte ich und erinnerte mich daran, was der Feuergott zu uns gesagt hatte.

„Hierher sollten wir laut Calla gehen", sagte ich. „Aber wie kommen wir da runter?"

„Vielleicht kann ich uns hinunterfliegen", sagte Jasin. „Obwohl ich noch nicht genau weiß wie."

„Das klingt nach einer guten Möglichkeit, uns alle umzubringen", sagte Reven.

Auric runzelte die Stirn. „Es muss einen Weg nach unten geben."

Slade fuhr sich mit der Hand über den Bart, während er überlegte. „Vielleicht kann ich den Felsen verschieben ..."

„Das ist es", sagte Jasin. „Der Feuergott sagte, wir müssten zusammenarbeiten, wenn wir Erfolg haben wollen. Slade und Reven werden uns einen Weg bahnen, Kira und ich werden das Feuer und die Hitze fernhalten und Auric wird uns vor den Dämpfen schützen."

Alle Männer nickten und Stolz schwoll in mir an, als sie einen Plan schmiedeten, zusammenzuarbeiten. Wir begaben uns an den Rand der Lava, wo Reven Wasser in einem Strahl versprühte, mit dem Slade einen Pfad aus Erde verfestigte. Jasin hielt den Rest der Flammen fern und wir eilten schweißgebadet über das neue Stück Land und begannen mit dem Abstieg.

Während Slade und Reven einen Weg den Berg hinunter schufen, hielt Auric eine Blase aus sauberer, kühler Luft um uns herum. Ich tat mein Bestes, um die Lava und die Flammen zurückzuhalten, aber ich war mir noch nicht sicher, wie ich meine neuen Kräfte einsetzen sollte und ich vermutete, dass Jasin die meiste Arbeit leistete.

Der Steg am Fuße des Vulkans bestand aus demselben Obsidian wie der Tempel und blieb irgendwie völlig unberührt von der Lava, die von ihm wegfloss. Als wir dort ankamen, waren wir alle erschöpft, schwitzten stark und waren trotz aller Anstrengung mit Ruß bedeckt. Wir stolperten auf das Boot zu, das am Ende verankert war und dessen schwarze Segel bereits gehisst waren, als hätte es die ganze Zeit auf uns gewartet.

„Weiß jemand, wie man segelt?", fragte Jasin, als wir auf das Holzdeck des Schiffes traten.

„Ich weiß ein wenig", sagte Reven und blickte zu den Segeln hinauf.

Auric sah zu den Segeln hinauf, während er sich den Schweiß von der Stirn wischte. „Ich war noch nie auf einem Schiff, aber ich denke, Reven und ich können es mit unserer Magie steuern."

„Dann lasst uns von hier verschwinden", sagte Slade, während er die Befestigungen durchtrennte, die das Boot am Steg hielten und den Anker mit Hilfe seiner Magie aus dem Wasser hob.

Reven lenkte die Strömung um uns herum und Auric füllte die Segel mit Wind, der uns nach Norden brachte. In das Luftreich.

Dank ihrer Magie, entfernte sich das Boot von der Anlegestelle und in wenigen Minuten befanden wir uns auf dem kühlen Wasser, unter dem endlosen Nachthimmel und ließen den Vulkan hinter uns. Ich blickte hinter uns auf den glühenden Gipfel und entdeckte einen großen Drachen, der über ihn hinwegflog und mit seinen blutroten Flügeln einmal schlug, während er zum Tempel hinunterflog. *Sark.*

Diesmal war ich sicher, dass er nach mir suchte. Nach uns.

Und bald würden wir bereit sein, uns ihm zu stellen.

ÜBER DIE AUTORIN

Elizabeth Briggs ist New York Times Bestsellerautorin im Bereich paranormaler Romane und Fantasy mit kühnen Heldinnen und unerschrockenen Helden. Sie absolvierte an der UCLA ein Studium der Soziologie und arbeitete für eine internationale Anwaltskanzlei, war Mentorin für Jugendliche im Schreiben und arbeitete ehrenamtlich mit Organisationen zur Rettung von Hunden zusammen. Heute ist sie ein Vollzeit-Geek und lebt mit ihrem Mann, ihrer Tochter und einem ganzen Rudel wuscheliger Hunde in Los Angeles.

Besuchen Sie Elizabeths Website unter: www.elizabethbriggs.com

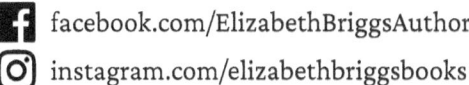

facebook.com/ElizabethBriggsAuthor

instagram.com/elizabethbriggsbooks

www.ingramcontent.com/pod-product-compliance
Lightning Source LLC
Chambersburg PA
CBHW052035240626
47153CB00006B/2092